U0906114

85 岁的爷爷和老宅　2010 年摄

奶奶和堂弟斌斌　2009 年摄

三叔和奶奶　2010 年摄

三叔和猫　2006 年摄

儿子康娃（昵称丑丑）和他奶奶　2005 年摄

幸福　2010 年摄

碾场　2010 年摄

高房（这是第二层，下面还有一层）　2009 年摄

沙棘林集

王忠禄 著

中国财富出版社

图书在版编目（CIP）数据

沙棘林集 / 王忠禄著 . —北京：中国财富出版社，2020. 6

ISBN 978 - 7 - 5047 - 7154 - 4

Ⅰ. ①沙…　Ⅱ. ①王…　Ⅲ. ①散文集—中国—当代　Ⅳ. ①I267

中国版本图书馆 CIP 数据核字（2020）第 083659 号

策划编辑　张彩霞　　**责任编辑**　齐惠民　蔡　莹

责任印制　梁　凡　　**责任校对**　张营营　　**责任发行**　董　倩

出版发行　中国财富出版社

社　　址　北京市丰台区南四环西路 188 号 5 区 20 楼　**邮政编码**　100070

电　　话　010 - 52227588 转 2098（发行部）　010 - 52227588 转 321（总编室）

010 - 52227588 转 100（读者服务部）　010 - 52227588 转 305（质检部）

网　　址　http://www. cfpress. com. cn

经　　销　新华书店

印　　刷　北京京都六环印刷厂

书　　号　ISBN 978 - 7 - 5047 - 7154 - 4/I · 0311

开　　本　710mm × 1000mm　1/16　　**版　　次**　2020 年 6 月第 1 版

印　　张　15. 5　　**印　　次**　2020 年 6 月第 1 次印刷

字　　数　262 千字　　**定　　价**　52. 00 元

自 序

那时候，奶奶常常爱给我们讲一个有关牝牛的故事。这里的牝牛不是牛，而是人，是邻村的一个女人。故事发生在闹饥荒的年头儿，地点就在我家大门外的土窑里。

那时候已经入冬了，天气变得很冷。这天早上，奶奶起来后，像往常一样，开了大门出去。奶奶准备去土窑里，抄些草叶碎末来填炕。当她来到土窑时，却发现草叶碎末旁边蜷缩着一个人。这人草叶碎末沾了一身。乱蓬蓬的头发下，是一张土灰如死人的脸。乍一看，有些吓人。

“这是什么人呢？怎么在这儿?”

奶奶心里这么嘀咕着，不敢往前走了。但就在奶奶将已经迈出去的步子收回时，只听这死人一样的脸上长着的那张嘴里发出了声音。尽管这声音极其微弱，奶奶还是能听出来这是一个女人的声音。只听那声音说：“你嫂子，行行好。”奶奶说，她听到这声口，知道又是要饭的。那年入秋以后，经常有要饭的人，在人不注意的时候，来到家门口等着。于是，奶奶便说：“我们家也没有吃的。我家大人孩子有好几个呢。”那女人哀求着说：“你就行行好吧，你嫂子。”奶奶说：“可是，我家里真的没有吃的。”那女人听了之后，还是蜷缩在那儿，没有起来。过了好一会儿后，她从牙齿缝里挤出来几个字。那声音虽然还是有气无力，但是哀求的音调是可以听出来的。她说：“多少给点儿。”

奶奶说，她不知道这人是谁，是什么时候来到这儿的。她也不知道该如何打发她。那时候，因为饥饿，我太爷和我爷爷都不在家。家里只有奶奶和我父亲。就在奶奶进退两难的时候，只见这沾满草叶碎末的身子又活动起来了。她努力挣扎着，显然，她是想坐起身来。奶奶想，她起来了也好，起来了可以早点儿离开这儿，这样奶奶他们母子俩不至于太害怕，毕竟在我们这个山湾里只有一户人家。于是，奶奶在她胳膊那儿扶了扶，这女人便坐起来了。

但是，她起来后，并没有离开这儿的意思。相反，看她那样子，还是想在这儿吃点儿什么。奶奶对我们说："我当时真不知道如何打发她好。"

正当奶奶又要给她解释家里如何缺吃少喝的情况时，只见她摸索着从衣襟里面掏出了一个小布包。她手拿着那个小布包，一面颤巍巍地往奶奶跟前递，一面用微弱的声音说："你嫂子，给我点儿吃的，我还有这个。"

奶奶说，她一听说"这个"，便知道那个小布包里面装的是什么了。"是银圆。"奶奶说。

那时候，奶奶见过有的要饭的人身上就装着这个。当时奶奶是真的没多少吃的。但是，当奶奶看见她干瘪如核桃一样的死人似的脸和说话时断断续续、奄奄一息的样子，心也就软了。于是，便转身进去，把自家的苦菜酸菜，盛了一碗给了她。另外，还给了她一小疙瘩用秕谷和树皮混合起来磨的细面做的馍馍。

到底是酸菜和秕谷、树皮磨面做的馍馍有力量。不久，这女人说话时比先前有力气多了。于是，她给奶奶讲起她的故事。她说，她已经好几天没吃东西了。她去了好几个地方，都没有要上馍馍，拿银圆去换，也没有换来一口吃的。因而，她不住地对奶奶说着感激的话。临走的时候，非要把那个小布包和随身拿的那个洋瓷小碗送给奶奶。奶奶吓得连忙往后退，赶紧说："我不要，我不要。"那女人说："你嫂子，你就要了吧，不要嫌少。你救了我的命，这算是我的一点儿心意。"

奶奶再三再四地推辞，那女人再三再四地要奶奶收下。奶奶没办法，只得把那个洋瓷小碗留下了。而那个小布包，奶奶死活都没要。

每次听到这儿时，我们都说奶奶傻，"你为什么不收下呢?"我们说，"她拿这个东西，在别处连半碗酸菜、半块馍馍也换不到。"

这女人就是牝牛，这故事就是牝牛的故事。那天，牝牛被奶奶救下了，遗憾的是，她离开我们这儿几天之后，有人发现她的尸体暴晒在罗家山的半山坡上。她身上的那个小布包，也被丢弃在不远处，但是里面已经是空空的了。

小时候，奶奶给我们讲的她做过的这种傻事还不少，大多我都忘了。后来，我亲眼看见过一些，有些倒还记着。比如父子俩的故事。

那一年，也是腊月。那时候，我在县城上中学。那天，当我从学校回来时，发现奶奶家里多了一老一少两个人。那老头儿正跟爷爷在上房里抽烟，说话。那个年轻人，与三叔、四叔在高房的热炕上，一边说话，一边搓草绳。我问母亲，这两个人是谁。母亲说："那是要饭的，是父子俩。"

我以前见过的要饭的，都是饭吃了，馍馍、洋芋要着装上就走了。而这父子俩，怎么踏踏实实地待着不走？母亲说："都已经来了两个多月了。"我说："他们怎么还不走？"母亲说："父子俩都是光棍儿，家里穷得什么都没有，到处要饭吃。到了这儿后，你爷爷奶奶就把他们留下了。"

我们那里有一种风俗，就是过年的时候，一根木柴棍儿都要归家。也许，这父子俩是因为这个原因，所以他们在腊月二十几，快过年的时候便走了。记得他们走后的好几天时间里，奶奶还念叨着说："冰凉的锅灶，冷冷的土炕，这么冷的天，不知他们父子俩去了怎么过。"

还比如陆军的故事。那时候，我已经在兰州上班，也还是快过年的时候。那天我回家后，照例先去了爷爷住的上房里。当我和爷爷说话时，进来一个衣服旧旧的、戴着蓝布帽子的小伙子。我看着不认识，心里纳闷道："这是谁呢?"

爷爷看见他进来，倒是说了话。爷爷笑着说："陆军，到炕上来，暖一暖。"他说："我不冷。不上来了。"我听见爷爷这么亲热又熟悉地叫他，心想，这人一定离这儿不远。但是，又思忖道："陆军是谁?"这时候，奶奶进来了，奶奶接口给我介绍说："这是陆军，是襄南那边的一个娃娃。"奶奶说着，回头带笑对陆军说："陆军，炕上暖着去。"

也许，他因不认识我，不好意思上来，搭讪了两句便出去了。他出去后，奶奶笑着说："这孩子可怜得很。家里是哥哥嫂子。开春挣钱的时候，他们就打发他去挣钱。年底了，没处挣钱了，家里就不要他了。"

听说，他刚来的时候，是在张村。住了几天后，村子里便没人要他了，爷爷奶奶这才把他收留下来。我听了以后，笑着说："你们老两口儿，经常做的就是这种事儿。"

如此等等。

爷爷奶奶老两口儿，一辈子做过的这样的事情，要说起来就多了。不过，话说回来，对于老一辈的农村人来说，做点儿这样的事情是没什么了不起的。或者可以说是很正常的。我觉得了不起或者不正常，那只是因为我总是以自己为中心，太自私自利罢了。

好在爷爷奶奶的这种做事风格，我们的乡邻及亲戚们都看在眼里。因而，奶奶去世后，许多人都很怀念她。直到现在，乡邻和亲戚们每每说起她老人家的善良和仁爱时，也还是一片赞誉之声。

奶奶去世时，当时正上初中的儿子对我说："爸爸，我太太（太奶奶）太善良了，也太可怜了，你应当好好写写她。"

我这孩子真有意思，还把我当作家来看待。不过，我也觉得，他的话很有道理。但是遗憾的是，我没有那么大的能耐。因而，有关奶奶的事情，我一直没有写。

奶奶永远离开我们了。四年之后的九月初九的上午，我母亲突发脑出血。因医治无效，三天后也离开了我们。这让我们十分悲痛。但是，这也是没有办法的事情。母亲一辈子虽说没有爷爷奶奶那么善良，那么肯帮助人，但是，母亲许多方面的做法还是很大气的，是我这个自私自利、处处为自己精打细算的人望尘莫及的。

三年之后，三叔也因病去世了。三叔去世，我们谁都没有料想到。三叔仅仅比我大三岁，我们是一块儿长大的。他不仅是我的叔叔，更是我的朋友，我的知己。小时候，我干什么他都让着我。长大了之后，在许多方面都是他帮助我。不仅仅是我，对于其他人，甚至对于一些与他毫不相干的人，或者一点儿不认识的人，三叔往往也会这样。要说脾气和个性，三叔有些地方，我是不大赞成的。但是，就善良和助人来说，他也有着爷爷奶奶的风格。他做过的许多事儿，我觉得都值得一写。

我的这三位亲人已经离开人世好几年了。他们的德行善举，不时萦绕在我的脑际，使我不能忘怀。于是，我便在教学之余，抽空将我能记起来的有关他们的生活点滴写了下来。整理出来三十余篇文章。这便是此书的主要内容。

关于此书的书名，我曾经想过很多，也起了不少。我先是叫它《我爷爷我奶奶》。因为那时候，书中的主要篇目写的都是关于爷爷和奶奶的事情。但是，后来我又加了一些叙写母亲和三叔的篇目。如此一来，这样的书名显然是不能涵盖此书所有内容的。

我的这几位亲人走了。我在这儿絮絮叨叨，怀念他们。乍看起来，好像我很孝敬他们似的。但实际他们在世的时候，我远远没有做到这一点。我不仅不孝敬，有时甚至脸红脖子粗地跟他们对着干。如今，我在这儿写文字纪念他们。我感觉，我这一行为十分别扭。就像蚊子一样，虽然嗡嗡不止，但是终究没什么意义。我因此打算将此书命名为《嗡嗡集》。但回头一想，觉得这个名字太俗气，用它来表达我对三位亲人的敬意，不适合。

记得奶奶在世的时候，常常爱说这样一句话：父母的心在儿女上，儿女的心在石板上。我觉得奶奶这句话，此时用在我身上太贴切了。于是我想将我的书命名为《石板上的心灵》。但转念一想，这个名字意思又不大明晰。

家乡有一种灌木，我们叫它“酸刺”，它的学名叫沙棘。沙棘树不像松柏那样常青，也不像白杨那样挺拔，它的树干低矮，晒干后却是很好的燃料。烧火做饭，比田禾秆子快许多。它的叶子细小，是牛、羊、驴等牲口的好食物。它也开花，它的花极小，黄色。它也结果，它结出的果实小小的，扁豆粒一样大，呈椭圆形，橙黄色，味道酸酸的。用沙棘果做的饮料，就是大家一度十分喜欢的沙棘汁。沙棘含有极高的维生素，具有独特的营养保健作用。据现代医学研究，它可以降低胆固醇含量，减少心绞痛的发作，还有防治冠状动脉粥样硬化性心脏病的作用。

在我们那个山湾里，沙棘树随处可见。在沟壑山涧，在石头缝里，在悬崖间，在山坡上，在树荫下，在田边地头，都可以看到它苍劲的枝干。我们那个山湾，因此也叫酸刺湾。沙棘树具有顽强的生命力，耐干旱，耐严寒。年年砍伐，它年年生长。

我的奶奶、母亲和三叔，就像我们这个山湾里随处可见的、顽强又实用的沙棘树一样，默默无闻一辈子，辛勤奉献几十年。他们在世的时候，我没有好好孝敬他们。这一点，我这辈子再也无法做到了。他们去世之后，作为孙子、儿子、侄子，我有义务也有责任把他们的事情写下来。为他们，也为我自己。至于艺术的高低，我没想那么多。我因之便将此书命名为《沙棘林集》。

王忠禄

2019 年 6 月 16 日

目　录

老黑牛

那几年，爷爷榨油的生意一年比一年好。

前些年，爷爷的油坊，一般是在农历九月初开张。那几年生意好便开得越来越早了。有时候，冬耕还没完，爷爷就忙着安油磨、找马莲草，计划着开张油坊了，那时才农历八月中旬。就这，到年底收拾卧担（榨油结束了，即把油担放下，不用了）的时候，还打发不完一波又一波前来榨油的乡客们，肩挑背扛或者驴驮马拉运来的一整袋一整袋的油籽。

因为业务上的需要，这一年，爷爷便谋划起扩大再生产了。扩大再生产，说起来简单，做起来并不容易。大到油担、油磨，小到油锅、油缸，甚至一些毫不起眼的工具（如油铲、木叉等）也都得换。因为先前的那些都是小型的。当然了，还包括推油磨的磨牛。

为了让油坊早一点儿顺利开张，爷爷在这一年的三月份，就已经着手这些事宜了。爷爷在务农之余，挖土砍树去翻修。另外，又请来了木匠，斧砍锯切；请来了石匠，捶打钎凿。爷爷这么做的目的只有一个，就是一切都要新的，要大的。如此叮叮哐哐大半年后，油坊扩建的事儿总算有了眉眼。

但是，一座油坊的扩建，不仅地基、房舍、油担、油锅等基础设施得重打重造，还有许多其他方面的事儿也需要做。其中一件重要的，就是推油磨。油磨可不是一般的石磨。一般的石磨，一条毛驴就可以推了。我家那盘小石磨，小小的，薄薄的，推起来轻轻的。我和二弟两个力气不大的半大小子，推个一天半日，磨个三四十斤洋麦或者苞谷也不在话下。而油磨就不一样了，油磨的磨盘又大又厚，毛驴根本拉不动它，必须牛来拉。因为牛的劲儿大。

爷爷的油坊里，以前用的那两盘油磨，也不算太大，但像我和二弟这样力气的人，就是撅起屁股、开足马力，推个一两圈也就气喘吁吁了。这年，爷爷为了扩大油坊规模而请来石匠打制的两盘大石磨就更不用说了。那两盘磨可不是一般的大，我看顶上好几个我家磨粮食用的小石磨都不止。更何况，它的磨齿是如刀刃一样锋利尖锐的。锋利尖锐的磨齿对着锋利尖锐的磨齿，只有推过它的磨牛才知道，什么叫摩擦力。

为了推动新打制出来的大油磨，爷爷早筹划着要弄来一头牛。而且，必须是一头干活儿得力的牛。爷爷知道，这样的油磨，不是一般的牛能推得动的。那么，如何“弄”来呢？当时爷爷可选的办法有二：一是买，二是换。买这种办法简单，一手交钱，一手牵牛。买牛时买一头年轻的当然最好。年轻的牛有力气，好推油磨。可是，年轻的牛价钱太高，买不起。年纪大的便宜。但是，年纪太大的，一般没劲儿，推不动油磨。爷爷四下打听了好长时间后，终于弄来了一头。

这是一头黑色的牛，据说年纪不轻了。我现在记不清这头老黑牛爷爷是怎么弄来的。是买下的，还是用自己家里的牲口换来的。总之，有一天，当我放学回来时，发现奶奶家的牛圈里多了一头老黑牛。老黑牛体格很大，身上瘦不拉叽的。脊梁骨高高的，肋骨一根一根凸出来，十分显眼。真是皮包骨头。全身的毛，一疙瘩一疙瘩结着。整体看起来像是大病初愈，没一点儿精神。看它那样子，不仅一点儿不好看，简直可以说很丑。爷爷、奶奶和三叔养的牲口，从来都是油光滑亮、气宇轩昂的。这么瘦弱难看的牛，还真少见。也难怪三叔在好一段时间里，对它都不怎么待见。每到填草饮水的时候，就嫌弃它，骂它：“瘦板儿。”“瘦不死的老家伙。”三叔就这样，不论牛驴骡马，他喜欢那些毛色光亮，身上光溜的。

而奶奶对老黑牛的态度，跟对其他牲口的一样。到饮水的时候，提醒三叔饮水，该填草的时候，提醒三叔填草。有时候，虽然已经饮过水，填过草了，可是，它还在圈里“哞哞”地叫唤。牛是牲口，哞哞叫几声本来很正常。但是奶奶听见后就急了，以为它又没草了，或者想喝水了。因而便在厨房门口大声问：“来和，牛饮了没有？”三叔说：“饮了。”奶奶又问：“料拌了没有？”三叔说：“拌了。”奶奶还是不解地问：“那它怎么还哞哞地叫唤呢？”三叔说：“谁知道呢。它就那么爱叫唤。”三叔那口气，似乎说，它生来就是一头爱“哞哞”叫唤的贱货。

三叔嘴上这么说，实际在这头老黑牛刚来奶奶家的那段时间里，他对它还真有些虐待，对待它跟对待别的牲口总是不大一样。有几次，我发现在拌料的时候，他给它加的油渣就比别的牛少。要说三叔这人，在别的许多事儿上，我是很赞赏的，他公平、厚道，富有同情心。但他对老黑牛如此态度，我不大赞成。再拿喂养牲口来说吧，他在喂养他喜欢的牲口时，极为操心，有时候操心得叫人有些感动。我想，一个人要是对自己的老婆也这样操心的话，那他差不多就可以成为世界上最最模范的丈夫了。但他可不是，也因此，他的老婆（也就是我三婶）那么讨厌他。他喂养他喜欢的牲口时，不但不用别人提醒，而且常常别出心裁、花样百出。最极端的例子，就是他对那头老麻驴的喂养。他对它的操心、体贴，我感觉远远胜过对三婶了。不就是一头驴嘛，何必呢。但是三叔就要这么干。一般人家一天一顿料，就只给少半碗豌豆。就这，驴已经很高兴了。而三叔一天给三顿料，每顿都是大半碗豌豆。结果呢，喂得它肥头大耳，身上一只苍蝇都趴不住了。三叔不止喂豌豆，还时不时要用那把木梳子，在它身上一遍又一遍地梳理。

庄稼人对牲口都是有感情的。用他们自己的话来说，就是牲口是为人替劳苦的。因而操心喂养它，也是情理之中的事情。但三叔的操心，实在有些过头。操心就操心吧，喂养好了，让它给自己好好替替劳苦也就行了。可三叔喂养的这头驴，并没有给他替多少劳苦。不是它不替，是三叔不让它替。但实际上，它也是一头很勤快的驴。

当然了，三叔也有三叔的打算。因为它是一头草驴（母驴），三叔让它吃最好的草料，“住”最好的那间木头架构的牲口圈，且只在圈里闲闲地站着，目的就是让它多产一头小驴娃子。当时，颜色样子都耐看的一头小驴娃子，牵到集市上，价钱是很不错的。结果呢，这家伙辜负了三叔一片好心，让三叔大失所望。几年下来，连一头像样的小驴娃子也没有产下。产下一头死一头，产下一头死一头。我怀疑是三叔太操心，把它惯坏了。

三叔对他不喜欢的牲口，喂养起来，便是再三不再四的。对老黑牛尤其如此。拌料拌的油渣少，填草也填的是麦秆之类营养低、口感不好的草，很少有苜蓿、红豆草等营养高、口感好的草。它连“住”的地方，也是不大好的。像杏树下面那间宽敞明亮的木头架构牲口圈，就轮不到它“住”，它被安排在土崖下那孔狭窄的土窑里。不过，老黑牛到底是一头经多见广的牛，它对于自己这位新主人的“虐待”似乎无所谓。人家给它的油渣少，给的草也不大好。它想，少就少，不大好就不大好，只要有吃的就行。那孔狭窄低矮的窑洞，它也能安然居之，并在里面大口嚼吃，吃饱了卧在狭窄的地上，一遍一遍，咕嘟嘟咕嘟嘟，精心反刍吃下去的草料。

没想到，才几个月时间，它的毛色就变好了。就在爷爷的油坊快要开业的八月中旬时，它的身上有些油光了。先前蓬头垢面的那张老黑脸，也变得有了光泽、有了精神。连走路也吭吭有声，比刚来的时候有气度多了。

这一年，爷爷的油坊是在八月中旬的某一天开业的。这时，爷爷的油坊已经不是以前八十斤的小担，而是一百二十斤的大担了。用小担榨油的时候，基本上是三天两担油。因为要推的油籽少，所以推油磨也轻松。平均下来，一天推五十多斤油籽。就那，以前那头老黄牛已经够受了。一个早上推下来，它满头满身都是汗。而一百二十斤的大担，推磨当然就更吃力了。虽说也是三天两担油。但是，此两担不同于彼两担。大黑牛要在三天之内，在磨盘又大又厚、磨齿棱棱的新石磨上磨掉二百四十斤油籽。平均下来，每天要磨掉八十斤。每天八十斤的油籽，又是新油磨，那个劳动量可不是一般的大。

开始的时候，爷爷也有些担心。毕竟老黑牛已经上年纪了。因而，推磨的时候，爷爷特意嘱咐三叔喂养老黑牛要多加苜蓿，多加油渣。苜蓿、油渣这两样东西，对牛来说算是最好最好的草料了。尤其油渣，看起来黑黑的，味道苦苦的。但是牛吃了，比喝了酥油还管用。

毕竟要推大油磨了。渐渐地，三叔也开始待见起这位“老先人”了。老黑牛天天吃得好，也吃得多。因而，它干活儿也得力。那么大的油磨，每天八十斤的油籽，虽说它是牛，也不容易。起初，老黑牛从早上六点钟开始推，差不多推到中午十二点才能推完。要是这一天看油磨的人磨蹭的话，都到下午一点钟了。到卸轭的时候，它满身满头都湿淋淋的。两个前夹上，汗水一道一道往下流。奶奶一边卸，一边心疼地说：“看把你累的。”奶奶还抱怨三叔催得太紧了，说叫它慢慢推，就没有这么吃力了。三叔说：“够慢的了。从那时候到现在，才推了这些。去年的，这时候早都推下来了。”奶奶瞪了他一眼，说：“去年的你不说有多少，今年的又多了多少？去年的是啥磨子，今年的又是啥磨子？”三叔一面往外牵牛，一面对牛道歉说：“好啊，你辛苦了，我给你再加些油渣，总行了吧。”

于是，三叔在喂养的时候，又多加了不少油渣。爷爷说，多加一碗就行了，而三叔拌料的时候，总要背着爷爷另外多加一碗。就这，还怕亏待了它，晚上填草的时候，又要加半碗。到底是油渣，牛吃了油渣，就是不一样，真的像人喝了酥油一样，甚至比人喝了酥油效果还好。我就是一天喝八顿酥油，还是觉得不行。另外，苜蓿的营养价值也不低。老黑牛有了这两样东西，就是不想有劲儿也难。油磨推到两个月上，它架在石磨上那根粗粗的大木轭下面，走路时脚底下啪啪有声。看那样子，它的脖子上架的不是能推动几百斤重石磨的木轭，而是一个很轻很轻的东西。仿佛一个手可举千斤的大力士，托着只篮球在那儿玩似的。

那一年，爷爷的油坊在紧张繁忙中，一直榨到了正月中旬。记得上九晚上，当大家都赶着去曹家寺看社火的时候，我和爷爷、三叔，还在蒸气腾腾的油坊里挥汗如雨地包油。油坊四个多月的劳动使这头刚来时干瘪瘦弱的老黑牛出落得腿粗腰壮，油光滑溜。人人见了，都赞不绝口。他们在称赞老黑牛能长膘的同时，也夸奖三叔会喂养。三叔听了，高兴得眉飞色舞。可谁都知道，人是衣装，牛是料装。老黑牛要是没有那么多苜蓿、油渣的话，也难以肥壮。瘦弱的老黑牛，以它的勤劳和汗水赢得了草料，也赢得了大家的赞誉。

过了没多少日子，新一年的春耕又开始了。那时候，我家和爷爷奶奶家，两家子养着好几头牛和驴。虽然牛、驴不少，但是，正儿八经能干活儿的，就只有这头老黑牛。我家养的那头麻骟驴，虽也可以干活儿，但它到底是一头驴，没有牛的耐力和后劲儿。去往田地里拉车送粪的时候，车辕下驾着一牛一驴两头牲口。老黑牛走的时候，你能听见拉绳咯吱咯吱的声音。那么高的一车粪土，从大伯家门前那么陡的斜坡往上拉，其吃力费劲的程度，只有拉过车的牛才知道。而架在车辕另一边的麻骟驴，远远落在老黑牛后面。它那边的拉绳，当然是弯弯的。有好几回，它的屁股都碰着车厢了。这哪儿是拉车？简直是往后面搡车嘛。而这车粪土是要往山上送的。幸亏那时候老黑牛是昂着头往前看的，它要是看见麻骟驴这一副德行，一定气昏了，因为它不仅拉着一车粪土，还拉着一头驴。我在前面拉着笼嘴绳子牵着它们走。我偶尔一转眼，看见老黑牛吃力地喘着粗气，而麻骟驴慢条斯理、进一步退两步的架势，恨不能抽麻骟驴一鞭子。好几次，我气得都想把它卸掉。我训它道：“老天爷，你能不能走快点儿，你看看，大黑牛都劳累成啥样子了。”但是，它对我的这番话理都不理，还是踏着它那秀才步子，慢条斯理，摇摇晃晃，进一步退两步地走着。唉唉……真是一头驴。

拉车的时候，老黑牛老当益壮，身先士卒。犁地的时候，它也是冲锋陷阵在前面。麻骟驴还是一步三摇，慢慢吞吞，极不得力。它一到犁沟边上，连走路的姿势都不对劲儿了。不是太左就是太右，总是偏离犁沟。为此，性急的爷爷犁地时，常常是犁一早上，咒骂一早上。快到中午的时候，即使把鞭子扬得高高地骂半天，它还是一句也听不进去。爷爷嗓子都喊哑了，它却装聋装傻听不见。而老黑牛，从早上刚到地头上架牛轭，到快中午时卸牛轭，它始终如一，一直那么卖力，爷爷一点儿都不费心。

这头老黑牛不仅干活儿卖力，脾气也好。爷爷和三叔它不欺负，这个我理解。因为就是生产队时那头能抵死老虎的老公牛也不敢欺负爷爷。而三叔鞭子一扬，吼一声“哞哞”，没一头牛是不怕的。可是就连母亲这样矮小力单的妇道人家，要把它牵到地里去犁地，它也还是一样的态度，一样的脾气。迈起步来，也还是稳稳当当。你叫它上，它就上，叫它下，它就下，从不偏离犁沟。可见它的好脾气。

每次犁地，快到中午时，人也累了，牲口也累了，加上毒辣辣的日头在头顶上一个劲儿地暴晒，麻骟驴早都坚持不住了，便在犁沟里拐来拐去地乱拐；而老黑牛还是那个样子，昂着头，拉着犁，沿着犁沟一步一个脚印往前走。那卖力、坚持和一如既往的劲头儿，真让人敬佩。虽然，那时候，它的脖子上、前夹上、后背上，也是湿漉漉的一片。

这片地终于犁完了。爷爷便在地头上卸牛轭，卸铁犁，准备回家。在地里犁地的时候，麻骟驴垂头丧气，步履艰难，连路也走不稳，像是快要死了一样。这时候，好像忽然又活过来了。精神也有了，劲儿也有了。没等爷爷把软套从它的脖子上取下来，它屁股一撅，头一甩，摇动着尾巴，撒开腿，在前面噔噔噔地往家里跑去。那架势，好像有一只饿狼在它的屁股后面直追。卸下来的软套、牛轭等农具，本来搭在驴背上最合适。这一点，老黑牛也知道，因为它是没有脊梁的。但是麻骟驴哪管这些，它头也不回地跑了。爷爷只好一件一件拾起来，搭在大黑牛平溜溜的背上。大黑牛在爷爷前面一步一步慢慢走，爷爷扛着铁犁，在大黑牛的后面，一步一步跟着走。

奶奶在大门口看见麻骟驴一股尘土地跑来了，知道它是先跑来吃草吃料了，因而一面卸笼嘴，一面骂它："你个眼尖鬼，吃草料比谁都快。"麻骟驴好像也听懂了奶奶的责骂。不过，它这头驴，脸倒是很结实。它抱定的宗旨始终是：你骂你的，我心里自有我的打算。它将戴着笼嘴的嘴子伸过来，叫奶奶去卸。奶奶这里一卸下，它便一头钻进驴圈，像是十天没见过草料似的，将嘴子伸进土槽里，大口大口嚼吃起来。

麻骟驴吃了好一会儿后，老黑牛才从场边那儿慢腾腾走来了。奶奶知道这个八十不服老的"老黄忠"，除了一片忠心之外，再没有一点儿私心杂念。因而，一面从老黑牛的背上取软套，一面心疼地抚摸着它汗津津的脖子和身子，说："你今天累了，你看你满身的汗，都湿成这样了。"那牛不知听懂了没有，一句话也不说，只是一面甩头，一面甩尾巴。因为那时候，在它的后背上，还有好几只牛虻在骚扰。

繁忙的夏季结束了，该犁的地差不多犁完了，接着就是种冬麦。拉车送粪，开犁耕种。这哪一项，也离不开老黑牛。忙上半个多月或者二十几天后，这一年田里的主要农活儿便进入了尾声。而这时麦场上的活儿又开始了，每天都是打场、碾场。啪嗒啪嗒的连枷声和咯吱咯吱的碌碡声，从早响到晚。这当然也离不开老黑牛。这时，爷爷油坊里的那盘油磨，也在等着它。

老黑牛来家的这几年，几乎一年四季都在劳动。春天时春耕送粪离不了它，夏天时拉车犁地离不了它。我们家和爷爷奶奶家，两家子总共近二十垧地，这犁地、拉车哪一样活儿都不轻松。秋冬两季几乎半年时间，又是爷爷开油坊榨油挣钱的时候。老黑牛天天推油磨，从早上星星还在天上的时候它就被架在磨堂里，一直推到大中午。有时甚至到下午一两点，这一天的推油籽任务才算完成了。这不是一般的牛能胜任得了的活儿。好在这几年，庄稼年年的长势还算好，牧草不缺；爷爷油坊的生意也不错，油渣也充裕。因而，在生活上，并没有亏待它。

尽管它很辛苦，但是因为有三叔的精心喂养，它膘厚肉肥、精神抖擞，跟以前比起来判若两牛。不过，这时候，它已经很老很老了。它之所以一天从早到晚能拉车犁地推油磨，只因为它吃得好，喝得好。肥硕和貌似健壮的躯体毕竟是表象，因老迈导致的力不从心时不时显现出来。在往大生地梁头上拉车送粪时，架在车辕下的老黑牛，有时候直打战。而且走不了几步，气儿就喘起来了。犁地的时候，力气也明显比不上以前了。推油磨的时候，三天两副（一副油一百斤或一百二十斤）清油的油籽，这时它也有些完不成了。细心的三叔发现，它连吃草料也没以前多了。一头牛，不仅不能干活儿了，连吃都不能吃了，这样的牛留在家里有什么意义呢？牛嘛，是牲畜，是牲畜就得干活儿。不过，像牛这种牲畜，干不了活儿，能吃草料能长膘也行。到时候，卖到牛贩子手里，也能赚一笔。对于饲养它的主人来说，也不吃亏。但是，一头连草料也吃不动的牛，结果只有一个：掉价。

那一年，大概是夏初。有一天中午，我放学回到家里，发现奶奶眼睛红红的。看样子，奶奶一定哭过。看见我来了，奶奶也没有说话，而是继续在灶下烧火做饭。我心里想：奶奶今儿怎么了？奶奶很少这样啊。平时我一进门，她就笑嘻嘻地问这个说那个。家里一定是出了什么事儿了。而且，看这样子，一定不是一般的事儿，是大事儿。因为一般的事儿，奶奶是不会哭成这样子的。眼睛都红肿成那样了，像桃子似的，简直有些吓人。记得那一年，四叔突发疾病，在炕上吐白沫、翻白眼时，奶奶才哭成了这样子。

当时，我心里十分疑惑。我急于知道家里到底出什么事儿了，可奶奶没说。奶奶没说，我也不便去问，我怕问了会引起奶奶更大的伤心。我搭讪着走出了厨房，到了上房里。因为爷爷在上房里，家里要是出了什么大事儿的话，爷爷一定也有反应。但是，上房里，爷爷跟二姑父，还有另外两个我不认识的人，在火炉子边喝茶。而且，二姑父和那两个人有说有笑的，也很热乎。我心里道：看爷爷这样子，没什么事儿呀。再说，有什么事儿的话，二姑父没那么镇定。他虽然是亲戚，但在爷爷奶奶和我们家的许多事儿上，他差不多跟自己人一样。于是，我又退出来，到了厨房里。

就在这时候，四叔、二弟和还没有上学的三弟也都从外面进来了。看见这样子，四叔、二弟两个没有说话，倒是嘴快的三弟说话了，他问道：“奶奶，你咋了？”

不问则已，一问就问到奶奶的伤心处了，她终于抑制不住内心的难过，一边往灶眼里添柴，一边哽咽地说：“你爷爷要把老黑牛卖了。”

我们还以为是什么大事儿，原来就为这个。于是，我们便说：“老黑牛老了，干不成活儿了，反正也到卖的时候了。”奶奶说：“可是，你爷爷要把它卖给老马了。”

我说：“卖给谁都是卖，卖给老马又有什么不好？”奶奶听了后，瞪了我一眼，说：“你知道个啥。”见我们都不说话，奶奶又说：“卖给一般的人，牵去了它还可以耕地种田，而卖给老马后，它是要被杀了吃肉的。老黑牛给我们种了这么多年的庄稼，推了这么多年的油磨，多可怜。”

奶奶说到这儿，抽噎得说不出话来了。两颊上的眼泪，禁不住又簌簌地流下来了。

烟 叶

那时候，奶奶喜欢种菜。宅院四周的空闲地，大多都被奶奶开辟出来种了菜；而爷爷喜欢种烟叶。爷爷喜欢种植烟叶，因为爷爷自己是烟民。爷爷抽烟，没有时间和次数概念，想抽就抽。一天从早到晚，似乎都能看见他老人家把一个烟锅子叼在嘴上。自己是烟民，消费的烟叶自然多，因而，种植一些烟叶，好好侍弄，到了秋后一收割，下一年的口粮也就解决了。对一个烟瘾很大的烟民来说，这是一件很好的事情。

但是我觉得，那时候爷爷种烟叶，并不全是为了他自己。也许，爷爷种烟叶，本来是为了他自己，但是，就后来出现的那些情况看，他在给自己种烟叶的时候，无意中也给别人做了好事。因为爷爷在播种下烟籽之后，不仅自己在等着这烟叶的丰收，其他一些抽烟的人，似乎也在等着爷爷的烟叶，像杨咀的杨爷爷，马坪的黄爷爷。他们俩的烟叶，基本上都是爷爷供给的。杨爷爷的，是爷爷将烟叶收割、搓弄好之后，派我们送去的。而黄爷爷的，则是黄爷爷听到爷爷搓弄好烟叶之后，自己跑来取走的。另外，村里好几个烟民，对爷爷种下的烟叶似乎也比较关心。他们来了抽，走的时候也还要拿。还有一些亲戚，以及爷爷熟悉的零零星星的烟民，他们来了，爷爷也常常要给他们送一些的。

他们这些烟民，是一点儿不种烟叶就靠别人送的抽呢，还是他们自己本已经种了烟叶，而爷爷因为喜欢给别人送，非要送他们一些不可呢？这一点我就不大知道了。总之，他们一来到我家，就向爷爷要烟叶。爷爷呢，似乎乐此不疲。只要有人要他的东西，他总是高兴的。

看起来简简单单的一个烟叶，种植起来也不太复杂，像种其他作物一样，松土、施肥、下籽就行了。但是，这东西做造起来，真还不容易。从春天把烟籽种进土壤，到秋后收割，中间要经过多少道工序，耗费多少精力，这一点只有种过烟叶、搓弄过烟叶的人才知道。

烟叶在秋后收割。那时，爷爷收割下来的一捆一捆的长秆子烟叶，立得到处都是。上房的屋檐下，西面那个新房的屋檐下，东面那个小房子的屋檐下，全是爷爷的烟叶秆子。这些看起来很多，实际还不是全部。还有呢，还多着呢。要是推开上房门，推开西面那个新房的门，推开东面那个小房子的门，还有大门两边的那两孔大窑，进去看一下就会知道，外面看到的那些算什么，不过就那么一点儿罢了。主要的，全在这些屋子里呢。屋顶上的木椽缝隙里、墙上，另外，在架起来的木杆子上，吊着的、挂着的、架着的，都是。那才叫多呢。

从把一颗芝麻大小的烟籽撒进土里，到把收割下来的成捆的烟叶秆子背回家，这已经很不容易了。但是，它还不是爷爷和他那些烟友们烟袋里能抽的烟叶。要让这烟叶秆子成为烟袋里能抽的烟叶，还有好多道工序呢。而这每一道工序，又都是很费事儿的。单单就把那粗粗壮壮的烟叶秆子搓弄成草芥一样长的烟叶节节，就已经要费不少力气呢。更不要说把它放在石窝里，用石锤一下一下捣碎，又用筛子一下一下过筛了。我看那样子，比种蔬菜、种麦子、种洋芋要复杂许多许多。如此做造成的细细的、黄锃锃的烟叶，一包一包白白送人，我看着真舍不得。

爷爷种烟叶也是见缝插针，哪儿有地方哪儿种。在庄院后面的土台子上的那块空地里，就种了好几年。后来，又在榆树崖畔的那一长溜儿地的地头上，也种过几茬子。在干渠边靠东北的那块地的旮旯里也种过。

烟叶这东西，不论种到哪儿，都得掐烟花。掐烟花，就是把烟叶上长出来的花给掐了。上来一茬掐掉一茬。爷爷说，经这样处理过的烟叶，不仅能长好，秋后收割时收得多，收割下来的烟叶抽起来味道也好。一茬子烟叶，从夏初开始到秋后收割，掐烟花要好多次。爷爷就这样年年种烟叶，年年掐烟花。

爷爷掐烟花这事儿，我记忆里最深刻的要数爷爷在老庄院右边的那个空院子里种植烟叶的那几年。

那个空院子以前本不是个院子，而是一大片空场地。只有空场地后面，在紧靠悬崖下面的地方，才有一个小小的院子。院子小，周围的围墙也很低。

以前是生产队的牛圈，后来还做过驴圈。那时候，爷爷是生产队的饲养员。包产到户之后，生产队里的牛和驴全分给了老百姓，这院子也便成了空院子了。

空院子空了好几年。那时候，我们家还没有分开。父亲兄弟四个，加上爷爷奶奶，再加上我们母子仨，我们一大家子人口也不少。但是我们一直住在一起，直到我快上小学的时候，爷爷才考虑让我们分家。实际上，在这之前，母亲就已经有这个意思了。因为那时候，二叔已经上高中了，二婶也已经托媒人说下了。母亲说："兄弟多的人家，趁早分家好。要是儿媳妇都娶进来再分，就有些迟了。儿媳妇一多，妯娌之间免不了要吵吵闹闹的，到头来一家子闹得不和睦。"父亲当然也意识到了这一点。

要分家，当然是我们一家子搬出去，因为父亲是老大。可是，那时候，父亲在靖远煤矿上当工人，我们兄弟俩又小。把我们分出去，父亲上班一走的话，家里就剩下我们娘儿仨了。母亲是个极其胆小的人，她说："要是把我们娘儿几个分到隔壁这个小院子里住的话，也可以。这儿离老庄院近，我们不至于那么荒寂。"

但是，爷爷看中的是窗石洼（地名）。那地方距离老宅院比较远，而且，前面还有一个深沟，很大很深的沟。深沟里，爷爷早年种了好多白杨树。夏天的时候，参天的白杨树遮天蔽日。乌鸦、喜鹊、麻雀，还有好多其他鸟，都在树上筑了巢。那些我能叫上名字的大鸟小鸟，以及其他许多我叫不上名字的大鸟小鸟，成天在那儿追逐鸣叫。看起来，真有些荒凉、恐怖。这还不算什么，叫人最害怕的，是晚上常常能听见阴森凄凉的猫头鹰的叫声。我一听见猫头鹰这家伙的凄厉的叫声，头皮就发麻。不仅如此，深沟里面还有野兔和黄鼠狼。听说以前还有狼，眼睛蓝莹莹的狼。母亲说："那地方太荒凉了，我们娘儿仨怎么住？"

母亲心里十分不愿意，我当然也不愿意，我们娘儿俩都说隔壁这个空院子好。母亲要奶奶把这话跟爷爷说说。母亲还委托姑太太跟爷爷也说了一次。那年，父亲回家后，母亲把这想法又跟父亲说了一遍。母亲说："这个院子后面的悬崖下，有一个现成的窑洞，窑洞我们可以当厨房，在里面做饭。旁边再盖座房子，里面住人。我们娘儿几个住到里面，既方便，又不感到害怕。"

父亲当然也觉得母亲这个想法好。可是，爷爷到底还是没有同意。一是这事情爷爷已经决定了。爷爷决定了的事情，谁人也改变不了。二是这也是请风水先生看过了的。爷爷说："王先生（风水先生）说了，窗石洼那儿住人好。"当然了，还有一个原因，就是爷爷反复说的那句话："我四个儿子，总不能都挤在一块儿。你们挤得太紧，一家子一只鸡儿也不敢出门，一条狗儿也不敢出去。你们吵吵嚷嚷的，有什么好处。"

不过，话说回来，爷爷说的，也还是有道理的。

就这样，空了几年的这个小院子，我们还是没有住进去，我们的新院子，仍然修在了窗石洼。不过，视土地如生命的爷爷，也没有让这个空场地和小院子闲着。

有一年，大约是春头上的一天，当我从学校回来时，看见爷爷正手拿着铁锨，在靠近老宅院的墙根那儿哼哧哼哧挖沟渠。在已经挖开来的半截沟渠附近，还乱哄哄堆着一大堆椽子、檩条。原来，爷爷要用这些椽子、檩条，在这儿修筑一堵高墙。此后，爷爷一有时间，就翻土、夯土，一版一版筑墙。有时候是爷爷一个人，有时候还有几个帮工的。爷爷断断续续，花了几个月时间，便将这个大空场地，用高高的土墙围起来，围成了一个跟老宅院一样大的大宅院。围成之后，爷爷还在最前面那面墙的中间位置，挖开了一个大豁口。当时，我不知道爷爷要在这儿干什么。第二年春天开种的时候，我才发现，爷爷在里面种了些什么。

这个院子的那个土豁口，平时是用麦草扎成的草捆堵着的。有时候，我经过这儿时，还在豁口前站住脚，用手轻轻推一下那草捆，然后透过草捆与土墙之间的缝隙，好奇地往里张望。起初，看见的是新从土里钻出来的嫩芽芽。随着时间的推移，我发现那些嫩芽芽也在渐渐长高，长大。再后来，看到的是满院子的烟叶，高高的，绿绿的。我常常一个人从草捆缝里挤进去，到里面溜一圈儿。穿行在如树林一样高高密密的烟叶中间，听着嘤嘤嗡嗡的蜂鸣，看着飞来飞去的飞蛾、蝴蝶，真有进入世外仙境的感觉。

烟叶一长高，必须得掐烟花。种烟叶，掐烟花，本是很平常的事。爷爷种的所有烟叶，都是一次又一次一朵又一朵掐烟花的。但是，我对爷爷在其他地方的那么多次数的掐烟花，都没什么特别的印象，独有对这个大院子里的掐烟花一直记忆深刻。也许，是这院子里世外仙境一般的环境吸引了我，也许，是当时正迷恋着收音机的我，想从这烟叶的花蕾上，捉几只马蜂，装在火柴盒里当收音机听的缘故。

我第一次发现在烟叶的花瓣上能捉到马蜂，是在一个初夏的中午。那天午饭后，我像往常一样，背着书包准备上学。当我经过这个大院子前面的豁口时，看见堵在豁口的那捆草被移到了一边。我向里张望，看见爷爷奶奶正在里面掐烟花。

以前，我也跟着爷爷奶奶掐过烟花。只见他们来到烟叶跟前，将烟叶上面新长出来的花蕾掐了，顺手投进另一只手端着的小箩筐里。老两口如此一根烟叶一根烟叶地掐着烟花。一茬子烟花掐下来，大门外的空地上，要晒上好多蔫蔫的烟叶花朵呢。我也试着掐了几朵，花没掐下多少，倒是满手糊了不少绿绿的、难闻的烟叶上的汁液。这汁液黏黏糊糊，洗也洗不掉。这东西尤其要小心，不能揉进眼睛里。一揉进去，别的危险不说，当下你的眼睛就要疼好一阵子的。况且，爷爷说，它的毒性是很大的。因而，我对于爷爷奶奶掐烟花的事没什么兴趣。看见了，能不去的话，尽量躲着不去。但是，那一天，我没有躲，而是一侧身，钻了进去。

进去以后，我意外地发现，三叔也在里面。三叔正侧着身子，在靠墙边的那片烟叶跟前，不知干着什么。我看见他鬼鬼祟祟的，心想，他一定没干什么好事。于是，便穿过那密密的烟叶秆子，悄悄到了他跟前。一到跟前，这才发现，他正在用一只空墨水瓶在那儿捉马蜂。他站在一棵烟叶前，将手里早已准备好的墨水瓶对准烟叶筒状钟形的花萼，麻利地将花萼套进瓶里。然后，轻轻一抖。于是，我以前想都不敢想的一个结果出现了：那只马蜂，钻进这个空墨水瓶里了。真奇怪。我没有看清楚，它是怎么钻进去的。等我看到时，它已经四仰八叉地躺在瓶子里面，显得那么乖顺，那么没有脾气。

马蜂这家伙，可是很凶猛又很狡猾的。记得有一次，我和三叔在山里放牛的时候，发现了一窝。当时，三叔脱了衣服，用衣服严严实实蒙住了头脸，拿了放羊的鞭子，用羊鞭杆子在蜂窝里一顿搅动。我觉得好玩，也学着三叔的样子，用脱下的外衣蒙住头脸，拿了鞭子，在它的窝门前逞能。

晚上回家后，我把这事情当一项荣耀给母亲说了。母亲听了后大为骇异，惊问道："你们总（真的）没有？"我说："真的。"我还把三叔和我如何用衣服蒙住头脸、如何用羊鞭杆子胡乱搅动的过程，给母亲一一说了。母亲听后，正色道："以后再不能这样了。你不知道，马蜂是有毒的。"母亲说后，还把孙老三差点儿被马蜂咬死的事给我讲了一遍。我听后，一阵后怕。自那以后，我在山里放羊放牛的时候，见了它，老远地就跑开了。

这一天，我看见三叔用一只空墨水瓶轻而易举地将它擒获，还是禁不住好奇，并产生了尝试一次的想法。于是，趁着爷爷奶奶不注意，跑回家，立马弄了一只墨水瓶，揣在怀里，又偷偷钻进了院子。找到了一个爷爷奶奶还没有打过的烟叶秆子，学着三叔的样子，瞅准一只正把屁股塞进花里的马蜂，将空墨水瓶一股脑儿套进去。那感觉，恐怕只有电影里演的孙大圣降服妖怪的时候才会有，真是很爽很爽的。

花萼塞进空墨水瓶后，我将手轻轻摇动，透过玻璃往里一看，一只大大的马蜂已经在瓶里了。我这才发现，这家伙原来如此不堪一击。我感觉我刚才也没怎么用力，它就束手就擒了。只看见它在我的宝瓶里，还不停地飞动着。我怕它跑出来，赶紧将瓶口用盖子盖住。我再看时，见它的几只小爪爪，在瓶里乱抓乱蹬，似乎很笨拙。这下子，我相信它是不会跑出来了，心里也便踏实了许多。于是，慢腾腾打开我早已准备好的空火柴盒，将瓶口对准空火柴盒，又轻轻一摇，它便糊里糊涂又钻进了火柴盒。我合上火柴盒，将它按在耳朵边听，只听见马蜂在盒子里嗡嗡嗡叫着。我的收音机就这么制成了。这只可怜的马蜂，也便成了我收音机里的播音员；它嘤嘤嗡嗡的叫唤声，便是播音员播出的声音了。

桑葚

桑葚树本是一种很普通的树，但在我们那个村子里，它却是很稀有的，因为在我们那个村子里，再没有第二棵。连果树最多的六爷家里也没有，再不要说其他人家了。这种树不仅六爷家里没有，在我们附近的几个村子里，我也没有见过。

我家这棵桑葚，平常年景，比杏子成熟得早。但是具体时间，一年一年又不尽相同。有的年份，比杏子早几天；有的年份，要早半个月。当然这个比较，我是有所指的，我不是拿我们家所有的杏子跟它比，我仅仅是拿土崖上面的那棵“粘核杏”跟它比的。我家的其他杏子，如麦场边上的那棵“甜核杏”比它更迟。而大门前那棵三叔称作“水蜜桃”的杏子，比它要迟一个多月呢。

桑葚成熟得早的一年，麦场边上的那棵杏树上的杏子还是绿绿的，而大门前那棵杏树上的杏子颜色就更绿了。大门前的这棵杏，基本上是我们整个山湾里成熟得最迟的一棵了。当别的杏子差不多都被吃完了时，它才慢腾腾熟了。这样一来，在这两棵杏树的杏子成熟之前，我们吃得最多的就是桑葚了。虽然桑葚树就那么一棵，但是我们吃桑葚的时间比吃杏子的时间还长。可以说，从三叔发现第一颗桑葚成熟，到吃完这一年的最后一颗桑葚，时间基本上要延续多半个夏天。桑葚这东西，成熟的时候，差不多是天天有的。它天天成熟，我们天天吃。

在我们这个山湾里，就住着我们一户人家。因而，平时整个山湾里的孩子，就只有我们叔侄几个。但是，当桑葚熟了的时候，这山湾里的孩子一下子就多了。山那边的那一帮馋嘴孩子也都跑来了。他们跑来本来就是为了吃桑葚，可是，他们不光明正大地来，而是鬼鬼祟祟地来。他们来时，赶着羊，吆喝着牛和驴，大喊小叫，成群而来。表面上看来，他们是到我们这个山湾里来放牧的，可实际目的只有一个，就是吃我家的桑葚。

按照爷爷奶奶的脾气，他们吃几颗桑葚无所谓。比这个值钱的，他们要是需要的话，爷爷奶奶也还是啥话不说就会给他们的。他们吃完了，还要装一些，带回家里给家人吃。有的装一衣兜去了，有的装满满的两衣兜去了。这个，爷爷奶奶也都还是啥话也不说。可以说，当时家里除了小气的我唧唧哼哼不大愿意他们天天来了吃、吃了又装之外，其他人也都是啥话也不说的。但是，自从那一次，他们把树枝踏断了好多、树叶也打落了一地之后，爷爷就生气了。爷爷一生气，当然，他们吃我们的桑葚时，就没有以前那么随便了。

这一天早上，我们都出去了。爷爷他们也去地里干活儿了。那时候，我也会跟着三叔放羊了。中午，当我们从山里回来时，看见桑葚树下面横横竖竖，一股子一股子躺满了桑葚树枝，桑葚树叶也铺了一地时，我们都感到惊讶，又觉得可惜。但又不知道这是谁干的。最后一个从山里回来的爷爷看见后，气得脸色都变了。爷爷还以为是我们叔侄中的哪个干的好事儿，手指着在一边站着的我和三叔，像雷神一样骂起来。奶奶在一边忙解释说："他们俩也刚从山里回来。怕是大生地那边的那一帮娃娃，趁家里没人，打落下来的。"爷爷听了，便又骂起那一帮娃娃来，说他们像土匪一样，以后桑葚熟了就是往沟渠里倒也不给他们吃了。

这也好。不给他们吃了，我们就能多吃一些了。爷爷还特意嘱咐说："以后看见他们来了，就一顿鞭子打回去。"

刚学会拿鞭子的我，用鞭子把他们打回去，显然是办不到的。但是，爷爷所说的用鞭子把他们打回去的话，我倒是记住了。因而，那一天，当我看见他们又赶着羊群，吆喝着牛和驴，从山梁那边过来时，我便像发现鬼子进村了一样，飞跑进大门，就近跑进厨房，给奶奶报告去了。我说："奶奶，大生地的那一帮娃娃又来了。"

因为此前那个触目惊心的踏断树枝、打落叶子事件，奶奶对他们也十分生气。记得爷爷当时看见后，骂他们像土匪一样时，奶奶口里也骂他们不像话。我想，这一回奶奶也一定会像我一样，心里很讨厌，甚而亲自出来将他们臭骂一顿给赶走。可是，奶奶听了后，并没有立马出去骂他们一个狗血喷头，而是一面忙着做她手中的活儿，一面说："你出去跟他们说一说。你就说，'你们不要摘了，你们还摘的话，我就跟我爷爷说去了。我爷爷出来，会打断你们的腿的'。"

我爷爷，当然他们都是知道的。我爷爷一声吼叫，就是村子里的大人，有的也都怕几分呢，更不要说他们这些毛孩子了。

我听了奶奶的话后，便跑出去跟他们说去了。可是，他们听了之后，并没有理会我。树下面的那几个还在树下面，动也不动一下，脸朝着树上面看，等上面的给他们扔下桑葚来。已经爬到树上的那几个，也还在树上面摘着吃。我的话他们根本没有听见。我又说："这是我家的。你们再不走，我就跟我爷爷说去了。"

这一次，他们总算有了反应。只听见树上面有一个大一点儿的孩子说："就采摘这几颗，这几颗摘下了就走。"其他几个听了，也跟着说："就是，我们采摘几颗就不摘了。"

我听见他们说只采摘几颗就不摘了也便相信了，因而，也没再说什么，也没有回去给爷爷奶奶汇报，就只站在那儿看。我一面看，一面等他们快点儿离开。可是，我看见树上面的那几个大的孩子，还在那儿采摘着不下来。树下面的那几个小的，也还是一面吃着树上面的那几个大的扔下来的桑葚，一面还望着他们，也没有离开的意思。我心里道："这不是在骗我吗。他们摘了这么多，吃了这么多，还不走。"于是，我便又跑进去告诉奶奶了。我想，这一回，奶奶一定会出来斥骂他们的。可是，当我说了之后，奶奶还是一面忙着手中的活儿，一面对我说着同样的话。奶奶说："你就说，'你们还不走，我爷爷就要出来了。我爷爷一出来，就要打断你们的腿'。"

我看奶奶没有出去斥骂他们的意思，便跑到上房里，给爷爷汇报去了。果然，爷爷听了之后，在炕上骂道："又是那几个小鬼。你出去跟他们说去，你就说我出来要打断他们的腿。"

我听了以后，很高兴，像得了圣旨似的，转身跑着传达去了。我噔噔噔跑出大门，站在大门口的石台子上，传圣旨似的对他们说道："你们不走，这下子，我爷爷就出来了。"

树下面那几个小的听说我爷爷真要出来了，好像害怕了。我听见有一个低声说："我们走吧，大大（大伯）出来了，可有好果子吃呢。"他说着，转过身真要走了。另外几个看他要走了，也便跟着要走。而在树上面的那几个大些的，看下面还只有我这个小毛孩儿，仍然理也没理，照样在树上摘着吃。因为他们都知道，我爷爷嘴上说得凶恶，实际上并没有那么凶恶。为这点儿事，他是一定不会出来的。我看他们还赖着不下来，就转过身，故意向爷爷喝茶的上房那边，大声道："你们还不走，我爷爷就出来了。"我还添油加醋地说："我们的树枝，又叫你们给踏断了不少。"

也许是爷爷听见说树枝又叫他们给踏断了不少的话，也许是爷爷知道我赶不走他们而有意给我助威，总之，就在这时候，我听见爷爷隔着窗子，向桑葚树这边吼叫起来。他道："哪一个还在树上？还不下来？"爷爷那吼叫声很大很大，大得我感觉差不多山对面的人都能听见。这一回，他们这些小鬼似乎真害怕了，一个一个从树上溜下来，拿了鞭子，到下面的山坡上赶牲口去了。

这一次，他们这几个大些的开头一直赖着不走，我想，还是与爷爷一贯的做法有关。爷爷一贯是嘴上骂得很厉害，实际上并不怎么厉害。爷爷派我这个刚从母亲的奶头上下来的毛孩子出去吓唬他们，一次两次还罢了，常常这样，谁还害怕？爷爷不仅自己不管不理，有时候还纵容他们。

记得有一年，爷爷就做过这样的一件事。那天中午，我们正在屋子里吃午饭，忽然听到"咔嚓"一声巨响，当时我们都呆住了。什么声音这么大？手脚麻利的三叔忙放下手中的饭碗跑出去看。原来，孙家老三趁我们全家人都在家里吃饭的时候，偷偷爬到我家土崖上面的那棵杏树上采摘杏子。也许是他爬得太高了，那根树枝撑不住了，也许是他为了把杏子摇下来而用力过猛了，总之，一根粗粗的树枝被他生生地踏断了。三叔回来说了之后，我们几个也都跑去看了。孙家老三见了我们也觉得没面子，站在被他踏断的那根树杈跟前，不住地搓着两手，脸羞得红红的。

这么粗的一根树杈！况且，这根树杈上面还长着那么多比它细的树杈。一根粗树杈，加上好多好多细细的树杈，还有树杈上面的那么多的树叶子和那么多红红的杏子。整个看起来，就是小半棵杏树了。小半棵杏树长在这棵大杏树上看起来没什么，但是，当它折了之后躺倒在地上就不一样了。别的不说，就只体积来说也不小，悬崖上的那块地盘差不多被它占去了大半。我想，爷爷这一回一定是饶不了他的。这可是一棵大杏树啊。可是，爷爷看了之后，并没有骂他，更没有打他。爷爷不仅没有骂他打他，还叫我们回家取个布袋子给他，叫他把断了的那些树枝上的杏子采摘下来，让他拿回去给他父亲吃。

桑葚刚刚成熟的时候是紫红色的，一熟透，便变成紫黑色的了。这东西，越黑越好吃。紫黑紫黑的，采摘半把，打进嘴里，轻轻一嚼，满嘴都是香甜。咽到肚子里时，余香还在口里，连满手染上的紫黑的颜色闻起来也是香的。用手背在嘴角上擦一擦，手背上便会印上紫黑的颜色。用舌头舔一舔手背，也是甜的。

这棵桑葚树，跟其他树木一样，也是我们家从大生地那边分家到这个山湾里以后爷爷才种下的。因为它长得慢，所以，当我还是三叔的跟屁虫，整天跟在他屁股后嚷着要他采摘桑葚的时候，它长得还不大，也不算高。而这时候，爷爷种下的其他树，比如白杨树，比如柳树，还比如榆树，都长得很高很大了。尤其那些白杨树，它们做檩条盖房子，也已经是很大很粗的檩条了。就是长得很慢的杏树，有几棵也比桑葚树大了许多。

这棵桑葚树虽然长得不大也不高，但是，我这个长得又胖又笨拙的小毛孩儿还是攀不上去的。因而，当桑葚熟了的时候，我便嚷着三叔，要他给我采摘。我那猴子一样会爬树的三叔，哪儿都敢上去。

三叔上这棵树跟别人不一样。别人大多数是从靠近大门的这一边上的，因为这一边有一堵不高的墙。就是不小心从墙上掉下去，问题也不是很大。而靠近崖畔的那边则不一样了。那边是悬崖，而那悬崖是很高很高的，比我家的大墙还要高好几倍。爬到那边的墙头，伸长脖子往下面一望，高得有些吓人。许多人望了之后，“啊”地惊叫一声，急忙抽身往后退，哪里还敢从这儿上去采摘桑葚。但是三叔敢上。不管哪儿，只要有熟了的桑葚，他就从哪儿上。既然靠近崖畔的那一边有熟了的桑葚，他当然没有不从那儿上的理由。他还是脱了鞋，在手掌心啐两口之后，就手攀脚蹬，像猴子一样往上爬。

我站在树下面，仰着头看他。桑葚树上的枝杈太多了，有的往这边弯来，有的往那边伸去。三叔往上攀爬的时候，也是不时地变换着方向。有时候顺着枝干往这边爬行，有时候又顺着枝干往那边爬行。整棵树，也随着他的身体的晃动而一摇一摇地抖动。当他快爬到树上那根差不多是最高最嫩的树枝时，我都替他捏着一把汗。那根树枝长得太高，又太嫩，折得弯弯的，在半空里一上一下地晃动。有时候，折得太弯了，我从下面看，直感觉它再也弯不回去了。它要是弯不回去的话，也就折断了。一折断，不用说，上面的人一定是会掉下来的。我一面呆呆地看着它一上一下地摆动着，一面提心吊胆地提醒三叔“小心”。可三叔说：“没事儿。”

一般人上到树上摘桑葚时，是两腿叉开站在树枝上的。而三叔是两脚两腿夹住树枝，骑在树枝上的。这么一来，三叔的脚和腿是不动的，而他的两个胳膊两只手却很忙。那两个胳膊，一会儿是这个胳膊伸得长长揽过来一根枝干并抓住它，用另一只手去采摘桑葚；一会儿又是那个胳膊伸出去，揽过来又一根枝干，抓住后，用另一只手去采摘桑葚。他抓着的枝干弯弯的，骑着的枝干也是弯弯的。我看那枝干再一弯就要折断了，但是，它没有折断。三叔仍然悠闲地骑在树枝上，悠闲地采摘。这么一来，那些挂在很高的树枝上、我们都认为不可能采摘下来的桑葚，被他一颗一颗采摘下来吃掉了。

三叔把自己附近那些枝干上熟了的采摘了之后，我以为他就要下来了。但是，他并没有，而是指着另一根树干，说：“那儿还有几颗，我去把它采摘下来。”我说：“那儿太高，太危险了，你就不要摘了。”他说：“有什么危险的。你不知道，上面的才好吃呢。”他一面说着，一面又去攀爬那一根树干去了。当我还在那儿替他担心时，他已经摘了一颗，给我扔下来了。

那几年，我一直蹭吃三叔采摘下来的桑葚。而三叔呢，不仅不会觉得我在蹭吃，反而还乐此不疲。我也终于长到敢于爬上桑葚树的个子了。但不论怎样爬，我还是爬不到三叔早已经爬过多少遍的那些高高的、细细的树枝上去。我吭哧吭哧攀爬半天，至多也就爬到从主枝干上横着长出来的那两根最粗的枝干上去。就这，我还得借助那堵矮墙去攀爬。这堵矮墙本来是爷爷当年打筑的园墙，后来，园子废弃不种了，靠近庄院这边的墙，全被爷爷挖倒了，只留下靠近豁口那边和靠近崖畔那边的。而靠近崖畔那边的，我是打死也不敢攀爬的，我攀爬就只攀爬靠近豁口这边的。这边的矮墙虽说是矮墙，可是对我来说，它还是很高很高的高墙，我爬起来还是很费劲儿的。我往墙上爬的时候，先用两只手死劲儿抓住树干，然后慢慢往上爬。常常是还没有爬上墙，但是墙上的土渣子，已经被我的手脚抓挖得掉下了许多。等爬上去后，站在墙上，然后从这儿抓着树枝，去攀爬更高的树枝。当然，我能爬上去的这些枝干，总体都是低低的，就是爬上去站到上面，能摘到的桑葚也很有限。而且，还需要早一点行动。迟了的话，熟了的就没了。不是熟透了掉在地上了，就是被别人抢了先，采摘完了。

所以，要吃到桑葚，必须得早一点儿行动。毕竟，这时的我已经不是先前那个白吃白喝的小毛孩儿，而是一个会拾柴、会放驴、会放牛羊的半大小子了。

拾柴的时候，想要早一点儿回来是不难办到的。只要到了山坡上，抡起镢头，一门心思挖，把挑去的那两只柳树筐子装满就是了。这样，我就是回来得再早，母亲也不会说什么。而放驴放牛，要想早一点儿回家，就没有拾柴那么简单了，因为一般驴和牛不到中午总是吃不饱的。尤其是驴，你看见它的肚子已经吃得鼓蓬蓬的了，但是它还要吃。我曾经放过的那两头麻驴，根本就吃不够。那头小麻驴是一头骟驴，骟驴干活儿得力，吃得也多。老麻驴是一头草驴（也就是母驴），肚子里经常怀有身孕，因而吃得也就更多。那几年，它基本上是一年产一头小麻驴。爷爷和三叔因之把它当宝贝一样宠着，又是青草又是豌豆地喂养它。可是这家伙一点儿不争气，产下一头小麻驴，死一头小麻驴。第二年又产下一头小麻驴，不久又死一头小麻驴。虽然如此，放牧的时候也还是不能大意。万一下一年它产下的小麻驴健健康康活了，那可是一笔不小的收入。不过，放驴放牛也有例外。哪天爷爷把它们牵去犁地或者打磨地去了，我就可以放心地爬树采桑葚了。

放驴时采摘桑葚不容易，放羊时则更不容易。放羊也是不能随随便便想回家就回家的。那么一圈羊，几十只，长着几十张嘴，每一张嘴都是要拿草料来填的。但是，那紫黑的、亮晶晶的桑葚毕竟太诱人了，因而，有时候我还是悄悄地、早早就把羊赶进羊圈了。羊一赶进羊圈，我就可以爬上桑葚树偷吃桑葚。可是，早早地把羊赶进圈，到底还是有风险的事儿。其他人（如奶奶）看见了，当面悄悄说几句也就完了，至多再加上一句："羊肚子瘪瘪的，下一次可不能这样了，小心你爷爷看见了，有你好看的呢。"

也不是奶奶吓唬我，爷爷要是看见了，还真没有我好果子吃呢。即使不打我，在那儿吼叫一声，我的两腿都要打战。三叔看见了，也要怪我的。虽然三叔在许多方面都让着我，可是，在有关羊的事儿上他是不让的。他那么操心羊，操心得有时候简直都超过了操心他自己。

早早地赶羊进圈我已经干了好几回了，爷爷都没有看见，因为我防备得十分严密。我先把羊赶到大台子或者小台子附近的山坡上去牧放。羊在那儿吃草，我便站在边上仔细观察家里的动静。我先是放眼看，看麦场那儿有没有人走动；再是侧耳听，听听家里有没有人，尤其是听爷爷在不在家里。要是既没有看见什么人，也没有听见什么动静，就是家里人都还在地里干活儿。于是，我便将羊赶上去赶进圈里，关上圈门，小心爬上树，采桑葚吃去了。

桑葚这种水果熟得快。前一晚上，还是红红的一树，仅仅隔了一晚上和第二天早上这么小半天时间，枝头上就又成熟了那么多。一颗一颗，黑溜溜、亮晶晶的，让人看了直流口水。我手脚并用爬上树，手一伸摘一颗，手一伸又摘一颗，一面采摘一面津津有味地吃。

等中午其他人从田地里回来，爬到树上准备摘桑葚吃时，我已经吃得差不多了。这时候，树的低处便于采摘的地方已经没什么成熟的了，只有高处、很难采摘的地方才有，而高处又不是一般人能上去的。

那一次，也正是中午时候，三叔回来时发现低处便于采摘的枝干上的桑葚已经没了，他便爬到高枝干上去摘。他正站在很高的那根树枝上摘着吃时，被园子里割了韭菜回来的奶奶看见了。奶奶站在树底下手指着树上的三叔，压低了声音骂道："你看你，这么细的枝干，爬了这么高。摔下来了怎么办?"还站在树上的三叔听了，笑嘻嘻地说："没事的。你看它细细的，实际是很牢实的。"三叔说着，扔下一颗熟得黑紫黑紫的桑葚，对奶奶说："妈，这颗熟得很好，你吃了。"

高房

一说小洋房，大家都知道。但是说起“高房”，却很少有人知道。这种房子我们叫“高房”，不是因为它有多高，而是因为我们那地方把这种盖在土窑上的房子都叫高房的缘故。我家这座高房，虽说不算太高，可是与周围其他房子比起来，它还是高了许多。站在大门口看，它的屋脊早已经顶住了它旁边的那棵大杏树较高的那根树枝了。

修盖这座房子的时候我还小，不过，也已经会帮家里人干一些活儿了。记得那天，往土窑上面填土时，我们一家人除了正在吃奶的四叔和二弟之外，其他人都上阵了。母亲把驴圈旁边爷爷已经挖好的湿土用柳条筐子挑回来后，一筐子一筐子递上来。我和三叔两个在土窑顶上，帮爷爷倒土。爷爷用铁锨把我们倒下去的湿土铲平，又用杵子哼哧哼哧夯实。当母亲给二弟喂奶的时候，奶奶便接过母亲手里的柳条筐子和扁担去挑湿土。挑来后，给我们俩往上传递。奶奶一筐子一筐子给我和三叔传递，我和三叔又一筐子一筐子抬过去，倒到爷爷要填的那两个坑里。

土窑两边的两个坑终于填平了。在一个天气晴好的日子里，爷爷便着手修盖起高房来。那一天，村里许多人也帮忙盖房子来了。匠人还是地铺的大姑父。大姑父虽不是什么大匠人，但是，他修盖房子的技术我觉得还是很不错的。他用很细很弯的白杨木棍子当椽子来盖房，实在叫人惊叹不已。我看，用这些椽子做铁锨把子都有些细。这椽子虽然很细，也很弯曲，但是用它盖成的房子好多年后还好好的，没有坍塌，不能不说是一个奇迹。我就想不通，爷爷那时候为什么要用这么细、这么弯的椽子盖房子。整个酸刺湾有那么一湾树，不要说小树，就是很粗很大的大树少说也有三四十棵。爷爷随便给村里人送的都是很大很粗的那种椽子，而给自己盖高房却用这么细的棍棍。

也许是房子盖成后，好长时间里没有住人的缘故，我对它的记忆总是停留在它下面的那眼土窑上。我们那时候，有大大小小四眼土窑洞。我老觉得，高房下面的这眼土窑小，实际它并不小。要不，它上面怎么能加盖那么大的一座高房？土窑里装了大半窑给猪吃的豌豆衣、扁豆衣之类的杂衣。奶奶每到给猪搅食的时候，总要叫我们去这土窑里揽杂衣。其他土窑有窗子有门，而这眼土窑很特别，门和窗子就一个，也就是那个土洞洞。它小小的，凿在半墙上，像一个小小的门，又像一个小小的窗户。揽杂衣时，人得像钻窗子一样从这个小洞洞里钻进去，揽了杂衣后，又从这儿钻出来。

这眼土窑里面似乎小小的，可是，盖在它上面的高房却不怎么小。不知道那是爷爷设计的，还是地铺的大姑父设计的，总之，这高房的结构还很有特点：竟然是两泼水（人字梁的屋子，下雨时，雨水向前后两个方向流）的。像我们小学里的大教室一样的构建，前后有两个房面子。屋脊中间高高地凸起来，两面又渐渐低下去。为此，有人还笑过爷爷呢，说："你那六檩四的松木椽子大上房，还才是一泼水（雨水从屋脊顺着屋瓦往前流）的呢。"

这高房外面看起来不小，可是走进去一看，里面到底还是有些小。里面有炕也有地。炕不大，四五个人还是可以坐下的，虽然不宽余。而地则真正小，站在地上，明显感觉这房子是小房子。实际上，那盘土炕早已经占去了大半个屋子，所以，地就只剩下那么一点儿了。那扇木门半开的时候，要是两个人同时进去站那儿，转个身都有些勉强。

这高房最大的好处，便是它的光线好。因为它的四面都是开着的。东、南、西三面都有窗子，靠北面是门。可惜，这些窗子和门一般不同时打开，尤其是冬天。因为它地势高，又在崖畔上，外面一点点的风，进到屋子里就显得很大很大了。门和窗子要是同时打开的话，屋子里面就太冷了。但是窗子再多，不打开的话光线也是进不来的，所以，屋子里还是暗暗的。我们要是下了炕找鞋子，还得蹲下身子摸索着找寻，否则是看不大清楚的。只有夏天，进到房子里面后，我们才敢将所有的窗子打开来。打开所有的窗子，再开了门，揭起门帘，这样屋子里的一切便能看得清清楚楚。

因为房子不大，所以那几个窗子也都不大。为了取暖，奶奶用我们读过的书本，将它一个一个都糊上了。所以，窗子即使全打开来，要是不开门，不揭起门帘的话，屋子里还是显得有些暗。木头的窗扇，做工又粗糙，两扇之间缝隙很宽。偶尔一个晚上我睡迟了，一觉睡到大天亮，睁开眼一看，嘿，太阳早都出来了。从破了的窗纸缝里漏进来的太阳光，透过窗扇宽宽的缝隙射进来，亮亮的一道射到对面的墙上。

平时不填炕的时候，我们都不爱到里面去。奶奶为了防止外面的尘土吹进来，总是把门和窗户关得紧紧的。只有下雨天或者下雪天，我们叔侄几个实在闲得无聊想要捉迷藏的时候，才到里面去。我躲避三叔他们的时候，悄悄开了门进去了。进去后，里面黑乎乎的，有些吓人。因而，即使三叔他们不找上门来，我在里面也是待不长的。

里面要是填了炕，住了人，可就不一样了。因为屋子小，土炕就是填一格子，里面也是热乎乎的。要是两格子全填了，那就相当温暖了，我们叔侄几个都喜欢去。因为它在大门外，找爷爷抽烟喝茶聊天的人，一般情况下都不来这儿。所以，我们在这儿干什么好事儿坏事儿，爷爷都不知道。冬天的晚上，这儿就更热闹了。三叔经常把胜鱼、三忙几个人叫来，在里面打牌。有时候，他们还偷爷爷的烟叶，关上门，在里面偷着抽烟。

那一年，村子里到处传说有贼。还说临近几个村子里，有好几家的驴和牛被盗贼趁夜给偷走了。传得有鼻子有眼，弄得大家心里惶惶的。当年连马家土匪都不怕的爷爷，心里也惶惶起来。半夜里，狗一叫，爷爷就翻身起来，披了衣服，轻轻开了窗子，耳朵贴着窗格子听好大一会儿。有时候，狗“汪汪汪”叫得实在厉害，听那狂吠声，似乎贼已经开了牛圈门牵了牛，正慌里慌张往外逃。这时候，爷爷坐不住了，索性穿上衣服，轻轻开了门，走到院子里隔着大墙听。这时，要是狗叫声停止了，爷爷便也返身进来了；要是狗叫声还不停，爷爷便拿了铁锹，开了大门，到牛圈、驴圈那里细细察看一番。

我家当时的建设布局是人住在院子里面，而牛圈、驴圈都盖在大门外。平常的时候，这种布局是很好的。因为没有牛、驴的出入踩踏，院子里是干干净净的。可是，在传言有贼偷牛牵驴的时候，到底还是不大好。首先一个，就是不安全。深更半夜的，爷爷这么出出进进也不方便。而我家住的那个山湾里，就只有我们一户人家。那么大的一个山湾，孤零零的一户人家，要是没有贼还好，要是真有贼的话，我们家应当是贼最爱光顾的地方。爷爷虽然是一个手能提起几百斤、敢于揪着贼的耳朵走路的人，但一晚上这么走出走进好几趟，到底还是费事儿。

因为这座高房盖在大门外，再加上它比周围其他屋子都高，而且，它的东、南、西三面都有窗子，北面又有门，所以，这时它便成了一个天然的哨所了。虽然它距离牛圈、驴圈也不太近，但是在这儿无论是庄院左边的牛圈，还是右边的驴圈，都可以看得见。这两个地方有什么风吹草动，也都能清晰地听见。出于这样的考虑，爷爷决定搬进高房去住。这样又看牛、驴又防贼，真是再好不过了。

奶奶把它打扫得干干净净的，还把土炕也烧得热热的。爷爷搬进高房后，他的旱烟袋和那个土泥的神仙茶炉子也一同被搬了进去。许多人见了，笑着说爷爷是有福不会享，放着宽宽敞敞、明明亮亮的六檩四的松木大上房不住，偏要搬进这矮矮小小、四面透风的房子里。实际上爷爷也是迫不得已才搬进去的，谁不爱住大房子呢。

尽管爷爷起初往这座高房搬的时候，并不是十分愿意，可连爷爷自己也没想到，他一住进去真还喜欢上了这个小小的屋子。爷爷逢人就说它的好处，说它明亮、暖和又清静。它明亮，是因为住在这里面，不论察看庄院左边的牛圈还是右边的驴圈，都很方便。那两个地方有什么动静，既看得清楚，也听得明白。它暖和，因为本来就那么小的一间屋子，里面又有那么大的一盘土炕，而且两个格子都是烧热的。尤其是西北风嗷嗷吼叫的大冬天，钻进去温暖、舒服得不得了，简直有做皇帝的感觉。它清静，因为那时候我们家孩子很多，三叔虽说比我大，但他也是一个孩子。四叔比我小好几岁，二弟则更小。我们几个到了一处，用奶奶的话说就是简直能够吵翻天。我们在厨房窑里吵闹的时候，远在上房里的爷爷也能听见。爷爷被吵得实在受不了了，就隔着上房窗子大声地狠狠地骂几句。爷爷一骂，我们也是会乖乖待一会儿的。一个一个挤眉弄眼，缩在炕角那儿静静坐着。但是，也只是那么一会儿，一会儿之后就又吵闹起来了，该干什么的就又干什么去了。有时候，爷爷的喊骂声还没有被风吹走，我们的吵闹声就已经在这边厨房窑洞的土炕上响起来了。爷爷骂得多了，似乎也烦了，任凭我们翻宅乱地地吵闹，他也就不骂了。但是，爷爷还是喜欢清静的。所以，爷爷逢人就说："不要看它小，住在里面清清静静的，比我那六檩四的大上房还自在呢。"

爷爷住在高房里，别的都还行，就是往上端饭不大方便。那时候，给爷爷端饭的总是我。我端着一个木盘子，木盘子里搁着粗粗的一把筷子、一个装盐的碟子、一个装辣子的碟子，另外还有热气腾腾的两碗饭。我颤颤巍巍，走在一级一级的石头台阶上，脚底下有一种如履薄冰的感觉，因为那些石头台阶建造的时候摆放得就极不整齐。有的台子高，有的台子低。就是同一个台阶，摆放得也是歪斜不平的。不是往这边倾斜，就是往那边倾斜。走在这样的台阶上，脚底下哪有不踏偏的？

我一步一步往上走时，心里战战兢兢地有些怕。当快走到最上面那一个台阶时，心里就更害怕了。因为一跨上这个台阶，便到了高房的阳台上了。那可是真正的阳台，没遮没拦的。我站在那儿，吓得眼睛也不敢往下面看，一看就有要掉下去的感觉。掉到前面的地上，当然也是很危险的。一个土窑，说不高也有两米高。从两米高的地方掉下去，最起码屁股是要疼一疼的，更不要说对头部和腿部的伤害了。要是从台阶和阳台转弯处掉下去，那可不是闹着玩的。整个那一面是悬崖，足有两丈高的悬崖。

尽管如此，大家还是爱到高房去吃饭。一家人除了母亲有时候不来之外，我们其他人差不多都去那儿吃饭。爷爷坐在炕上吃，奶奶吊着腿儿在炕沿上坐着吃。我们其他人有的坐在门槛上吃，有的坐在门外的墙角那儿吃，还有的背靠着门前那根木柱子吃。常常是边吃边说边笑，饭吃多长时间，说笑就持续多长时间。

那时候，爷爷奶奶在哪儿，我们都爱到哪儿。晚上睡觉的时候，我们也爱跟爷爷奶奶一起睡。爷爷奶奶搬进高房后，我们就更爱跟他们一起睡了。因为在高房里睡觉的感觉，实在比在其他屋子里睡的感觉要好。那么小小的房子里，那么小小的一盘土炕，热乎乎的，又那么温暖。尤其是寒冷的冬天的晚上，睡在那里则更有温暖感，心里更踏实，睡得也更香甜。睡觉之前，奶奶总要把门窗关闭严实，又用破布、破棉絮之类的东西将窗子严严实实塞住，还要用根木棍子从里面顶住门扇。就这样，奶奶还怕那无孔不入的寒风钻进来，因此将门与门框之间的缝隙也严严实实塞住。这时候，你会听见北风在门外像狼一样嗷嗷地嚎叫，屋子里面的我们则在热炕上，在暖暖和和的被窝里，自自在在地睡我们的觉。

另外，这房子还有一个特点，就是外面的风刮得越大，房子里面越暖和。我最喜欢睡在土炕后面靠墙角那儿，我觉得那儿比别处更温暖，更舒服。

不知什么时候，偷牛盗马的谣传平息了。爷爷到底还是搬回上房里住去了。我记不大清楚爷爷到底出于什么原因、是什么时候搬到上房里去住的。但是有一点是可以肯定的，这就是并不是因为偷牛盗马谣传的平息。因为偷牛盗马的谣传平息后的好长一段时间里，爷爷还在高房里住着。也许，是由于快到过年的时候了吧。我们家亲戚多，年头节下，总是要人来客往的。高房这儿平时住着还可以，要是亲戚来了到底还是有些狭窄。再说，过年的时候是要祭祀祖先的，这里连张桌子也放不下，没有桌子的话，摆放祭品、烧香磕头都是不能进行的。

高房里面最热闹的，要算除夕了。当太阳还没有完全下山，我们家的年夜饭还没有吃完时，就能听见“嚓嚓咚咚”的打钹敲鼓声，从大生地梁头上响下来了。那时候，我们这个很大的山湾里虽然只住着我们一户人家，我们同族的其他人都住在山湾那边，但是到过年的时候，他们都还是跑到我们这边来了。从房分上说，不仅我们四房的都来了，连三房、五房的也都来了。

我听到这“嚓嚓”的钹声和“咚咚”的鼓声后，高兴得饭也吃不下去了。丢下饭碗，一溜小跑地往大门外赶。母亲看见了，在后面赶着喊叫我，要我吃完饭了再去。但此时我已经跑出去了。我站在大门外麦场边的那堵矮墙跟前，眼望着从半山腰下来的一大群大人小孩，高兴得跳蹦蹦，拍着手直叫喊。

他们来了之后，照例是先将钹、鼓立在屋檐下，跪下来给供在桌子上的祖先烧香磕头。领头的光爷烧完香，就向门外喊一声“磕头了”，于是，跪在院子里的那半院子人便都磕头。爷爷早就在炕上跪着等大家了。这会儿，好像有些等不及了。他一看见大家磕完头，便跪直了身子，在炕桌后面连声道：“快上炕，快上炕。”

当光爷站起身，一面作最后一个揖，一面向炕上的爷爷笑着说“这个是给你老人家的”时，爷爷忙答礼说：“不敢不敢，快上来。”那时，在桌子边等候着的父亲，也忙去拦他。如此礼貌一番后，年老些的一个一个上了炕，想喝茶的喝茶，想抽烟的抽烟。在地上的火炉子跟前等着伺候大家的父亲，将温好的酒拿过来，二叔也将奶奶早已炒好的菜端上来了。于是，大家又多了一个项目，这就是喝酒。而我们这一帮孩子们便趁这机会开始我们的活动了。我们抱了钹背了鼓，跑到大门外，又“嚓嚓咚咚”敲打起来了。

我们孩子多，但是钹、鼓只有一副，因而，大家只有轮流着打。开始的时候，当然还是谁厉害谁先抢着打。那几个块头大、力气也大的，抢在手里打着不放。而我们这个子小、力气小的小毛孩儿，只有站在一边听了。不过，听他们打鼓打钹，也是一种享受。那打钹的，闭着眼，张着嘴，晃动着脑袋，嚓嚓嚓，嚓嚓嚓地打。打鼓的，昂着头，咧着嘴，挥动着木槌，咚咚咚、咚咚咚地敲。我们听的，双手塞进袖筒里，蹦着两脚，在一边用心听。我们一会儿绕到这儿听听，一会儿绕到那儿看看，巴望着他们这几个早点儿打完了，好让自己也过过瘾。

腊月的天气本来就很冷，天黑的时候就更不好受了。我们心里虽然很高兴，但还是手冻得发疼，脚冻得发麻。尽管奶奶和母亲已经好几次叫我们到屋子里暖暖再来玩，可是我们还是不愿意，宁愿站在那空地上跳蹦蹦取暖，也不愿意回到屋子里的热炕上去。

终于，他们几个打得不耐烦了，放下鼓槌，搁下钹、鼓，去到上房里看喝酒的去了。他们一走，就轮到我们这几个个子矮、力气小的了。像白娃、老三、盛和、七芒等。当然，还有我。我们几个倒没有抢，他们都说我个子最矮，力气最小，因而常常让我先打。我虽然心里也有些不好意思，但还是经不住钹、鼓的诱惑，因而不论钹还是鼓，随便哪一样拿起来就打。我无论打钹还是打鼓，也像他们一样，既神情专注又得意扬扬。

腊月三十的晚上，气温到底还是低。虽然用力敲打，浑身是热乎乎的，但是，暴露在外面的两只手还是冻得有些麻。两只脚在冻地上站久了，也有些发疼。我们打着打着，觉得也就那个样儿，永远是那么单调的“嚓嚓咚咚”声。于是也便放下钹、鼓，掷了手中的槌子，就近钻进了高房里。不大的一盘炕上，你挤我，我挤你，挤了满满一炕。大人们有大人们的消遣，我们孩子有我们孩子的娱乐。我们的娱乐是打扑克牌。扑克牌是白娃的。那副玩得差不多快要认不出大猫、二猫的扑克牌，对我们来说还是那么有意思。牌桌仍然是三叔那只渍满油渍的枕头。我的搭档还是白娃，要不，老三也行。无论如何，跟盛和是不能做搭档的。我的牌技那么臭，万一输了，他又要唠叨半天的。他那个赖皮，只许赢不许输。

我们在这里打着赖着争着吵着，面红耳赤，不可开交。什么时候上房里的喝酒声停止了，我们不知道；有人在高房下面喊我们喊了半天，我们也不知道。直到有人跑上来，向我们大声嚷“送先人了，你们听见了没有”时，我们这才知道，夜已经很深了。于是，便收了牌，下了炕，跟着大人们送先人去了。

送先人的时候，在桌子跟前烧香、烧纸、奠茶、奠酒的是爷爷。爷爷烧了香，烧了纸，奠了茶，奠了酒后，便转过来向大家喊“磕头”。于是，大家便一起磕头。磕完头，站起身，爷爷便端了香盘，出了上房，往大门外走。众人跟在后面，也往大门外走。走过打麦场，一直走到柳树那儿的十字路口时，便停了下来。这时，又是跪下来烧香、磕头、奠茶、奠酒，还放炮。几声爆竹响过之后，这一年过年时请来的先人们，也就算送走了。

送走了先人，爷爷照例还要邀请大家到家里继续喝酒，继续聊天。当爷爷还站在路边招呼众人的时候，三叔趁爷爷不注意早已经把胜于、忙儿几个偷偷叫到一边，准备等爷爷进屋后，把他们带到高房里去玩。等我发现他们几个已经溜进了高房时，也跑上去，想跟他们一起热闹热闹。但是这时候，高房的门已经从里面死死地用木棍子给顶住了。我从门缝往里瞧，清清楚楚地看见炕上挤挤挨挨坐了差不多十个人。而且，胜于已经在油灯下整理扑克牌了。我用手拍门，里面问：“哪一个?”我说：“是我。”三叔说：“回去睡去，我们已经睡下了。”

嘿，这不是哄我嘛。明明在那儿铺开了摊子要打牌，硬说是睡下了。于是，我也撒谎道：“里面没处睡了，我爷爷叫我这儿来睡。”我打着爷爷的旗号说事儿。当然，三叔也不是好骗的。三叔说：“你爷爷那是在哄你，上房里的炕那么大，怎么能没处睡呢?”我看他们根本没有开门的意思，也便极不情愿但又无可奈何地离开了。

第二天天未亮，我就被爷爷喊起来了。爷爷说，正月初一要早起，起来了要给天地土神灶王爷烧香磕头。爷爷还叫我喊起三叔，和三叔一起去做这事儿。我站在大门口喊了几遍三叔，都不见他起来。他不起来，这事儿就只有我一个人去做了。我心里当然很不情愿，但也还得去做。我拿了纸钱、香表，在上房的桌子上，在厨房的灶下，在当院，在大门口，一处一处烧香、烧纸钱、磕头。当这一切都做完了时，还不见三叔他们几个起来。我悄悄走向高房，还没到门外，远远地就能听到高房里面呼噜声响成一片。我伸手去推门。这一回，门一推就开了。揭起门帘一看，里面的炕上横着竖着睡了一炕。真不知道他们昨晚上是什么时候睡下的。

爷爷是个蜂迷

一、随处可见的蜂窝

爷爷的蜂窝很多。

一进大门，最显眼的，就是爷爷的蜂窝。整个院子里，重重叠叠的，摞得到处都是。那么大的一个院子，那么多的地方，爷爷偏偏将它们安放在上房屋檐和厨房屋檐下的那两个拐角处。而且，爷爷这蜂窝，泥巴糊了一层又一层，重重叉叉的，一点儿也不好看。把这样的东西安放在这么显眼的地方，就如白白净净的一张脸上平白涂抹上了一坨子煤灰沫子，太不上脸了。在那个大多数人都还住着土窑洞的时候，我们这座用清一色的松木椽子修盖的上房，和又粗又直的白杨木椽修盖的厨房，是那么结实、那么气派。尤其这座六檩四的上房，在当时可不是一般的房子。它不仅是我们这个小队里最豪华的房子，听说也是全大队最好的房子。爷爷把这些看起来斑斑点点、十分粗糙的蜂窝，用泥巴裹着安放在这些地方，真不知道爷爷当时是怎么想的。而且，这些蜂窝还不是单层安放的，是一层上面再摞一层，在第二层上面又摞了一层的。摞好之后，爷爷又用泥巴将它们细细地裹住了。

尽管如此还是摆放不下爷爷那日渐增多的蜂窝。于是，爷爷便在紧靠厨房左边的那个房子（也就是我们所说的新房）的拐角处也安放了蜂窝，而且一安放也是三层。那时候，我们母子几个就住在这间屋子里。

爷爷的蜂窝也不是白白安放在这儿叫人看的，是养蜂用的。爷爷养的这些蜂儿，似乎比别人养得更勤快，一天从早到晚忙个不停。这一点，我就不喜欢。当我从蜂窝前的这个小道道往里面走的时候，更是讨厌它们。上面两层蜂窝因为高，对我的影响还不算太大。而下面那一层蜂窝就不一样了，我想从这儿经过，总会看见有蜂儿正从蜂窝门口出出进进。被蜂儿蜇过的我，见了它们总是很害怕的。因而，我每次经过这儿的时候，首先得睁大眼睛看一会儿，瞅准它们要走的已经飞走了，要来的还没有飞来的空儿通过。这机会你要瞅准了，各走各的路，你好蜂儿也好，你不影响它，它也不影响你。要瞅不准，极有可能出危险。保不住一支毒箭在你还没有反应过来的时候，就已经深深地扎进你身体的哪个部位了。首当其冲的，便是脸和额头。很快地，你就会看见一个不小的包包，在脸上或者额头上凸起来。

因为爷爷养的蜂儿在不断增多，需要的蜂窝数自然也在增多。虽然院里这两个最好，也最显眼的屋檐全被蜂窝占满了，新房拐角也被蜂窝占满了，但还是安放不下爷爷那永远也安放不完的蜂窝。于是，爷爷便另外想办法安置它们。这一回，爷爷想的办法是搭棚子，地点就在大门左边，在紧靠西面的大墙根下。

爷爷搭建的这个棚子就一人高的样子，而且也不怎么讲究。用的椽子不像是椽子，倒像是很细很细的那种小棍子，用的檩子也不像檩子，其实也是很细很细的棍子。只不过，这种棍子比做椽子的那种棍子稍微粗些罢了。整个棚子就搭建在一个土台子上面。土台子不高，将蜂窝安放在上面，高低刚合适。这棚子看起来简简单单，十分粗糙，却很实用。上面因有了这个棚子，下雨时下面的蜂窝淋不着，下雪时下面的蜂窝又湿不着。

那时候，我明明发现爷爷的蜂窝有些是空着的，但爷爷还是经常请人泥蜂窝，又经常请人帮他安置蜂窝。我一直不明白，爷爷这是为什么。这时候，前院子里已经没地方安放了，爷爷只得在上房后面的那面悬崖上下功夫了。爷爷在悬乎乎的半崖上，深深地挖了几个洞洞。在一个天气晴好的日子里，爷爷便叫了村里的几个年轻人来帮忙。他们将一个一个用泥巴做成的、又笨又重的土蜂窝吭哧吭哧抬着装进去。不久，在这几个蜂窝里，爷爷也都安置了新分出来的蜂儿。

这面悬崖和上房之间有一道窄窄的巷道。因为地处上房后面，巷道狭窄，光线又暗，平时很少有人去这儿。只有在下雨下雪天，我想方便但又懒得去大门外的粪场子时，才去这儿方便一下。可是，自从爷爷在半崖上安置了蜂儿之后，我去这儿就没以前那么随便了。有一回，我正脱光了裤子，撅起屁股，在那儿面红耳赤地努力时，一只蜂儿嘤嘤嗡嗡飞来了。它慢悠悠从半空里飞下来，飞过我的耳际，一路往下面飞去。看那架势，大有落到我的光屁股上的趋势。我知道，它的尾巴那儿是有一支利箭的，一支很毒很毒的利箭。它的厉害，我可是领教过不知多少回了。吓得我从此以后，不管多大的风雨也还是跑到大门外面去方便。

院子里，前前后后差不多叫爷爷的蜂窝给占完了，而爷爷的蜂窝还在继续增多。给爷爷泥蜂窝的老光爷，喝了爷爷的茶，抽了爷爷的旱烟之后，又去给爷爷泥蜂窝去了。院子里面放不下那么多的蜂窝，爷爷便向院外开疆拓土。好在我们那个山湾是个很大的山湾，偌大一个山湾里就住着我们一户人家。所以，爷爷要是想在大门外给他的蜂儿修建房舍的话，地方还是有的。

爷爷首先看中的是宅院外面的大墙。那大墙是我们分家的时候，爷爷和其他帮工们用杵子、大版和多得挪也不好挪、想挪也没处挪的黄土打筑的。如此厚实的墙体，我看用大马力挖掘机挖，一时半会儿也挖不到哪儿去。在这样厚实的墙上凿挖一个住人的窝，我看都是可以的，更不要说是挖一个安放蜂窝的洞洞了。爷爷在大门两侧的大墙上，各凿挖开了几个洞洞。然后叫了几个壮实的年轻人帮着将笨重的土蜂窝一个一个塞进去。

但是，永远也闲不住的爷爷为了他的蜂儿，仍然爱好修修建建。于是，牛圈旁边的悬崖上，爷爷种烟叶的那个大园子的角落里，也成了爷爷养蜂的好地方了。爷爷在这些地方的旮旮旯旯见缝插针，安置起自己的蜂窝来。在这些地方，爷爷的基本思路是，凡是能安置蜂窝的地方绝不能让它闲着；能安置两个蜂窝的地方，绝不能只安置一个就了事。能挖洞的地方挖了洞，将蜂窝往洞里放；不能挖洞的地方搭棚子，往棚子下面放；既不能挖洞也不能搭棚子的地方，则用土块和泥巴修筑台子，往台子上安放。蜂窝安放到台子上后，再用席子或者草帘子苫住，既防风吹雨淋，看起来也不失美观。

二、蜂儿“潮”开了

这里的“潮”，是养蜂的爷爷在夏天时几乎天天会用到的一个词语。

夏天的中午，太阳正红的时候，大量的蜂儿便从各自住着的那个小小的蜂窝里咕嘟嘟往外涌。如此多的蜂儿，在很短很短的时间内，一疙瘩一疙瘩从蜂窝里面往出来涌，样子就像是汹涌翻滚着的潮水。我想，爷爷说的“潮”，应该是这个意思吧。但到底是不是，我也没有问过爷爷。爷爷不识字，我想，问也是白问。也许，爷爷只是因为以前的人这么说，他也跟着这么说罢了。“潮”对于蜂儿来说，是非常重要的。爷爷通过它们的“潮”，可以看出许多情况来。比如它们最近是勤快还是懒惰，是健康还是病了，等等。

“潮”对于蜂儿如此重要，而“潮”又是在夏天进行的，所以，夏天一到，爷爷就格外忙。这时候，爷爷每天除了割麦子犁地之外，还有一项重要任务，就是照看他那些永远也“潮”不完的蜂儿。蜂儿的“潮”，时间一般在中午。因而，快到中午的时候，爷爷便早早地从地头上回来了。肩上架着木犁、手里提着牛笼嘴和那根把子已经磨得明晃晃的鞭子的爷爷，还没有走到麦场边上时，就老远地喊道：“蜂儿‘潮’开了没有？”

爷爷当然不是随便问的，因为这一天哪一窝蜂儿该“潮”，哪一窝不该“潮”，他心里早有数。哪一窝应该“潮”而没有“潮”，哪一窝不应该“潮”而“潮”了，早已经从山里回到家里并进行了一番仔细观察的奶奶，到这时候也是揣着一本清账。因而，当听到爷爷的喊话后，奶奶便忙从大门里出来了。奶奶一边走，一边向爷爷一一汇报它们的最新动态。

爷爷一面听着，一面做着分析。要是奶奶的汇报跟爷爷此前的预测一样的话，爷爷便说：“我知道这一窝会这样。”这意味着这一窝蜂儿一切正常。这时候，爷爷便会不急不忙，一样一样放下木犁、笼嘴和鞭子等，回家找烟盒烟锅抽烟，一面喊我们给他舀水、生炉子，准备喝茶。要是奶奶的汇报跟爷爷预测的不一样，爷爷口里便会念叨：“怎么会是这样的呢？是不是又有病了？”很显然，爷爷心里有些紧张了。这时候，爷爷便忙撂下手里的木犁、笼嘴和鞭子，旱烟也顾不上抽，茶也顾不上喝，急匆匆跑到蜂窝前，细细察看起它们的动静来。

在爷爷的眼里，蜂儿的“潮”还是不“潮”以及“潮”的程度都是至关重要的，因为爷爷从它们的“潮”上，可以判断出它们最近的生长状态。蜂儿这家伙，夏天时变化很快。有时候，一天变一个样儿。有时候，一天变好几个样儿。因而，你得时时小心。那些生长正常的，继续留心着就是了，不大正常的，必须得立即采取措施。当然，爷爷是有他自己的一套应对办法的，有的要用点着的艾蒿去熏，有的要用食用的浆水去喷。至于怎样的要去熏，怎样的要去喷，我一直搞不清楚。

蜂儿大“潮”，一般是在吃午饭的时候，有时候也在午饭过后。这时候，太阳最红，天也最热。当然，蜂儿的翅膀也最硬。它们翅膀一硬，飞起来也就更有劲儿了，所以，这时候是蜂儿们“潮”得最得劲的时候。只见整个院子里，从高空到半空，从半空到地面，嘤嘤嗡嗡、密密麻麻的全是蜂儿。有的飞得很高很高，高得即使你仰视天空，看半天也看不清到底哪儿才是它们飞舞的最上面；有的在半空中上下翻飞，翩翩起舞；还有一些在很低很低处来回飞舞，低得常常能碰到院子里来回走着的老母鸡；还有的则直接落到当院，落在屋檐下的水渠里，落在石头台基上。

“潮”着的蜂儿，飞翔有飞翔的姿势，降落有降落的样子。它们飞翔时，迅捷敏锐，婀娜可爱；它们降落时，庄重文雅，各有其态。有的停在那儿一动不动，翅膀不动，触角也不动，尾巴也不动。就像干累了活儿的庄稼人，一动不动地坐在地头上歇着。有的张开翅膀，像要起飞，但又没有起飞，一副跃跃欲试的样子。有的爬过来爬过去，慢慢悠悠爬行着。这时候在院子里行走，得特别小心。一不小心，就有那么一只两只会爬上你的光脚面。我见了总是很害怕，尤其看见它尾巴上长着的那支尖尖的、习习蠕动着的毒箭，心里一阵惊恐。我知道这家伙是喜怒无常的，它要是有一点儿不高兴，便会把那支毒箭射进我那胖墩墩的脚面上，那滋味我可是不止一回地尝过了。所以，只要看见它爬上我的脚面，我便“呀呀呀”地叫起来，而在一边盯着“潮”着的蜂儿的爷爷则淡淡地来一句：“叫什么！”

听爷爷那口气，好像这蜂儿从来就不会蜇人。

爷爷一面继续看着那潮水般“潮”着的蜂儿，一面说：“它不会蛰你的，除非你要伤害它。你看我。”爷爷说着，还把他的胳膊伸过来要我看。

我知道，这蜂儿就欺负我。对于爷爷，它们从来都是巴结着的。我就不明白，它们为什么不欺负爷爷，还要巴结着爷爷。只见爷爷的两个肩膀上，光光的脑门上，青筋凸出的手背上，还有光脚面上，到处都趴着蜂儿，而且一只一只蠕蠕动着。看它们那样子，简直就如趴在自家的炕上一样随意，自在。我虽然知道它们向来对爷爷很友好，它们尾巴上的那支明晃晃的毒箭也很少给爷爷用，但是，我心里还是认为，这些家伙毕竟还是蜂儿，它们有时候总是不大会听话的。万一它们一时不高兴，说不定就会蜇爷爷的。因而，我眼盯着它们看，心里还是不相信它们有多老实。但是，爷爷照样看他的蜂儿，像什么事儿没有发生一样。而那些蜂儿见爷爷好说话，更加得寸进尺起来。有的竟然还爬到爷爷的胡须上去了，它们不仅爬上去了，还在上面来回踱步。有的连爷爷的那两绺儿长长的眉毛也不放过。有的趴在上面刁刁蠕动着；有的简直把爷爷的那两绺儿眉毛当成了大路，在上面走过来走过去，悠闲地散步。爷爷呢，还是那个样子，照样一面盯着“潮”着的蜂儿，一面吧嗒吧嗒、一口接一口地抽烟。

三、收蜂儿

蜂儿分家的时候，是我们全家最紧张的时候。一般情况下，它们哪一窝哪一天分家，爷爷心里早就知道。所以，到了这一天，爷爷便也早早地从地里回来了。爷爷一面在上房里喝茶，一面不住地嘱咐我们注意这窝蜂儿的动向。

蜂儿分家，一般在中午。有时候在我们正吃午饭的时候，它们出来了；有时候在我们午饭吃完后，它们才慢腾腾地出来。

蜂儿分家，常常是和“潮”分不开的。要分的蜂儿，你看见它“潮”开了，大体就是要分了。因而，蜂儿“潮”时，爷爷很注意地看着它们，脸上似乎还有些紧张的样子。看见爷爷这副神情，我们全家也感觉有些紧张。蜂儿分家，对于一个养蜂人来说极为重要。它们顺顺利利分了家，意味着一窝新生的蜂儿就此诞生了，就如怀胎十月的母亲顺顺利利产下了一个宝宝；分家要是不顺利，几分钟之内一窝蜂儿就不见了。因为蜂儿都是长着翅膀的，它们从蜂窝里一飞出来，谁知道它们心里想着什么，会飞到哪儿去？

这边我们大家心里都很紧张，而蜂窝里的那些蜂儿似乎也很紧张。你看那成千上万的蜂儿，从那么小小的一个蜂窝门里往出来涌，那紧张、急促的样子，使你不由得想起在电影里看过的战前军队的大集合。无数的蜂儿从蜂窝里急匆匆往出来涌，就如无数的战士从军营里往出来跑。到跟前看，这样子像是谁在一边用一只无形的大手，将一根很长很长、很粗很粗的麻绳从蜂窝里使劲儿往外抽，不断地使劲儿抽；要是从距离蜂窝更远的地方看，那样子又像是打开了一个压力很大的水龙头，水从那个细管似的小口子里一个劲儿往外喷。那巨大的“嘤嘤嗡嗡”的声音，就是水从水龙头里面喷出来的“哗啦哗啦”声，已经跑出来、并在蜂窝前乱飞着的蜂儿，便是水龙头喷射出来的、无数乱溅的水点子了。

看到这样子，小弟弟首先就着了慌。他急得在一边大喊："爷爷，出来了！爷爷，出来了！"我也在一边紧张得不知道做什么好。但爷爷对此似乎不以为然。只见他仍然蹲在那里，没事人一样，吧嗒吧嗒抽着烟。爷爷一面抽烟，一面抬眼看看蜂窝门口，又看看半空，口里不紧不慢地说："怕什么，它们才'潮'着呢！你看，飞得都这么低。"

只见蜂窝里的蜂儿还是像刚才一样，凝成绳子从蜂窝门口往出来涌。已经出来的，有的仍然在院子上空盘旋着，有的已经飞远了。但是，爷爷还是盯着蜂窝门看。正当院子上空的那些差不多已经飞远了，有的甚至已经飞过大门顶上最高的那一溜儿屋脊，我觉得它们快要逃走的时候，爷爷站起了身来，大声说："出来了！"

我起先不知道爷爷说的"出来了"是指什么，后来才知道他说的就是蜂儿王国的那个尊贵的统治者——蜂王。蜂王一出来，说明它们这次分家在蜂窝这儿的这一步已经彻底完成了，下一步便是收蜂儿了。在蜂儿分家的整个过程中，收蜂儿是至为关键的，一窝新蜂儿诞生与否就在于此。爷爷用命令的口吻大声说："快点儿，快点儿！"爷爷口里说着，已经一手提着装满草灰的筐子，一手提着铁锨，跨出了大门，直往高房下面的柳树林子奔去了。

我们其他人也都分头行动起来。三叔扛了那个杆子又长又细的收蜂兜，在后面撵；奶奶提了草灰筐子，紧随其后。母亲、二叔、二妈、四叔、我、二弟、三弟等，一个一个装灰的装灰，提筐子的提筐子，一路喊着叫着，往高房下面的柳树林里赶。

这些小家伙们说来也怪，它们飞出来后，一般情况下哪儿都不去，就往这片柳树林子里钻。我怀疑有人已经给它们下了命令了，要不它们怎么会那么心齐，以差不多一样的速度、差不多一样的高度往同一个地方飞？

不准备逃跑的蜂儿，你就是赶它们，它们也不逃跑；要逃跑的蜂儿，你就是喊得嗓子发干，它们也要逃跑。尽管爷爷口里常常说着这一句话，而且他也看见了刚出来的蜂儿别处都没去，正往它们常去的高房下面的这片柳树林里飞，但是为了以防万一，爷爷还是一路往下跑，一路高声喊："蜂王，进兜进兜，老白雨（暴雨）来了——喂——""蜂王，进兜进兜，老白雨来了——喂——"我们在后边，一路赶，一路跟着大喊这句话。

不知道它们是无心思逃跑，还是因为听到了我们的喊叫声了，总之，我们这么喊叫了几声之后，就看见它们已经在树林子里的某一棵柳树上开始降落了。至于它们最终会落到哪一棵树上，总是奶奶最先发现。那时候，我们还正在向四处张看，奶奶则已经在一边喊起三叔来。奶奶喊道："来和，在这儿。"我回头看时，见奶奶一手提着柳树筐子，一手指着不远处的那个柳树杈子对三叔说。

正站在悬崖畔上的爷爷听见后，便把举得高高的一铁锨草灰放下来，然后手指着树杈，对三叔说："快把蜂兜搭上。"实际三叔早也看见了，他扛着蜂兜，急匆匆往那棵树下面跑。

那时候，三叔虽然小，但是干活儿非常麻利。常常是爷爷的话音才落，他已经出现在那棵树下面了。三叔人小个子矮，蜂兜的杆子又长，他能在爷爷话音刚落时就把那个收蜂兜稳稳当当地搭到已经落了一大堆蜂儿的柳树杈子上，速度之快不能不叫人惊奇。这么矮小的一个孩子，扛着长长的一个收蜂兜，活像电影里的孙悟空，扛着那根又粗又长的金箍棒。

蜂儿落下来说慢也慢。它们飞到柳树上头时，只有少部分落到树杈间，大部分还在半空里"嘤嘤嗡嗡"叫着、犹犹豫豫盘旋着，而且要盘旋好一阵子。但是，说快也快。刚才还看见树杈间只落了拳头大小的一疙瘩蜂儿，才几分钟时间，差不多大多数都落下了，并且都落进了那个蜂兜里。它们的快速和一致的步调，也让人称奇。这时，你再看看蜂兜里的蜂儿，都能装满大半个脸盆了。我相信，它们一定是有一位身经百战的蜂元帅，在半空里镇定自若地指挥着。

不过，在蜂儿的世界，也有一些无组织无纪律的散漫分子，天生的独来独往的怪脾气。当蜂元帅在半空中指挥蜂民们统一行动的时候，它们这些家伙也总是在蜂兜外犹犹豫豫、慢慢腾腾踱着方步。爷爷看得不耐烦了，像训孩子似的训道："这几只家伙，想进去又不进去，到底要干啥！"他口里念叨着，一面对三叔说："来和，上去扫去。"

三叔听了，像猴子一样，轻手轻脚地往树上爬。

这时候，柳树是一点儿不能摇动的。即使稍微有一点儿摇动，这装得满满一蜂兜的蜂儿就有可能掉下来。它们一掉下来，那可不是闹着玩的。有两种可能。一种是它们误以为你要伤害它们，便疯狂地报复你。试想一想，一窝蜂儿，有成千上万只。不要说那么多的蜂儿蜇人，就是一只两只，也够你受了。再一种便是逃跑。因为受了惊吓的蜂王首先就受不了了，它一受不了，它的蜂民们也不会坐视不管的。它一个命令，哪一只蜂儿敢不听？一窝蜂儿，少说也能抵得上一垧麦子的收成。一垧小麦打七八百斤净麦子，也还不算高产的。

好在三叔知道这一点，他一手抓着柳枝，一手拿着奶奶递上去的笤帚，在蜂儿堆成的小堆子上，一下，一下，一下，轻轻地，轻轻地扫。那些扫起来的蜂儿，似乎也知道人家为什么要扫它们。它们一起来，哪儿也不去就直接往蜂兜里钻，一进去就落在了那些蜂儿堆子上。那自然的样子，就像我家门前土崖下水泉里的水一样，从石头缝里流出来后，顺着河道，直接往下面的小河里流去。

当然，也不是所有要分家的蜂儿都那么顺顺利利分家，顺顺利利被收到蜂兜里，又顺顺利利被安置到爷爷提前准备好的蜂窝里。有的年份，会有一窝甚至两窝蜂儿逃走的情况。这些要逃走的蜂儿，爷爷早就知道。而且，爷爷对它们的逃跑也早做了严密的防范。但是，有些事情，你就是早知道也没有用。这些蜂儿一出蜂窝门就飞得很高，它一下子飞那么高，我们即使追也追不上，因为它们都是长着翅膀的。不过，爷爷是个不见黄河心不甘的人，在它们彻底飞离我们所住的酸刺湾的上空之前，爷爷还会像收其他那些蜂儿一样收它们。爷爷一手提着装满草灰的柳树筐子，一面用他那又粗又高的大嗓门，一个劲儿喊："蜂王，进兜——进兜——，老白雨来了——喂——""蜂王，进兜——进兜——，老白雨来了——喂——"我们其他人也跟在爷爷后面喊。连刚学会说话的小弟弟，也站在我们当中，学着爷爷的声气，喊："蜂王，进兜——进兜——，老白雨来了——喂——""蜂王，进兜——进兜——，老白雨来了——喂——"

但是，对于早已安下心要逃走的那些蜂儿来说，我们的一切努力都无济于事。爷爷扬出去用于拦截蜂儿的那一铁锨草灰还在半空里没有化开的时候，它们已经飞得踪影不见了。好在这种情况几年才能遇到一回。

一般来说，它们的分家是有规律的。爷爷从它们"潮"的状态、蜂片的颜色和蜂子的大小上，可以看出来。但是，这一切也不是总那么有规律，有时候也有例外。它们该到分的时候没有分，爷爷一直等到午后还不见它们出来，也到下地干活儿的时候了，爷爷便对我说："你把羊迟点儿赶，留心着，看它们出来了就喊我。”我口里答应着说“好”，但心里想，它们真要分时，恐怕喊也来不及了。因为蜂儿从蜂窝里出来后还在飞，它们都是长了翅膀的。而我常常总是把握不住分寸。刚看见蜂窝门上多了几只蜂儿，就以为它们要分了，于是便飞跑出去，站到场边上的那堵土墙跟前，向爷爷干活儿的峡畔地头大声喊：“爷爷，蜂儿出来了——”爷爷听见后，老远地答应着跑来了。可是，当爷爷满头大汗地赶回来时，它们并没有分。

四、蜂迷

爷爷的兴趣爱好是很多的，比如爱栽树，爱种花，爱养牛养羊。当然，还爱养蜂。要我从兴趣爱好的角度给爷爷起个雅号的话，我觉得把爷爷叫“蜂迷”最合适。

爷爷十分爱他的蜂儿。要是有人问爷爷爱蜂儿的程度到底有多深的话，我便会说，他爱蜂儿就跟爱他的孙子一样，有时候甚至还超过爱他的孙子呢。大家都知道，爷爷是很爱他的几个孙子的。孙子小的时候，爷爷从外面一回来，首先要叫奶奶把孙子抱来，他心疼一会儿再去喝茶抽烟。要是赶集回来的话，总要给孙子买点儿什么。连出门做客，回来时也不忘要给孙子带点儿什么好吃的。

夏天是庄稼人一年最忙的季节。夏天的早上，爷爷早早地起来喝茶。喝完茶，便早早地牵了牛，扛了木犁，到田禾地里犁地去了。不过，爷爷回来得也早。有时候中午不到就回来了，有时候甚至干粮吃过不久就回来了。爷爷回来后，便不再像以前一样抽烟喝茶逗孙子玩儿了，而是先跑到蜂窝前，瞧他那些正忙着出出进进的蜂儿去了。

那时候，我也不知道爷爷在看什么。只见爷爷蹲在屋檐下的阴凉儿里，盯着蜂儿看好半天。时不时还能听见他口里念一句：“这一窝，怎么还不见‘潮’的。”或者：“那一窝怎么又‘潮’开了。”有时候，还会看见爷爷将蜂窝前的那一片泥门子卸下来，然后伸长脖子往里看。

一个土蜂窝卸下这一片子泥门子，就如一座房子揭去了上盖一样都暴露在了外面，只见里面的蜂儿一疙瘩一疙瘩翻滚着。有的见自家的大门敞着，便趁机咕嘟嘟飞出来了。这时候，爷爷的对策也是不尽相同的。有时候，爷爷叫我舀一碗浆水来。爷爷吸一口浆水，对着那蜂儿和蜂片，扑哧扑哧一顿乱吹。爷爷吹一口，那聚集在蜂片上的蜂儿咕嘟嘟飞起来了，爷爷不吹了，它们落下了。爷爷又吹一口，它们又咕嘟嘟飞起来。我不知道，爷爷和他这些蜂儿到底在玩什么游戏。

有时候，爷爷又拿艾蒿来熏。艾蒿是爷爷早准备好挂在厨房屋檐的椽花间的。爷爷取下一根，用火点燃了。点燃的艾蒿，咕嘟嘟冒着呛鼻的浓烟。爷爷便将它伸进蜂窝里，于是蜂窝里便满是烟，里面的蜂儿也是咕嘟嘟一阵乱飞乱嚷。

爷爷除了看蜂窝里的蜂儿之外，满院子里飞的他也看。在我的眼里，它们也是咕咕嘟嘟乱飞、嘤嘤嗡嗡乱叫的。不同的只是飞的高低不一样，快慢不一样罢了。可是，在爷爷看来，高有高的说法，低有低的道理。快与慢也是有原因的。爷爷说，采了蜜的，飞得肯定低，也肯定慢。因为背上背着那么大一疙瘩刚刚采来的花粉，想高也高不了，想快也快不了。飞得高、飞得快的具体是什么原因，我现在记不大清楚了。我只记得爷爷说过，有一种是想逃走的。

天气潮湿了，蜂儿也飞不高。当然，飞不高的原因，有时候并不是这个。即使天气晴好的时候，也会有一些蜂儿飞得很低，有些甚至在院子里来回走动。爷爷说，那是些身体不好或者起了病的。它们一落到院子里，就会被院子里吃食的猪或者来往走动的鸡儿踩踏。爷爷看见了，便连忙跑过去，弓下腰，把手伸出去，放到正在一步一步艰难行走着的蜂儿前面。那蜂儿见了爷爷的手，就像开着汽车的司机见了跨河大桥一样，躲也不躲，弯儿也不拐一下，直接上桥了。你会看见，它的几只爪子，直戳戳踩上去，然后爬到爷爷的手背上。爷爷便轻轻地站起身，将它放到附近的蜂窝门前。

夏天的天气变化很快。刚才明明是晴空万里，突然刮起一阵风，接着大雨也来了。蜂儿虽然对于气候的变化也是很敏感的，但是像这种突然而来的风雨，它们有时候也会措手不及。因而，总有那么一些蜂儿，被阻在风雨里。那么小的翅膀，那么薄，它们怎能禁得住如此疾风暴雨的吹打？受阻的，又常常是极为勤劳的那些。它们勤劳惯了，总是忘我地在外面采花粉。等发现疾风夹着暴雨袭来时，什么都晚了。可怜的小家伙，只得仓皇负重往回逃，路途迢迢，顶风冒雨。幸运的是，它在使出了浑身的力气之后，终于到了自家的院子里。但是，到底因劳累过度，再也没有力气飞到自己的窝里了。所以，这时候，院子里便落了许多蜂儿。

面对这突然而来的风雨，正在山里干活儿的我们也是仓皇回家。当我们一路喊叫着自顾自往屋子里跑时，爷爷则顶着风冒着雨，有时候鞋子也顾不上穿，草帽也顾不上戴，就在院子里到处搜寻营救起他那些可怜的蜂儿来。因为爷爷早知道，这时候一定有蜂儿被阻在了风雨里。爷爷每次搜到一只，便弯下腰，将它捉起来送到蜂窝门口。爷爷小心翼翼的样子和欣喜非常的神色，好像他搜寻营救的不是一只蜂儿，而是他的一个孩子。

爷爷爱蜂儿，也爱养蜂儿，是远近有名的养蜂能手。家里蜂儿最多的时候，奶奶说有三四十窝，秋后割蜜时，能得好儿百斤。大小缸里，满满装着的都是蜂蜜。蜂蜜割了之后，许多亲戚、朋友都吃蜂蜜来了。爷爷便让奶奶烙一锅苦荞面滚坨子，用来拌蜂蜜吃。一大锅苦荞面滚坨子，少说也有十几个，有时候不到一天时间就吃完了。第二天来了人，奶奶继续烙，大家继续吃。亲戚朋友不断来，奶奶的苦荞面滚坨子不断烙。有时候，有些半生不熟的人，甚至一些毫不相干的过路人，也来吃来了。爷爷奶奶端上去的，还是一样的蜂蜜，一样的苦荞面滚坨子。另外，还是两张笑吟吟的脸。大家吃剩下的，爷爷才挑到马营的集市上卖掉。

曾经，爷爷还拿蜂蜜赚了些钱呢。别的不说，就这座六檩四的大上房，便是当年爷爷用蜂蜜换来的。

爷爷爱养蜂儿，以为我们也都爱蜂儿。所以，我们分家那一年，爷爷在我们新盖成的院子里，也安放了两只大蜂窝。爷爷一边吃力费劲地安放，一边还特意嘱咐我们娘儿几个：“要小心，不要把有洗衣粉、肥皂之类的脏水，随便泼到院子里。”这一点，我也知道，蜂儿是闻不得这类东西的。

我和弟弟当然都很高兴，都跑前跑后地帮爷爷安放。可母亲说：“我不会养，白糟蹋了。”显然，母亲的意思是不想要。母亲的说法也不是没有道理。母亲知道，蜂儿很娇气，一不小心就起病了，而蜂儿又那么值钱。爷爷听了，厉声说：“谁要你养？它又不要你填草，不要你饮水。”末了，爷爷还说：“几个孩子不是都很爱吃蜂蜜吗？”

奶奶的小花猫

我们都说，小花猫是奶奶的尾巴，它一天从早到晚差不多一步不离地跟着奶奶。

奶奶填炕时，它跟着。奶奶胳膊弯里挎一个柳条筐子，手里提一把推耙子，往填炕窑里走，它便跟在后面，也往填炕窑里走。奶奶还没有走到填炕窑里，它已经一纵身跳到填炕窑的窗台上了。奶奶在窑里抄填炕沫子，它便盯着奶奶。奶奶抄满了，提了筐子，转身往外走，它便“嗖”的一声从窗台上跳下来，跟在奶奶后面。它一直跟着奶奶，走到屋子侧面的炕洞前。奶奶放下了筐子，拿了推耙子，往炕洞里推填炕。它便蹲在一边，好像很不放心似的，看着奶奶填炕。这家伙，也很是喜欢热炕的。

奶奶喂猪的时候，它跟着奶奶去喂猪。奶奶提着猪食桶才走到当院，它已经抢在奶奶前面飞跑出了大门。奶奶提着桶子，还一步一晃地往猪圈那儿走，小花猫则已经到了猪圈跟前了。它到了那儿，还转过身，往后面看。它要是发现奶奶还没有走过来，便站住了脚等奶奶。等奶奶走近了，它这才转过去，纵身一跳，跳上墙，狗一样蹲在墙沿上，望着奶奶给猪倒食。奶奶倒完了猪食，转身走开了，它就也从墙上纵身跳下来，一摇一摆地跟在奶奶身后。

奶奶干活儿的时候，它跟着奶奶，看奶奶干活儿，它啥也不干，只是看。奶奶吃饭的时候，它也跟着奶奶。不过，这时候就不只是看了，而是既要看又想干点儿啥了——吃。奶奶刚坐到炕沿上，端了饭碗要吃，它便狗一样蹲在奶奶的前面，“咪呀咪呀”叫起来了。奶奶一听，就知道它要干什么了，便用筷子头戳着它那毛茸茸的额头，嗔怪道：“你一看见我张嘴就饿死了，你这懒虫。粮食袋子后面的老鼠那么多，你一只都看不见。”奶奶一边骂它，一边带笑地从碗里给它夹饭。奶奶夹出了一筷子，放到它面前的席子上叫它吃。它不好意思似的，望了望奶奶，然后才把嘴伸过去吧唧吧唧吃起来。

晚上睡觉的时候，小花猫简直把我们的奶奶当成它自己的奶奶了。奶奶刚闭了门坐在炕沿边上脱鞋，就听见“咣当”一声门被推开了，又是小花猫“恬不知耻”地进来了。小花猫在饭后经常要外出散步，估摸着奶奶要睡觉时，便来了。它来时，有时候满头满身扎着柴草，脏兮兮的。奶奶不知道它又去哪儿转了一圈，把身上弄得这么脏，口里直骂它“真像猪”。而小花猫似乎对奶奶的责骂不大在意，它还是一摇一摆走进来了。到了炕头下面，将身子一躬，倏地一下跳到炕上，还扭过头来望一眼正在炕沿上忙着脱袜子的奶奶“咪咪”叫两声，似乎在说：“上来呀，上来呀。”奶奶看见后，举起拳头，指着它骂道：“你上你的，别管我。”

奶奶上了炕，揭起了铺在热炕上的被子，正要把脚伸进暖暖的被窝时，小花猫则抢先一步，一头钻了进去，好像那被子是奶奶专为它揭起来的。奶奶没好声气地骂它道：“你这个尖眼鬼。”

天气晴好的日子里，奶奶一天从早到晚总有忙不完的活儿，因而也难得到炕上歇息一会儿。只有天阴下雨了，奶奶才有空到炕上坐一坐，歇一歇。奶奶坐到炕上，刚拿起针线活儿要做，小花猫便也跳上炕，卧在奶奶旁边，“咕呀咪呀”念起经来。奶奶听见它念经，便用手推着它说：“过去念去，吵死了。”

这家伙听了以后，不仅没有过去，还将身子往奶奶跟前挪了挪，靠得更近了。奶奶十分厌烦似的说：“往过去。”但它还是不过去，还在那儿“咕呀咪呀”地念经。奶奶见它如此死不要脸地缠着自己，没办法只得放下手中的活儿，将手伸过去在它的背上抚过来抚过去地抚摩起来。小花猫呢，见奶奶这样抚摩它，念经念得更起劲儿了。不时还偏过头来，深情地望一眼奶奶。奶奶手抵着它的额头，说道：“你看什么，没见过。”小花猫以为奶奶又要跟它玩儿了，将身子斜躺下来，伸开四条腿，用它那几只毛茸茸的爪子，在奶奶的膝盖上、手背上、胳膊上蹭来抓去。

小花猫有身孕了，肚子一天比一天大了。它远远地从那儿走过来时，整个身子都鼓鼓的。这时候，奶奶待它比以前更加小心了。一会儿见不到它，就会问：“猫呢？猫呢？”我们都满不在乎地说：“不知道。”奶奶则着急了，忙说：“赶紧找。”奶奶最担心的不是别的什么，而是满山满地里放着的毒老鼠的药。最近，村里又有几家说，自家的猫被毒老鼠毒死了。因而，她老人家一不见猫，心里就紧张起来了。但我们都没有她那么胆小，因而，我们都还在那儿慢腾腾地应承着，更没有着急地去寻找。我们越是这样，奶奶越是着急。她口里催我们“赶紧找”，自己便先跑出去，房前屋后、院里院外、“咪咪咪咪”叫着找起来了。直到看见它尾巴一甩一摇地从大门里进来了，或是从上房后面过来了，奶奶才松了一口气，嗔怪道：“哪里去了？都这么大一会儿了。”

关于小花猫，我记忆最深刻的，是妻子帮奶奶看管的那一次。

那是夏初，大家都正在田里忙着锄草。四叔家里除了爷爷、奶奶之外，其他人都不在。打工的出外打工去了，上学的去学校里上学去了。因而，爷爷、奶奶要去田里干活儿时，先得把家里的牛、驴、狗、猪等喂一遍再走。当然了，还有这只小花猫，奶奶也得把它安顿好。奶奶在附近干活儿的时候，小花猫是跟着奶奶的，因而，它有什么事儿，奶奶也是知道的。可是，那一天，爷爷奶奶要到大湾梁去除草。而大湾梁离家很远，要下一个陡坡，上一个陡坡，来回一趟差不多要俩小时。这么远的路程，已经有了身孕的小花猫显然是跟不动的。

那怎么办？办法之一，就是把它锁在家里。这样它既可以免去长途跋涉的劳顿，也不会遭到其他的意外或者惊吓。但是，奶奶想这样是不行的，因为小花猫没人照看，它孤零零待在家里一定感到很寂寞。办法之二，就是把它抱到我家，委托给我妻子，因为那时候我妻子正坐月子有空闲。但是，奶奶又想，这也不大好。因为即使安顿给妻子，妻子是坐月子的人，进出屋子也不方便，何况还要给孩子喂奶呢。最后，奶奶想了一个办法，就是用一根细绳子，把小花猫拴在麦场边的那颗大碌碡上。因为麦场上地方宽展，小花猫在那儿的活动空间大，它不会感到束缚。另外，大黑狗也拴在附近，大黑狗在那儿，小花猫便有伴儿了，因而也不至于感到寂寞。还有就是，真要是有过路的人偷小花猫的话，有大黑狗看着比较放心。那么凶的一条大黑狗，它吼叫一声很吓人的，一般人是不敢轻举妄动的。

奶奶一边拴绳子，一边还对大黑狗说：“你操心看着，不要叫人把小花猫捉走了。我回来要是看见它没了，你就小心着。”大黑狗听懂了似的，舌头吐啦吐啦伸得长长的，还把尾巴摇了又摇。

奶奶拴好了小花猫之后，便很放心地去地里干活儿了。中午，奶奶从田里回来了。奶奶从山畔上一上来，在距麦场边还很远的柳树那儿就“咪咪咪咪”地唤起小花猫来。奶奶连唤了几声，都听不到一声猫的“咪咪”声。平常，奶奶要是“咪咪咪咪”地唤了之后，小花猫也就“咪咪”答应着叫起来了，但是今儿没有。这是怎么了？

奶奶的叫声没有唤来小花猫的“咪咪”声，倒是唤来了拴在填炕棚子下面的大黑狗的叫声。大黑狗冲着奶奶“汪汪汪”地叫起来，而且这一天这大黑狗的叫声跟平时也不一样。它那粗壮的声音里还带着些嘶哑，很显然，它已经是叫过好多遍了，所以连嗓子都哑了。这一点，奶奶也感觉出来了。

听不到小花猫的声音，奶奶心里本就有些紧张。当听到大黑狗这种异样的叫声时，她的心跳得就更厉害了。奶奶从这叫声里预感到小花猫一定是出什么事儿了。奶奶的脚步因之也乱了。奶奶因急着要跑到麦场边上去看小花猫，索性将腋下夹着的护膝和手里提着的筐子一股脑儿丢到路边的埂子上，一身轻装气喘吁吁地往麦场边上跑。

当奶奶拐过方地的地边时，一眼就看见填炕棚子前的大黑狗正竖起两只前爪子在半空里乱抓，一面还朝奶奶疯了似的吼叫。大黑狗的那条大尾巴，随之也在地上来来回回地扫着。它的身后是腾起的尘土，一团一团的尘土罩住了半个打麦场。奶奶从这情景更确认小花猫一定是凶多吉少了。但是，奶奶是一个不见黄河心不甘的人，她就不相信，她的小花猫会出事儿，她非要看个清楚，她的小花猫到底怎么了。是被人打死了，或者被毒老鼠毒死了，还是遭了其他不测了。一时间，各种能想象到的坏下场，一个一个地在奶奶的脑海里闪出来了。

奶奶心里这么想着，一面直往草垛子后面的大碌碡跟前跑。等转过草垛子，奶奶一眼看见那根长长的细绳子，弯弯扭扭的，像条死了的长蛇一样躺在地上。绳子的一头儿仍然系在碌碡上，另一头儿却是空着的！她早上辛辛苦苦拴在那儿的小花猫，这会儿连个影子也没有了。这可如何是好？这到底是怎么回事儿呢？难道小花猫被人打死了？

“不，不可能，”奶奶想，“要是被人打死了，尸体总会是在的。”可是，现在连个尸体也没有。它要是害了人，被人打死也有可能。但是，它是拴着的，想害人也害不成。它好端端的，人怎么会打它呢。

难不成被毒老鼠毒死了？

“不，这也不可能，”奶奶又想，“它是拴着的，就是谁家在地里放了药，它也是跑不到人家地里去吃的。”

难不成它自己把绳子弄断后逃跑了？

奶奶走到碌碡跟前，仔细去查看那绳子头儿。她发现，这绳子既没有被咬断，也没有被磨断。因为绳头儿上挽过疙瘩的地方还曲曲扭扭的。很显然，这绳子是人用手解开的。这一下奶奶明白了：小花猫一定是被过路人偷走了。

这可怎么办呢？周围要是有人，还可以打问着去找。可是，这天上午，整个山湾里的这几家人都去别处干活儿去了。我们这地方深山大沟的，有时候一天半日也见不上一个人，到哪儿打问去？

“难道我那只小花猫就再也找不到了？”奶奶想到这儿，心里便一阵发急。她后悔把小花猫拴在了这儿，口里不由得说了声：“我的小花猫——”

她本想说“我的小花猫到哪儿去了”，但是因语气哽咽，再也说不出一句完整的话来。奶奶心里越是发急，口里越是说不出话；口里越是说不出话，心里便越是发急，也越后悔自己所做的事儿了。终于，奶奶因抑制不住情绪“哇”的一声哭了出来。人也跟着栽倒在地。

奶奶这一声凄惨的哭叫，被紧跟在后面赶上来的爷爷听见了。爷爷想，一定是出什么事儿了。爷爷心里想着，也便放快了步子往前赶。当爷爷赶到麦场边时，看见奶奶正睡在地上，两只手在地上乱抓，两只脚在地上乱蹬，口里还“妈呀妈呀”叫着。

爷爷看到这个情景，一时摸不着头脑。心里想，究竟出了什么事儿呢？于是，便连问了几声“怎么了”。奶奶哭喊道：“我的小花猫没了。”爷爷听了之后，又好笑又好气。他心里道：七八十岁的人了，怎么这样？跟一个几岁的小孩子似的。因而便站在麦场边，对奶奶说：“你看你这样子，像什么？一只猫就犯得着这样？”

爷爷口里虽这么说，心里到底还是不踏实。因而，他家门也没有进，就径直跑到我家来，问我妻子小花猫到底怎么了。是今早有人路过这儿时把它偷走了，还是它自己挣脱绳子逃走了，或者是遭了其他不测了？我妻子当然也说不上。虽说她早上也抽空跑过去看过几趟，但是她去的时候小花猫还好好地在那儿。

但是，不论说什么，小花猫是奶奶亲自跑来跟妻子说了，要给她看着的。妻子没看好是妻子的失误。她心里也感到很愧疚，尤其当她听说奶奶像小孩子一样睡在当地，乱踢乱蹬，又像小孩子一样又是哭又是闹的时候，心里更加不过意。于是，妻子放下怀中的孩子，一路跑着翻过山，到山那边的村子里打听去了。

妻子一到那边村里，迎面碰到腋下夹着护膝准备回家的大招媳妇。当她说了这事儿之后，大招媳妇恍然大悟似的说："一定是这个女人。"没等妻子接口，大招媳妇说，快到吃干粮的时候，她看见一个女人领着俩孩子从苜蓿地边上急匆匆走过去了。她还说，她似乎看见那女人怀里揣着什么。

那边村子大，人也多，人多眼杂。有好几个村民听说后也说，那时候他们也都看见有一个女人领着俩孩子，神色匆匆地从山这边过来了。还说，那女人放着大路不走，偏要从远离村子的苜蓿地边上走。可见，她心里一定有鬼。

但是，这女人到底是谁，倒是没人能够说清楚。这时，从地头儿上回来的二赵女人说，她认识这女人，她是黄家湾老黄的二女儿，好像就嫁在白草川那边。但究竟是那边的哪个村子哪户人家，她却说不上。

于是，家里又托人到黄家湾去打听。直到第二天中午，才得到有关这女人的详细情况。于是，妻子又跑到山那边找了几个壮实小伙子，给老人家寻找她心爱的那只小花猫去了。那几个小伙子不顾一上午干活儿的劳累，一人推一辆车子，大中午里冒着烈日浩浩荡荡地出发了。他们能骑车子的地方骑车子，不能骑车子的地方推着车子走。翻山过河走平路，一路打听一路找。到太阳快落山的时候，几个人终于满头大汗地回来了。我妻子怀里揣着的，就是奶奶的小花猫。当奶奶再次看到她的小花猫时，老人家紧紧绷了差不多两天的脸上终于露出了笑容。看那样子，她老人家再次看到的不是一只猫，而是一位亲人，一位亲亲的亲人。

办年货

那几年，因为手头紧，每到年底回老家过年的时候，买东西总是买得少。买下的东西质量也很一般。何止一般，有时候简直是次品。本来，小西湖的温州城和义乌城里就没什么好东西，而爱买便宜货的我还喜欢到那里去买。给爷爷奶奶买奶粉，给母亲买豆奶粉，给父亲买酒，都捡便宜的买。这里买下的商品，价钱就是低。那时候，价钱高的商品，质量不一定好；价钱低的，质量就可想而知了。想想看，超市里十几块的奶粉，这儿有时候要便宜一半；超市里八十元的四星世徽酒，这里只要四十元。能有好的嘛？不过，到目前为止，我买回家的这几样东西，我的这几位亲人并没有喝出什么事儿，真是千幸万幸。我拿这些次品骗他们骗了好几年，还把他们骗得很高兴。他们都以为，他们养了一个好孙子，一个好儿子。我由此得出结论，骗人有时候真有好处。

好在母亲了解我，知道我这人表面上看来穿得工工整整的，像个工作的人，实际上口袋里瘪瘪的。因而我买什么，买多买少，她都不在意。只是快到回家的那几天，她一天一个电话地问我们哪一天回来。这一天，母亲又打来电话，问的还是同样的问题。挂了电话后，我笑着对儿子说："你奶奶真是的。我们不是已经说了再过两天嘛，可她非要问清是哪一天。"

唉，现在想起来，那时候的我真是太聪明了！

这年年底我补发了一些工资，加上后半年妻子打工也赚了些钱，因而，我想今年回家，买东西要多买些，还要买些好的，再不能像以前那么少，那么寒碜、不上档次了。再说，今年正月里三弟要在老家办喜事。三弟的喜事对于我们一家人来说是非常重要的。不要说对父母亲了，就是对八十二岁的爷爷和将近八十岁的奶奶来说也一样。也许，这是他们这辈子所能见到的有关于孙婚姻的不多的大事情了。应当让他们高高兴兴过年，再高高兴兴过这个喜事。总之，今年回家过年，买东西不能随便凑合了。

可是，买点儿什么呢？

我一时没有主意。这几年，我回家买的东西就那么老两样——奶粉和酒。这一回如果还买这些东西，我觉得就没有创意了。我知道，现在家里奶粉多的是。不仅我买，三叔、二弟他们几个打工回来时也买。前一回我回家的时候，看见爷爷的那个红木箱子里装着满满一箱子奶粉，而且奶粉这东西还是有保质期的。酒虽然不过期，但是听母亲说父亲因为身体原因现在也不怎么喝酒了。我们兄弟几个以前买的酒也还有许多，都好好在柜子里放着呢。我想，还是买点儿别的什么吧。但是，具体买什么，我心里还是没底儿。

那几天，我心里一直想着这事儿，但是一直没有行动。因为那几天妻子很忙，她答应下来的课还没有结束，我必须得等她把课结了后，和她一起买。买东西这活儿虽不重，但是我这个书呆子就是不会买。一买就买贵了。

眼看到腊月二十五了。腊月二十五一过，时间过得就更快了。有时候感觉一转眼就到三十了。因而，要买年货的话，得抓紧时间。要是还这么慢慢腾腾、着三不着两的话，就迟了。现在是商品经济时代，虽然到时候年货能买上，但是去老家的班车就没有了。虽说司机们都爱钱，但是到腊月三十了，人家也还是要回家过年的。

终于，妻子的课结束了。那天晚上，她一回来就说："我们明儿去采购，采购完了就回家。"我说好。

对于马上去采购年货，我们都认为很有必要。但是，当说到具体采购些什么时，她也说不上。她说不上，我心里没底儿，整天忙着炸王牌、看漫画的儿子当然也说不上。

但是，总得有人定个调儿吧。我想了一下，还是我定。毕竟，我是男人，是一家之主。虽然，我在这个家里没什么地位，有时候我说的连上小学的儿子都不赞成。我想了想，没怎么皱眉头，就想出来了一个调子。于是，便说："我们这一次买东西，无论买什么，一定要给奶奶专门买点儿什么。"

我说了之后，没等妻子发言，就接着分析道："以前给爷爷奶奶买东西，什么都不买就买奶粉。名义上是给爷爷奶奶两个人买的，可实际上奶奶从来没有喝过。虽然我们都劝她喝，但是奶奶总是说‘我不爱喝。叫你爷爷喝去'，什么不爱喝！还不是有意存着给爷爷喝。"

妻子听了我的想法后也表示同意，她说："就是的。"但随后，她又问我："买什么呢?"又回到这个问题上了。

我想，这一回，吃的就算了。现在的农村人，吃的东西都比城里人的好。他们吃的大多都是自己种下的，又新鲜又干净。穿的就可以考虑考虑了，尤其是爷爷奶奶穿的那衣服，我感觉总是不怎么上眼，不是旧就是灰不溜秋的不好看。这几年，我们给他们也做过不少新衣服。不过，那衣服只是耐穿罢了，面料、颜色都不怎么好。这些衣服平时凑合着穿还可以，但家里真正有什么事儿了穿，我觉得还是有些不大体面。要知道，今年要给老人家娶孙子媳妇了，而且，人家的孙子媳妇又是大学生，是见过世面的人。再说，老两口穿着这样的衣服去陪亲戚，就是他们的孙子媳妇不说什么，人家娘家送亲来的客人见了说不定要说什么的。据说，那一天，她娘家那边送亲的人有好几十位呢。

我当时随口说："你看吧。"但紧接着又插了一句，把自己的想法说了出来。我说："要不，买件衣服吧。"没等她问原因，我便说："买了吃的，奶奶肯定舍不得吃，让给爷爷了。而衣服这东西，是谁的就是谁的。给这个人的，另一个人又穿不成。"她听了也同意。

第二天早上起来后，我们匆匆吃了点儿就出门了。坐上131路车，直奔东部市场。这个市场是搞衣服批发的，是大市场。所以，我们想，这儿的衣服一定种类多，价钱也便宜。等下了车，进到市场里转了几家后，这才发现我们的想法完全是错的。这里衣服不少是真的，好几层的楼卖的全是衣服鞋袜，而且种类也多，花色也多。因为快过年了，转着看衣服、买衣服的人很多。只是里面的东西价钱远比我们想象的要高，随便一件衣服要价都是好几百，我们走了好几家都是这样。那些颜色好、面料也好的，没一家要价便宜的。就是那些面料、颜色都一般般的，价钱也不低。我口里不禁道："怎么这么贵？这哪里是搞批发，比零卖还贵。"妻子也说："太贵了。"

这样的价钱，我们当然是承受不了的。我就不明白，为啥这儿的价钱这么高。还是妻子见识多，她看了这阵势后，忽然醒悟了似的说："也许人家这是搞批发的地方，走的是量，量大从优。我们只买一件两件，人家当然不便宜。"

去东部市场，坐车加走路，来来回回花了整整一个上午。但是衣服没买成，两手空空回到了家里，我心里还是不踏实：总不能空着手回老家吧。这时候，我忽然又想，衣服买不成了，买一块布料拿到家里自己做，总该能便宜些吧。我把这个想法告诉了妻子，妻子听了后，也说这想法好。

兰州卖衣服的市场很多，可以说到处都是，而卖布料的市场倒没怎么见过。妻子不知从哪儿打听到，光辉市场是专门卖布料的。于是，第二天早饭后，我们又坐车直奔光辉市场。换了两次车，下车后边走边打问，拐来拐去拐了几个弯子，这才找到了这个市场。这市场以前我从来没来过，我原以为一个卖布匹的市场一定不是很大，来了一看发现这市场还不小，也是几层的大楼。

进了楼门，我们便一家一家地转着看起来。我们从这家店铺出来，又往那家店铺走去。如此看了好多家，发现这儿价钱果然比东部市场要低许多。虽然布料多，价钱也不太高，但是真正挑着买起来也颇费心思。我对于布料，可以说完全是外行。不过，那一天因看得多了，对它渐渐也有了概念。好的布料不仅颜色鲜亮、手感好，提在手上也是沉甸甸的。当然了，这样的布料要价就高。颜色、手感不大好，质量一般般的，当然价钱也低。我们在一楼看了几家，虽然要价不是很高，但面料一般，颜色也不大好，不是太灰暗就是太亮丽。这样的布料，老人穿都不合适。

于是，我们上了二楼。在二楼也看了几家。最后，在拐弯处的那家店里，看到了一种绸子。妻子摸了摸，问了价。那老板说四十五元一米。妻子低声用家乡话告诉我说："这个还差不多。"

我不懂布料的行情，跟妻子来本来是随便看看的。听她说了之后，我还是注意地又去看了看。一看，发现这种布料果然庄重、大气，手感也好。妻子还低声说："像这样颜色、手感的面料，其他店里要价都比这个高。"这一点，我似乎也感觉到了。其他店铺里，听到的都是七八十元一米，很少下过五十元的。我想，老板就是不降价，这个价钱也可以接受。我便要妻子再砍砍价就买了。妻子于是便跟老板娘讨起价来。我也在一边帮腔说："便宜点儿吧。你便宜些，我们就拿上，也免得再到其他店里看去了。"

但老板娘不给便宜，她说："这个价就够低了。"我说："做生意哪有一口要出来就再不便宜的呢。"老板娘说："大清早的，我也没多要。"看她那样子，是没有再便宜的意思了。

她不降价，妻子当然不答应。她站在跟前，只是叫老板娘少点儿。我帮妻子又说了几句，见不管用便有些懈怠了，于是在一边的一张凳子上坐下来等着。因为那时候我已经转了好几家店铺，走了好多路，也有些困了。可是，妻子还在那儿和老板娘讨价还价。干什么都没耐心的我，听老板娘实在不给便宜，便想这布料也好，价钱本来不高，买了算了。早一点买了，早一点回家。我这么想着，便走过去悄悄把这意思告诉妻子。可妻子听了并没有答应，她还是不松口，非要老板娘少钱。我想，你不嫌烦你就讲吧，反正我是没辙了。

我转身回来，又坐到那张凳子上等去了。而妻子仍在那儿和那老板娘磨嘴皮子。她们一个非要少，一个怎么也不少。一个说了好多降价的理由，一个说了不少这布料的好处，如此拉锯似的来来回回几趟子，最后那老板娘终于撑不住答应少钱了。从四十五元少到四十元，妻子还说贵了。从四十元少到三十五元，妻子还说贵了。又少到三十元，最后少到了二十五元。少到二十五元后，妻子似乎还不满意，但那老板娘再一分也不少了。我便走过去，悄悄拉了拉妻子的衣襟，低声道："不少就不少，买了吧。"

在我的劝说下，妻子这才让步了。付了钱，我从妻子手里接过布，拿在手上掂了掂，果然感觉沉甸甸的。我说："一件衣服才几十块钱，也不算贵。"妻子笑道："你嫌便宜了，是不是?"我说："我原以为，这么好的绸缎要比这个价贵许多。"

买完上衣的布料后，妻子顺便又给配了一件蓝色的料子裤子。这样，给奶奶的年货就算搞定了。

我们都很高兴，一面说着，一面往外走。已经出了店门，我转念一想，给奶奶买了，给爷爷没买，去了怎么好意思往出掏。再说，爷爷八十多岁的人了，穿我们买的衣服还能穿几件?况且，今年三弟要在家里办喜事，那一天，一定会来许多客人的。到时候，就奶奶穿一套新绸子衣服，而爷爷穿的还是以前买的那种料子衣服，看着就不大好。爷爷那衣服虽是新的，但到底还是不大好看。要是给爷爷也买着做一件这样的绸缎衣服，那才叫好呢。

我这么想着，正要把这个想法告诉妻子，不料，她竟然先说出来了。她说："这布料好，给爷爷也买着做一件吧。再说，今年老三要结婚办喜事，这种面料做的衣服，办事儿那天爷爷穿上又好看又大气。我们以前买的那些料子，灰不溜秋的，太不上眼了。”我当然也同意。于是，我们重又钻进店里，挑了一种紫色的，讲了价钱后，给爷爷买上了。当然，给爷爷也配了一件料子的裤子。

付了钱，装好袋子，收拾了正要出门，我忽然又想起来：没给父母亲买。没买就没买，父亲当然无所谓，父亲在这方面向来不大在意，他随便一件衣服穿上就行了。再说，这几年，我们给父亲买的布料做的衣服也不少，他都没怎么穿，哪一件拿出来都是新的。但是母亲知道了，一定又要念叨的。母亲为人有时候也很大方，比这个大的事儿她也能担待，但是我给爷爷奶奶买了东西，给父亲没有买的话，她知道了也还是要念叨的。她一定会说：“你爷爷奶奶的衣服还多着呢。你们前年去年买下的，都还在箱子里好好压着没有穿，你们又给买?”说到最后，当然又会来一句：“你爸那么辛苦。”

当下，我把这个想法又告诉了妻子。妻子在一边听了说：“他爷爷你不是说要给买酒吗?”我说：“酒当然要买。但是，他奶奶那人，你也不是不知道。”妻子听了，也说：“行。”

我话这么说了，妻子也同意了。但就在这时候，我倒又踌躇起来了。因为这一次采购已经花了不少钱了，大大超出了我的预算。妻子似乎也看出了我的心思，在一边说：“你什么钱都花了，就这点儿钱又舍不得了，是不是?还是买了吧，免得到时候又被叨叨。”

结果是，给父亲母亲又各买了一套衣服的布料。父亲的一套是深色的，面料也还可以。而给母亲的就不是清一色的一套了，因为母亲在这方面比较讲究。她老人家要是没有就罢了，要是有就得是自己喜欢的。给母亲的上衣是绸子，颜色是深紫色的，我知道母亲最喜欢这种颜色。裤子是蓝色的料子，面料也不错。

给四位老人的衣服就这么买好了。这时，我感觉我已经孝顺得可以了，今年什么也不用再买就可以回去过年了。但是，转念一想，往年我们回去，奶粉、豆奶粉和酒一直买，今年忽然不买了，不要说他们心里怎么想，首先我的心里就觉得怪怪的。再说，这些东西也花不了多少钱，还是买了吧。那么，哪儿去买呢？往年，这些东西都是在小西湖的那两个便宜商场里买的。

那儿卖的食品酒类，都是以次充好的商品。我拿它们欺骗爷爷奶奶父亲母亲已经好几年了，今年再不能这样骗他们了。毕竟，欺骗人欺骗得多了，有时候也不好。不去那儿买，那就去超市里买吧。超市里的东西，质量应该比那儿好些。再说，超市里种类多，有时候也搞活动，一搞活动价钱也就便宜了。于是，我们又抽了个时间，去超市里选购。

这一次，儿子也去了。我们去的是西太华超市。因为这个超市离家近，东西买了好往家里拿。

一进超市门，我们就看见各个摊位前人都挤得满满的。连货架之间的巷道里也是人，走路都得侧着身子。我心里想，都说我们农村人腊八粥一喝就糊涂了。一上集市，见什么买什么，不管东西好不好，也不管贵不贵（我们叫它‘赶抢集’）。我一直以为，那是我们农村人见世面少的缘故，没想到这城里人也这样。

我以为他们在抢什么好东西，也好奇地凑到跟前去看。一看，才发现他们围着的原来是些“垃圾食品”。这些东西不是用塑料袋子装着，就是用塑料瓶子装着。一包包，一瓶瓶，花花绿绿的，堆在货舱里，看起来倒好看。这时，妻子和儿子也挤过来看。我拉了拉儿子的手，说：“我们要年货，不要垃圾。”当然我这话的意思是不想买。妻子在一边听了，说：“现在哪儿卖的还不都是这种东西?”显然，她不同意我的看法。她还说：“看看有好的了也买点儿。过年了，总得买点儿什么。买点儿，叫丑子（我儿子）尝尝。另外，回去了那几个孩子也要给点儿。”儿子听了，也说好。这一次，我就没再多嘴。平时我不让儿子吃这些“垃圾食品”，过年了吃点儿也算是在过年。再说，我们大老远地回去，堂弟、堂妹、侄子、侄女等孩子们围上来了，我们也不能空着手。

“买啥呢?”我随口问。妻子说：“我也不知道。看见什么随便买点儿，反正都是哄孩子的。”

她说着，拉了儿子的手挤到那个摊位前，母子俩像是见着了从来没见过的东西似的，喜欢得不得了。他们挑孩子爱吃的、爱喝的，直往购物车里扔。我因想着要过年了也没再说什么，任凭他们往里投，自己则去了出售奶粉和豆奶粉的摊位，挑奶粉和豆奶粉去了。

我发现，果然，这一天这些东西都有搞活动。有一款我常常买的中老年奶粉，这时候的标签上大大地标着“优惠”的字样。爱占便宜的我找的就是这样的商品。我立马取了五包投进购物车里。一面心里还暗喜道，有这五包降了价的奶粉，又可以把八十多岁的爷爷和快八十岁的奶奶哄着高兴一阵子了。反正，他们在那个山湾里什么也不知道，他们也许还以为，从省城里来的东西一定比下营的市场上卖的那些来自秦安的假货要好。殊不知，他们的孙子，竟也这么糊弄他们。

买了奶粉，当然还要给母亲买豆奶粉。这里卖的豆奶粉就那两种，是同一个厂家出的，只是包装不一样，幸好这天也都在搞活动。我买了几包大包装的。有了这个，又可以哄一哄母亲了。

最后就是买酒。我不怎么喝酒，但是每一次进超市总爱到卖酒的摊位前看一看，看看最近哪一种又在搞活动，也许是父亲爱喝酒我常给父亲买的缘故。这一次，我发现搞活动的酒不少。有的是买一送一，有的是买二送一，还有的直接在原来的基础上降了价。但是我发现，我以前经常买的世徽酒，一分钱也没降。这是一个本地酒，这几年我一直购买。父亲喝了也说好。我想，还是买它吧。我这么想，当然并不是说我这会儿忽然变得不爱占便宜了。只是，酒这种东西跟衣服又不一样，它是人喝的。前几年，假酒中毒的新闻也没少听说。

这么一来，给爷爷、奶奶、父亲、母亲的年货都买下了。但是，回头一想，觉得还是给奶奶的最少。给奶奶的，除了大家都有的衣服之外，其他什么都没有了。所以，我还想给奶奶再买点儿什么。但是，买点儿什么呢？我又有些困惑了。当我把这个困惑说出来之后，儿子在一边说：“买吃的。”我问他：“买什么吃的？”

我嘴里虽然这么问，但实际我知道儿子所说的吃的，指的还是超市里卖的这些“垃圾食品”。因而，我没等他回答，便说：“你太太吃的，还有必要买？你太太在老家吃的都是天底下最天然的食品。”我一边掐着指头，一边对他说：“你太太吃的，都是在我们自己的地里种下的。面粉是全世界最好的白面粉，洋芋是最好的洋芋。她吃的那些肉，也都是用自己种的粮食喂养的，那也是全世界最好的猪肉、最好的鸡肉。她有这么多好东西吃，我们还购买‘垃圾’干什么？”妻子听后，瞪了我一眼，转身对儿子说：“别听你爸胡说。”

最后，给奶奶的吃的是妻子买的，具体买了些啥东西，现在我记不清了。总之，也还是我说的那些“垃圾”。好在奶奶什么也不嫌弃，就是这些“垃圾”，她老人家吃了仍然也还是说好吃。

就这样，我们回家的东西买好了。因为是远路，要坐车，下了车还要步行好长一段路，所以当天晚上我又把这些东西一样一样打包装起来了。这样第二天早上一起来，就可以直接出门去乘车，再不耽误时间了。现在是春运时期，人多车挤。我们坐的那班车，是兰州往返我们家附近的那个乡上的。这趟车在车站不卖票，上车之后才能买。班车一到车站就得抢座位。我这样一打包，到时候不至于因忙着抢座位而弄丢东西。还有，就是以免车上挤压或者弄散了，路上不好带。

正当我把所有要拿的东西都装好放到一边准备上床睡觉时，二弟打来了电话。二弟在电话里说，大侄女娟娟在家里嚷着要新衣服，要我们从城里给买一套。我挂了电话，“啊呀”了一声埋怨道：“怎么不早说，我都收拾好了。”妻子也说：“就是啊。”说归说，可是人家说了，也不能不照办。

我知道，这孩子很挑剔。尤其在买衣服上，要求更多。既要样子好看，穿着合身，面料还不能太差。这样的话，培黎广场附近服装店里的衣服，她肯定是看不上的。因为那都是些小店，况且，这些店里出售的真没有什么像样的衣服。这一点，妻子很清楚。而西站的那几个大商场就不一样了，另外，西太华商厦、黄金大厦里面卖儿童衣服的摊位也很多。当然，可挑的衣服也多。尤其是黄金大厦，那里面的衣服面料好，价钱也不是很高。我们一家子的衣服鞋袜，就在那儿买了不少。

于是，第二天一早，我们又坐车赶往西站。当然，我们去这么早，不仅是因为我们那天忽然变勤快了，还有一个原因就是早上好讲价钱。据说，生意人是很看重早上第一单生意的。这一单生意就是价钱低一些，他们也是宁可成交而不愿意黄掉的。再就是去早些，早点儿买了早点儿回来。有可能的话，今儿就可以坐车回去了。

不过，这一次我们又错了。我们一进商场门，就发现了这一点。那时虽然是大清早，可是里面人已经很多了。尤其是卖儿童衣服的地方人更多，都是大人领着孩子挑衣服买衣服的。我暗笑道：这城里人也真是，犯得着这样吗？不就是过个年嘛，这么早就赶到这儿，是不是昨晚上连觉也没好好睡？

但是那天最让我想不通的是：衣服的价钱忽然变高了。而且，不是一般的高，高得简直有些吓人。我们走了几家，随便一件衣服，一问价钱都是五六百元。我不禁惊讶道："这么一点儿东西就要这些钱。他们也好意思要得出口。"妻子也十分不解地说："这衣服几天前不过是一两百元，我给丑子买的时候都问过的。"随后，她又醒悟了似的说："看样子，要过年了，他们看大家都要买，也就涨价了。"我也睡醒了似的在一边说："我们还不是也来买了，这么多人，人家有什么理由不涨价。谁不想多赚钱？"

水涨船高的道理连我都知道，那些精明的生意人就更不用说了。眼看人多了，老板们也不怕顾客们被价格吓跑。因为他们知道，即使他们一口要上一两千，这些只顾溺爱孩子的没出息的家长顾客们也还是舍不得走。再过两天就到腊月三十了，过年什么都可以没有，但是给孩子的新衣服不能没有。对于有钱人来说，是这样的。但对于我们这种口袋瘪瘪的人来说，一分钱还是一分钱。再过年，也知道自己的家底儿。

我们看了几家，情况都一样，没便宜的衣服。我对妻子说："这西太华不是给我们这种人开的，你看，这衣服都贵成这样子了。"妻子也点头承认，一面还说："这儿平时买东西还行，想不到这时候价格涨这么高了。"我说："现在不涨什么时候涨？年一过，还卖给谁？你没看，我们进到店里时老板们的那副样子吗，爱理不理的。平时我们走过这儿时，他们恨不得把我们拉进去，叫一声'爷爷奶奶'。"妻子说："这样吧，我们到黄金大厦看看去。"

黄金大厦里的衣服平时要价也不太高，或者说至少我们这些口袋瘪瘪的人可以承受。没想到，那几天也是"天下乌鸦一般黑"了。我们走了好多家，看了好多衣服，发现虽然没有西太华那么高，但整体还是贵了。我说："算了吧。这样的价钱，我们买不起。"妻子说："可是，人家专门打电话说了，你不买也说不过去。"我说："再打电话这价钱也是在这儿放着，他们也不是不理解。"妻子说："大人可以理解。可是娟娟不管这些，到时候她只管向你要衣服。"我听了也说"是"，我知道那孩子的脾气就那样。这里一说出口，那里她就伸着手要，连喘气的机会都不给。

这样，我们只得再找再买。我们从一楼开始一层一层地转，一直转到四楼，还是没买上。不是价钱太高，就是样式颜色不大好。样式颜色好的，要价太高；要价低的，样式颜色又不好。最后，在四楼一家店，妻子看上了一套。她问我道："你看这一套怎么样？粉红色的上衣，再配上牛仔。我看娟娟这么大的孩子穿上一定很适合。"

在衣服方面，我已经说了，我不在行。但是，这一套衣服挂在那儿，我看了之后感觉还是不错的，因此便点头说："看起来倒不错，但不知价钱怎么样。"一问价钱，四百六十元。四百六十元，当然也不算低。但我觉得，这老板第一口要出来的这个数目比起前面的几家来，还算便宜了许多。妻子悄悄告诉我说，这个要价还差不多，也许再砍一下价是可以拿到手的。于是，她便跟那老板砍起价钱来。这老板跟其他老板一样，当我们要她少钱时，她说："这就最低了，要的就是实卖价。"妻子说："什么实卖价，这么薄溜溜的两件衣服就要这么多钱。"

妻子手拿着衣服，没等那老板还口，便给这衣服挑起毛病来。她指着那些毛病叫老板看，嘴里说这儿针脚不好、缝得也有问题；那儿掉了线头子不说，还有些皱巴；等等。妻子一会儿工夫，就给这衣服挑了不少毛病。那老板听她说得在理，松了口，少了六十元。妻子说："你好好说，你这衣服哪儿值那么多钱。说实话，你这衣服的面料也就那个样儿。"

妻子说着，又指着旁边几件衣服说："你摸摸那几件的面料，你再摸摸这一件的面料。"那老板说："本来价钱不一样嘛。那是多少钱，这又是多少钱。"她显然再不想少钱了。但是，妻子还是不松口。老板看不少也不行，便又让了些。不过，她是几十几十地让，妻子仍是一遍又一遍地砍价。当老板让到三百六十元的时候便不让了，不管妻子说什么，她都不让了。我在一边听得都不耐烦了，因而故意说："不少了就算了，到别处去看看。"妻子听了，装出一副十分遗憾的样子，放下了衣服，也说："走。"

我们真走了。

这一回我叫妻子走，是因为我觉得那老板真的不少时才用的老一套办法——欲擒故纵。果然，我们才走了几步，那老板就在后面招手喊我们："来来来，再商量一下。你添点儿，我少点儿。大清早的，开个张。"老板说那话时，脸上似乎露出一副无可奈何的表情。虽然我们也知道，她也是有意在表演，但还是转身回去了。见我们来了，老板口里不住地念叨说："这衣服进价本来就高嘛。"妻子知道她的鬼心思，不过还是说："那就看你的情况吧，总不能叫你吃亏。"

妻子跟那老板还是一个添点儿，一个少点儿。当她们搞到二百二十元时，老板一分钱不少了，妻子便也答应了。我们付过钱，拿上衣服，走出了店铺。我一面走一面说："哎呀，想不到过个年就这么累，又要跑路又要磨嘴皮子。"妻子笑着说："你以为呢。要不是大清早，这套衣服三百元也下不来，生意人很在乎这个。"

遗　像

庄稼人一年四季不得闲。农忙时节，不用说是很忙的。为了颗粒归仓，许多人忙得中午连回家吃饭都顾不上。在地头儿上，在大太阳底下，随便凑合点馍馍开水，就又开始干活儿了。农忙时节吃饭凑合，穿衣服当然也很随便。早上得早早起来，因为起来得早，虽然人起来了，但是脑子里还是迷迷糊糊的，只要是衣服，管什么单的棉的夹的，随便拿起一件往身上一套便出门干活儿去了。卫生呢，就更顾不上讲了。三天五日能洗把脸，十天半个月能洗一次衣服，都算是勤快的。俗话说：六月忙，六月忙，豌豆绽角麦焦黄。麦黄顾不住拔豆子，天亮顾不住穿裤子。

这么紧张的收割时节，其他一切事儿就只有靠后靠后再靠后了。梳妆打扮去照相对庄稼人来说，本来就是稀奇事儿，更不要说是在麦黄六月去做这事儿了，也更不要说像爷爷奶奶这种年纪的老年人了。对他们来说，照相简直就是想也未曾想过的传说中的事儿。他们这种年龄的人，除了拍摄必需的身份证照之外，恐怕很少有人专门去照相的。

那天，父亲看了孙家老汉的遗像之后，也要我想办法给爷爷奶奶照一张。三叔听说后，也在我跟前念叨过几回。遗像这东西，不过就是老人们去世之后用的。到那时候，把它镶在相框子里立在桌子上，或者挂在墙上，给子孙们留个纪念。当然，这种相片最好是在老人们身体健康的时候照，这样照出来的效果好。

尽管父亲和三叔跟我说过好几次，要我想办法给爷爷奶奶照一张，我嘴里也应承着说“是，是”，可是因为种种原因，我一直没有办成。因为我家住在很偏远的一个山村里，距离最近的、有照相馆的马营乡来回也有六十多里山路，而且要翻两座山，过三条河，不通车，只能步行。所以，把爷爷奶奶领到照相馆里去照遗像是不现实的。领不到照相馆里去照，当然也并不是没有别的办法了。有。对当时的我来说，这别的办法有两个：一个是请人来家里照，一个是借一个照相机自己照。我原想请个人来家里照，可是自从那一年去省城上班之后，也总是没有时间。如此一来，也就只有借个照相机自己照了。

这年暑假回家，我特意借了一部照相机，数码的，很高档，准备回去后给两位老人照遗像。尽管他们俩现在身体都还硬朗，但毕竟是上了年纪的人了。那一年，爷爷八十五岁，奶奶也近七十七岁了。这样年纪的老人，用奶奶的话说，就是风地里的一盏灯，说不定哪一天会发生什么。到时候，要是连一张遗像都没有，我就会有落不完的抱怨。

回家后的前两天，淅淅沥沥的雨下个不停。我想，这样的天气照出来的相，效果一定不大好，还是等天晴了再照吧。第三天早上一起来，天豁然晴了。雨后的山村，空气清新，树绿草青。而且，因为刚下过雨地里湿滑，几乎所有的农活儿都不能干，所以，大家都待在家里。我想，这正是照相的好时机，于是便背了相机到四叔家里，给爷爷、奶奶去照相。

我到上房里时，爷爷正在炕上，守着火炉子喝茶；奶奶在地下的桌子边，提着抹布擦桌子。奶奶见了我，问我吃了没有，喝不喝茶。我说，还没呢。奶奶问我："你没吃也没喝，怎么这么早就过来了？"我说："我想给你们照相，怕你们干活儿去，所以老早就过来了。"

奶奶听说我要给他们照相，便笑着说："费钱得很，照啥遗像。"我说："用这个机子照，不要钱。"我还说："趁你们还能照，照几张。再过几年，你们老得照不动了，我就是想照也照不了啦。"奶奶笑着说："照不了就不照了。"我说："您和我爷爷到现在连一张像样的照片都没有，怎么能不照呢？"奶奶说："照那个干啥，到时候你们扔都没地方扔。"

奶奶说的"到时候"，我知道指的是什么，指的就是他们去世之后。我说："因为我们要留着看才照呢。要扔掉的话，照它干啥？"奶奶笑着说："要照，就给你爷爷照一张，我不照。"

爷爷耳朵背，眼睛却好使。看见我手里拿的相机就问是啥东西，干啥用的。我说是照相机，照相用的。爷爷听了之后似乎不大懂，还是一脸茫然的样子。我看他没有懂，于是，便把嘴凑到他耳朵边，大声说："照相的。"随后，我又说了一句："给你也照一张相。"这一回爷爷听懂了，他笑着说："照就照。"在一边擦桌子的奶奶听了，朝我眨了眨眼睛，笑着轻声说："你爷爷老了，事情还多得很。"

事实上，爷爷在照相方面"事情"并不多，甚至可以说，他从来不爱照相。记得有一年，表弟双子来我家照相，我叫他给爷爷也照一张。当时爷爷听了很不耐烦地说："照什么相。"但这一次，爷爷同意了。

我坐在桌子边的椅子上，一面和爷爷、奶奶说闲话，一面等着给他们照相。过了一会儿，爷爷的茶喝罢了，奶奶的卫生也搞完了。于是，我就把他们叫到院子里来照相。相片这玩意儿我以前也照过，但那都是别人给我照，我给别人倒是很少照。就那一年，我用好友李全有的相机学着给他照了一张，洗出来之后发现整个照片黑乎乎的，一个小小的人影很害羞似的躲在相片的一角。不过，我对于摄影还是很感兴趣。参加工作后，虽然我也很想买一部相机好好练练我的照相技术，但那时的我一个月挣下的那点儿工资，一家人吃饭都紧巴巴的，哪有闲钱买这奢侈东西？这一次的相机，我还是借来的。虽然借到手之后也照了不少相片，但我仍然觉得我的照相技术不好，尤其是遗像这种正规、珍贵又颇有隆重意味的照片，更是不能随便照照就算了，要照就得照好。所以，我想先练习练习，等技术好些了再去照，这样效果会好些。反正，这是数码相机，内存也大，怎么照都可以，不怕浪费胶卷。

我这么想着，也就开始练习着去照相片了。我在上房门口，在屋檐下，在前院的牡丹花旁，在厨房门前，在爷爷的蜂窝前，在当院，给他们各自照了好多张。后来，又将椅子放到当院，让两位老人坐在椅子上，又合照了几张。最后，我还叫了在一边看热闹的二妈、四妈、堂弟、堂妹、侄儿、侄女等人站到爷爷奶奶后面，大家一块儿，又照了几张合影。

遗像是要永远留存的，因此，照的时候得十分小心。我因对自己的照相技术不自信，照完之后还将所照的相片一张一张翻出来看。不知是这部相机高级，还是我的照相技术有了长进，总之，我觉得我照的相不论取景还是取人，看起来都还可以。因而，我便产生了给爷爷奶奶正式拍摄遗像的想法了。

我这么想了之后，便对奶奶说："奶奶，你把你和我爷爷的新衣服拿出来。你们穿上新衣服，再洗把脸，这样照出来的相片会更好。"奶奶听了，说"行"。

正当奶奶取来新衣服，老两口收拾着要拍摄遗像的时候，有人在大门外面喊道："晒麦子了，晒麦子了。"爷爷奶奶听见后，都说："那就算了，改天再照。"奶奶还说："雨下了好几天，场上的麦子都下湿了。不抓紧时间晒干的话，麦子全发芽了。"我听晒麦子的活儿这么要紧，也只得说："行。"

这样，爷爷奶奶和家里其他人一起去麦场上晒麦子了，我便背了机子到村里串门子去了。我因为长年在外，和村里人见面少，所以想趁此机会跟他们见见面，聊一聊。

没想到村里人也都很忙，我挨家挨户敲门，十几户人家的门差不多都敲遍了，大多数人家的门都锁着，只有两户人家开着。一户是大顺叔叔家，一户是汉合叔叔家。我到大顺叔叔家时，大顺叔叔的母亲，也就是我的远房大奶奶在。她正在厨房里给小孙子穿衣服。见我来了，问我是什么时候回来的，并且端来了馍馍叫我吃。我坐在炕沿头儿和她说话。因她家里会唱山歌又会讲故事的光爷不在，其他人也都去田里干活儿了，她又忙着哄她那不听话的小孙子，我的话她也是答非所问，所以我坐在那儿也觉得没什么意思，聊了几句后也就告辞出来了。

汉合叔叔家也只有汉合的母亲（也是我的远房奶奶）一个人在家里。我到上房里时，见她老人家伏在炕上的被子上弓着腰坐着。我这位大奶奶这几年害的是哮喘，咳得很厉害，有时候一天一夜都不合眼。我跟她说话的那一会儿时间里，她就咳了好多次。咳的时候，气都快上不来了，脸也变青了。我感觉到，她也爱跟我说话，但是我想她病得这样子，话说多了也吃力。于是，我说了几句后，便找了个借口告辞出来了。

从汉合叔叔家出来后，我信步走到村子外面的大路上。站在大路边上向四处张看，发现附近那几块地里有人在干活儿。有的在收割冬麦，有的在收割洋麦，还有几家在收割豌豆。我便挨个儿去到他们干活儿的地头儿上，跟他们打招呼聊天。临走的时候，当然免不了拿出相机，顺便给他们照几张相。

这样一连好几天，我走村串户，找人聊天。临走的时候，给他们照了相。

那天，我到邻近的一个村子里，找了几个以前相熟的人聊了聊。临走的时候，也给他们照了相，然后才回来。那时正是后半晌。当我翻过大生地梁头时，老远就看见四叔门前的麦场上人很多。二叔那红色的拖拉机，正停靠在麦场边上。看样子，大家都正在打碾场。翻起来的麦衣、麦土纷纷扬扬的，像是十月里下下来的雪一样飘着，整个山湾都被扬起来的麦衣、麦土罩住了。远远看起来，场面甚为壮观。

我一路走着一路看。当我走到草垛子跟前时，麦场上的这一切看得就更清楚了。大家一个一个手握铁叉翻动麦秆子。最先走过草垛子这边的是爷爷。爷爷双手握着铁叉，抄起满满一铁叉麦秆往麦场的场心里一翻就翻过去了。翻过去后，爷爷用铁叉轻轻一拨，拨匀了。接着，举起铁叉，转身将它插进麦秆子堆里，又挑了一铁叉举起来往场心那边翻过去。之后，又用铁叉轻轻一拨，拨匀了。动作是那么熟练，姿势是那么自然。看着爷爷那熟练的动作、自然的姿势，还有他草帽上、肩膀上、胳膊上落着的厚厚的麦衣、麦土，我不禁想起古书上说的老当益壮的廉颇和八十不服老的黄忠来。

麦场上，还有父亲、二叔、三叔、母亲、二妈和四妈等人。他们也都是一样的动作，一样的姿势。一幅多么精彩的劳动图啊！我赶紧拿出相机，扒开盖子，“咔嚓”一声将所有这一切一股脑儿装进了机子。

接下来的两天，天气一直晴好。这时，我们几家子的莜麦黄了，洋麦也能收割了。所以，尽管麦子才打碾到半拉子，但大家还是顾不上打碾了。爷爷奶奶也跟其他人一起下地收割去了。我看爷爷奶奶都很忙，再也没敢提照遗像的事儿。心想，等过几天田禾收割得差不多、麦场上的田禾打碾完了再说。

游手好闲的我整天还是串门子，找人聊天。临走的时候，或人或风景，也还是顺便照几张相片。

这天下午，我串门子回来时，时间还早。我便信步来到庄院前面的山畔上。因山畔这儿地势高，站在这儿，周围的山野田园尽收眼底。我发现，短短几天，山里的庄稼收割得差不多了。只有对面山上还有一片庄稼田，绿油油的，在太阳下泛着金灿灿的光辉。看那样子，里面像是种着燕麦。因为那时候，熟了的庄稼差不多都收割完了，只有燕麦还没熟。田地边上，还有一排高高的杨树。记得多年前，这地方的这些杨树都还很小，几年时间就长这么高了。那两天，照相照上了瘾的我，看到这个风景后，不由得又想照了。

我这么想着，便转身跑回家，取来相机，拔下盖子，按动快门。但是，不管我怎么按，机子都没反应。难道，相机坏了？但是我想：这不可能。因为自从把它借来后，我一直都用得很小心。用完后，因怕哪个孩子偷着玩而给人家弄坏了，还赶紧放进母亲的那个大红木箱子里锁起来。那么，它是怎么了？忽然我意识到，机子没电了。对，一定是没电了。因为这是充电的那种机子。

这可怎么办呢？当时借的时候，我那同事问我带不带充电器。我说照的相不多，就给老人照个遗像。我那同事听了后，说如果照的相不多的话，就不用带充电器了。他还说，机子是刚充过电的，里面的电还满满的，就这些能照好多相呢。我是一个喜爱偷懒、贪图方便的人，他说够用就够用，也就没带充电器。没想到我一照就刹不住了，这几天不知照了多少张了。

最最可惜的是，爷爷奶奶的遗像没有照！

于是我带着深深的遗憾，第二天便回兰州了。为了归还相机，到家后我将所拍照片都传到电脑上，并邀请了妻子、儿子前来欣赏。他们坐在电脑前，点动着鼠标，一张一张仔细地翻看。娘儿俩一边翻看，一边还指指点点，大加评论。出乎我意料的是，他们都说我照的相有意思，说不仅取景好，颜色也调得好。说尤其是爷爷奶奶和大家一起劳动的那一张相片，最有意思。

给爷爷奶奶的遗像没照成，我本来耿耿于怀。但听他们娘儿俩这么一说，我感觉心里一下子安慰了许多。于是，也便凑到他们跟前，再次欣赏起这张相片来。相片上的爷爷头戴一顶发黄的草帽，双手正举着满满一铁叉麦秆子用力翻动，俨然一副老当益壮的风度；奶奶也戴着一顶旧草帽，袖子挽得高高的，一只手里还捏着把勺子，正迈着步子往前走。奶奶是全家的总后勤，一家八口人的吃喝，大小七八头牲口、十几只鸡、四头猪、一条狗、一只猫的喂养，都由她老人家负责。很显然，奶奶刚才一定又是给哪位送水去了。

遗像的作用，不过是照了之后镶在框子里，供在桌子上，给子孙们留作纪念的。我想，我要是把这张照片洗出来，也做个框子装起来放在桌子上，不是更有纪念意义吗？

水泉

一、抬水

我家门前山崖下的那个水泉的泉眼，一点儿都不大，当你蹲在水泉边舀水时，能清楚地看见隐藏在水泉靠北的石头缝里的那个小小的泉眼。我看，要是有一只小青蛙堵在那儿，足可以把泉眼死死地堵住。但是，这股常年四季也流不断的水流就是从这个小小的泉眼里汩汩地流出来的。从这个毫不起眼的泉眼里流出来的泉水，我敢拍着胸脯说，它能算得上是这个世界上最清澈、也最甘甜的泉水之一了。它清澈，清澈得让你感到泉水里面游动的虾米不像是在泉水里游动，倒像是在空中游动。它甘甜，甘甜得你要是喝一口，你这辈子就再也不想喝其他任何一眼泉里面的泉水了。多少年来，我家吃的水就是从这个泉眼里流淌出来的。

那时候，我们家人口不少。除了在外地当工人的父亲之外，家里正常吃水的总共八个人，有爷爷奶奶、一个姑姑、两个叔叔，还有我们母子仨。八个人，再加上十几只鸡、一两头猪、一条狗、一只猫的用水，虽不算很多，但也不少。而这些水，经常由我和三叔抬。每到做饭的时候，奶奶或母亲一看见放在树下的那两只水桶子空着就喊起我们来："喂，来和，"或者，"喂，鲁儿，快去抬水去。"尽管我心里很不情愿，但是，我还是去了。

在抬水这个活儿上，我们叔侄俩互相配合，又各有分工。去的时候，我找扁担，三叔取木桶子。我从厨房檐下的拐角那儿找来扁担，插到三叔取过来的木桶子的木梁下面后，我们叔侄俩便抬着空桶子出门了，到山崖下面的水泉里抬水。因为奶奶和母亲一再嘱咐三叔，要他抬水的时候让着我。所以，当三叔舀满了水，我们抬着往回走的时候，三叔怕扁担把我压着，总是把扁担上装满了水的木桶子的桶梁拨到靠近他的那一边。就这样，他还要问我重不重。

我们母子和爷爷奶奶、姑姑叔叔们一起生活了好几年，我和三叔抬水也抬了好几年。几年之后，我长到能上小学了，二弟也长大了。那一年，爷爷决定给我们分家。因为父亲是老大，按照我们那里的风俗，要分家的话，老大一家子首先应从老宅院里搬出去。这一点母亲也清楚，而且也很情愿。我们分家后，爷爷奶奶和姑姑叔叔们仍然住在老宅院里。母亲带着我们兄弟俩，搬到了爷爷费了好大劲儿才给我们修成的那个新院子里。因为父亲长年在外地，所以，家里平时就我们娘儿仨。我们娘儿仨，加上母亲养的鸡猪狗，一天的用水也不少。那时候虽然父亲挣工资，一个月有十几块钱的收入，但是分家后，父亲依然把挣下的钱，一五一十地全部交给了爷爷，所以我们娘儿仨的日子还是跟以前一样过得很紧巴。虽然我们分家已经有几年了，但是我们还是连一只木桶子都置办不起。因而，每到用水的时候，我还是得跑过去，跑到那边的老宅院里去取木桶子。

当时，奶奶家有两只木桶子，一只很大很笨重，一只很小又很轻。这么一大一小两只桶子，装的水也不一样多，挑起来也是一头儿重一头儿轻，整个担子自然不平衡，挑担子的人走起来也不好走。为了平衡担子，必须得把大木桶挪近自己。那只笨重的大木桶有一二十斤重，里面随便装些水就有三四十斤了，扁担另一头儿挂着的小木桶本身不很重，装水也装不了多少，因而，它比大木桶要轻许多。挑着这样的担子在平地上都很难走，更别说在陡坡上走了。因为坡陡，我的个子又矮，那只大木桶差不多要紧贴着我的前胸了，它挡住了我的视线，前面的路我也看不大清楚。因而，我常常会失足于路上的小坑里，害得桶子里的水一漾一漾洒出来。同时，看不清前路我的步子迈不大开，只能一小步一小步地往前挪，那样子活像是裹着三寸金莲的我大太太（大太奶奶）一样。那时候，我虽然已经十一二岁了，但是这样一担两桶子水挑起来还是有些吃力。母亲怕把我累着了，她每次出门干活儿的时候总要叮嘱我："今儿你就不用挑水了，我回来了再说。"

母亲不让我挑，但是有时候她自己又太忙顾不上挑，于是，我便和二弟去抬。那一只大木桶要是盛满了水，我和二弟抬起来也不轻松。那时候二弟还小，力气也不大，我们俩抬的时候，我把木桶子的桶梁拨到靠近我的一边，肩上也一下子重多了。到这时候，我才体会到，三叔当时让着我的感觉。

二、泥巴

立春之后，天虽然还是冷冷的，但是每天去河里抬水的时候，我发现水泉上面覆盖着的那层厚厚的冰，已经开始融化了。而且，一天比一天融化得多。随着冰块的消融，泥泞也在不断地增多。一天之内，泥泞的多少也不一样。早晚少，中午的时候多。尤其天气晴好的大中午，这里不仅满泉边是泥泞，连小泉上边的那块草坪和大泉下边的那个陡坡上也都是泥泞。

泥泞这东西本没有什么好看的，也没有什么好玩的，但是三叔对它很有兴趣。我们抬水的时候，三叔总爱在里面玩一会儿。三叔将两只脚伸进泥泞里，甩着胳膊，口里喊着“一二一”的口号，得意扬扬地在里面走。我看三叔走得有意思，自己也想走。于是，我将两只脚伸进泥泞里，跟在他后面，甩着胳膊，口里喊着“一二一”的口号，也很是扬扬得意。我们在泉边的那一大片泥泞里，走过来走过去，走了一圈又一圈。那泥泞随着我们一圈一圈地走，也变得越来越稀，泥泞越稀烂，我们便陷得越深。直到我们的两只脚完全陷进泥泞里了，我们还不愿意出来，而是在里面一跳一跳地跳蹦蹦。

在家里等着用水的奶奶等不及了，便在麦场边上喊我们。奶奶喊道：“你们两个狗吃的，怎么还不见来，你们干什么呢?”

我听见后，一面回应奶奶，一面忙将两只糊满了烂泥的脚从烂泥里往出来拔，并催促三叔抓紧些。三叔口里虽答应着，实际上并没有立即往外拔他的脚，而是说：“我再跳一跳，看看到底能陷下去多少。”我说：“我奶奶已经叫开了。”

我这么催了几遍后，三叔才上来了。他站在地势较高的那个土埂子上，将两只脚轮流提起来甩泥巴。三叔甩泥巴像他干别的事儿一样，也很用劲儿。他站在那儿将一只脚提起来，咬着牙狠命地甩出去。随着他的用劲儿，那鞋子上的泥巴便被远远地甩出去了。甩出去的泥巴点子，有时候飞得很远也很高，附近的柳树上、杨树上都沾上了三叔甩出去的麻点子。最远最高的，我曾见有飞过大泉下边的那棵高高的柳树树梢的。

两只鞋上的泥巴甩完后，三叔这才走过来，拿起马勺舀水，舀满我们便抬起来往回走。快到豁口那儿时，三叔不走了。他指着前面那个平台子，低声告诉我说："咱们把水桶放这儿，歇一下。"

我们平常歇息，都是在拐弯处的那棵白杨树的树坑里。他这会儿在这儿歇息，我不知道他要干什么。

等我放下后，三叔悄声说："你看，我们这样子，你爷爷看见了一定要骂的，还不如早点儿想办法。"

三叔这么一说，我也低下头看我的鞋子。我发现我们刚才踩踏过烂泥的鞋子那么难看。虽然大泥巴已经被我们甩掉了，但鞋子看起来还是黑乎乎的，像是黑羊头一样。特别是我的鞋子，烂泥还是糊着厚厚一层，一眼就能看出来。即使侥幸没有被爷爷看见，奶奶看见了也是要责骂的。当然，奶奶一般责骂的也还是三叔，如果母亲看见了，就更要责骂三叔了，骂他出去了不好好照顾我。

那么，想什么办法呢？

我这么想的时候，三叔的办法已经想出来了——在这些方面，三叔永远有的是办法。他一边在前面走着，一边回头示意我跟他走。我们到了拐弯处的那个土坎儿下面，三叔带头将自己的鞋子伸到土坎儿下面的干土里，然后用劲在干土里面来回上下磨蹭。磨蹭了好多下之后，我惊奇地发现，他那鞋子由黑灰色变成了灰白色。乍看起来，跟先前没沾上泥巴的时候没什么太大的区别，不太注意看的话，还真看不出来。因为我们那地方路上的土本来就多，鞋子裹了土是常有的事儿。我也照着三叔那样做，将鞋子裹上干土。我们这才走过去，抬起了水桶，不声不响、大模大样地回家了。

三、水虫

我们这个水泉，由上下两部分组成。上面的那个小，是专门供人饮用的，我们抬水时舀的就是这儿的水。小泉的下面，便是大泉。那是爷爷开挖出来、专门供牲畜饮用的。它跟上面的小泉隔着一道高高厚厚的堤坝。两个水泉虽然是一堤之隔，但是水位的高低差得很远。下面大泉的水位，比上面小泉的要低许多；泉水的清澈程度也差得很远。上面小泉里的水非常干净，干净得你看不出一丁点儿泥污。口渴的时候，俯下身子，两手撑在堤坝上，将嘴巴伸进水里咕嘟咕嘟喝几口，那个甘甜清爽啊，真是用言语难以表述。小泉里的石头也像被洗过一样，黄石头黄，白石头白。

下面的大泉，则没有小泉那么干净，也没有小泉那么清澈了。它有时甚至还有些脏。首先，水泉周边的水藻很多。绿绿的水藻，一簇一簇生长在水泉边，大半个水泉看起来都绿绿的。水藻下面有癞蛤蟆，很大很大的癞蛤蟆，眼睛明啾啾地蹲在那儿，冷不丁吓你一跳。它们到繁殖的时候，在你不经意间，又会制造出许许多多叫人恶心的癞蛤蟆泥，一串子一串子浮在水面上。不久，又是小蝌蚪，一群一群地在水里游。我和三叔抬水的时候，经常要蹲在水泉边，捡一根木棍儿去戳它们，一戳，它们便摆动着尖尖的尾巴，四散逃窜。

这样的泉水，我们嫌它脏，主要是因为里面有小蝌蚪。三叔说，有小虾米的水才干净，上面的小水泉里就有小虾米，所以它才干净。三叔这么说，仅仅是因为他讨厌那些叫人恶心的癞蛤蟆泥和从癞蛤蟆泥里生出来的小蝌蚪。

事实上，大水泉里还有别的东西呢。而这些三叔不大在意。三叔不大在意并不是说他没有看见，而是因为他不讨厌它们。你到水泉边，蹲下身子，用不着太仔细看，就能看见里面活动着的那些小东西。有比小虾米还小的，我不知道它叫什么，颜色有黑的，有绿的，还有土色的。还有一种怪怪的小水虫，像树枝一样。好多次，我都以为那是树枝。它在水里面一动不动，就像漂着的一截树枝。你蹲下来看半天，都看不出它是一个活物，但它真是一个活物，是条小虫。三叔第一回说它会动、是个活物时，我还不信。三叔便捞出了一条放在泉边的淤泥里叫我看，我用手轻轻碰它，它果然一弯一曲地动了起来，我不碰它，它又一动不动地躺在那儿。好家伙，真是一条虫，一条真正的懒虫。

大水泉里还有一种小水虫也很奇怪。远远看起来，它跟母亲缝衣服用的棉线一样粗细，长度也不过一两拃。颜色有肉色的，有浅红色的。它跟棉线不一样的地方，就是棉线不会听人说话，但它会。不知书上把它叫什么，我们叫它“挽疙瘩”。你从水里捞一条，放到泉边，然后对着它，像给小孩子叫魂一样叫它“挽疙瘩”“挽疙瘩”。这么连叫几声后，你会看见它那根直直的线，从两头儿开始弯曲了。你继续叫，它继续弯曲。你一直不停地叫，它也一直不停地弯曲，一直弯曲到拧成了一疙瘩。它拧成疙瘩后，你还是叫的话，它还像有弹性似的在那儿动着。这时候，你换了口气，叫它“绽疙瘩”“绽疙瘩”时，它便又自己绽开来。你持续叫，它会一直不停地绽开来。我就不晓得，是谁教会了它这么一个了不起的本领。

不管我们叔侄俩怎么嫌弃这儿的水脏，我们家的老黑牛、大红骡子，还有三叔最操心的老麻驴，没有一个嫌它不好喝的。相反，它们一个比一个喝得香甜，喝得有味。尤其是老黑牛喝得起劲儿。当它犁完地，被爷爷赶到水泉边时，它的那两只因劳累而垂着的眼睛一看见这泉水，简直放起光来了。它到了水泉边的第一个动作就是“扑腾”一声跪下，屁股撅得高高的，然后将一张大嘴巴伸进水里喝起来。老黑牛喝水的声音，是汩——汩——汩的。那声音听起来响亮而有节奏，随着这响亮而有节奏的声音，你会看见清亮亮的泉水往那张扁扁的大嘴里咕嘟咕嘟地跑。从水流的流量和速度看，那泉水好像不是被它喝进嘴里的，而是用一部马力不小的抽水机抽着灌进去的。要不，怎么喝得那么多又那么快？水灌进去后，你会看见老黑牛的脖子那儿渐渐凸起来，形成一根粗粗的管子。那管子里的水，还在“咣当咣当”发着响声。

四、冰

那时候的冬天天气很冷，雪也很多。到了三九天，天气尤其冷，大泉里能见到的也不再是清凌凌的泉水了，而是大块晶莹的冰块。大泉里结冰，那是年年都有的事儿，一结冰就是肥肥厚厚的一整块。小泉里一般年份不结冰，只有太冷的年份才结。小泉里结的冰也没有大泉里的肥厚。奶奶说：“这都是因为从上面那个泉眼里流出来的水是热的。”

小泉可是给我们供水的。它结了冰，我们就得想办法了。三叔将水桶放到一边，从我手里接过扁担，举起来在冻得石头一样结实的冰面上狠命地砸下去，结的冰薄的时候，冰面上便会“咔嚓”一声开一个大洞。有时候，三叔用力过猛，冰块下面的水还会哗啦一下溅起来，溅得老高。天气越冷结的冰当然就越厚实。当三叔用抬水扁担砸不开时，我们便跑回家取来爷爷砍柴用的大斧子。三叔双手举起大斧子，正对着冰面，像砸石头一样砸下去。不，是砍下去。一下，一下，又一下。这么砍了好多下之后，才能砍出来一点儿小缝儿。

当然，这种情况毕竟还是少数。留在我的记忆里的冬天的水泉，更多的是滑冰的场景。不论是寒风凛冽的早上，还是斜阳余晖下的傍晚，我和三叔只要来这儿抬水，三叔总要过一过滑冰的瘾再回去。当我肩扛着抬水的扁担，还在柳树边上的那个拐弯的地方慢腾腾往下走时，手提水桶的三叔早一个箭步冲到冰面上去了。我到了水泉边后，也放下抬水扁担，跟在三叔后面滑起来。我总比不上三叔滑得快，也比不上他滑得远。而且，我只敢在大泉上面的冰上滑一滑，而三叔则敢在大泉下面的那些冰面上滑行。他从大泉边上开始溜溜地滑起来，顺着倾斜的冰面一直滑下去。

我们那条河，平时流着细细的一股水，可是冬天结冰的时候，却能结出那么宽的一条冰面。三叔沿着这条冰面一直往下滑，我看以他这个速度滑下去，滑到大瀑布那儿的石头崖上时一定停不住。要是从那儿滑下去，就是我有三个三叔也抵挡不住，那可是一两丈高的悬崖啊。悬崖的下面全是石头，现在就是结了冰，还是有露在冰面外的石头茬子。而每一次滑冰，三叔总能在悬崖前停住。有一次，当我说到这事儿时，他说："那有什么怕的，小心着就是了。再说，滑下去也不怕，是滑下去的，又不是跌下去的。"

五、水渠

夏天的中午，似乎比平时更长，吃完午饭好一阵子了，还没有到下地干活儿的时候。不过，这正是奶奶和母亲洗衣服的好时间。她们端着脸盆出门了，脸盆里摞着高高一摞子衣服。我们几个孩子看见了便都跟在后面，嚷着说要去。奶奶和母亲知道我们要去河里玩便也同意了。当她们俩还在后面端着盆子抱着衣服，慢吞吞往下面走时，我们几个早你追我赶，一阵风地向泉边跑去了。

有一回，我们叔侄几个趁着奶奶和母亲洗衣服的机会，去水泉边玩。她们婆媳俩一边说话一边洗衣服，任凭我们几个在另一边玩。这天，我们既没有找了荷叶放在泉水里当游船玩儿，也没有在泉边的水藻里摸鱼，更没有捉小虾米喂蚂蚁，而是拿出了事先准备好的小铲子，在泉边开挖起水渠来。我们的水渠是从下面那个大泉的堤坝边上开挖的。下面的大泉地势比上面那个要低很多，那时候大泉里面的水也很多，蓝莹莹的一大片。就因为它水多，在生产队的时候，全队的社员还在这儿开挖过水渠，一条通往红土坡的水渠。那时候，红土坡一带开挖出了好几块荒地。

开挖水渠本就是为了灌溉那些荒地的，那条水渠开通之后到底浇灌过荒地没有，我记不大清楚了，那时候我还很小。不过，到我和三叔几个用铲子开挖小水渠玩儿的时候，它早已经废弃不用了。水渠的好多地段都已经被踩踏成了平路。我们去红土坡那一带放羊的时候，来回都在这条平路上走。我们这个大泉里的水也还是像以前一样，从泉水下面的水沟里流走了。而我们那一天开挖的水渠，位置就在以前生产队开挖的那一条水渠的下面，差不多是贴着原先那条水渠的边沿开挖的。至于那天我们为什么要这样挖，我也说不上。现在想起来，也许是实在没事儿干打发时间吧。

我们叔侄几个吃力费劲儿地挖啊，挖啊。挖了好半天，水渠终于挖开了。我们这次开挖的水渠虽然说不上长，但也不短，远远看起来也还壮观。我们的目的就是要把大泉里的水通过水渠引过去，让它从那边流下去。然而水渠是挖成了，水并没有引过去。要引水，必须得把堤坝挖开一个沟渠，这样就可以把大泉里的水引到挖开的干渠里，达到改道的目的。开挖堤坝是整个工程的最后一道工序，所以，我们几个干得都很起劲儿。一人手里握一把铲子，吭哧吭哧、满头大汗地挖着。正当堤坝上的那道口子差不多要挖通、水泉里面的水眼看就要通到干渠的时候，奶奶看见了。奶奶手指着我们，口气慌乱而惊诧，厉声喝道："你们这是要干啥！你们这几个狗吃的。"我们听了，一时都蒙了。不就是挖个水渠玩儿吗，有什么大惊小怪的。奶奶看把我们几个吓住了，便放下手来骂道："还不赶快把它埋掉！"

这时候，在一边的母亲说话了。母亲说："你们这么一挖，万一天上下了大雨，上面的山水冲下来，连我们这个大泉都冲走了。赶紧埋掉！"我们听了，这才明白。原来我们这样胡乱挖水渠是有危险的，只好悻悻而且很不情愿地去填埋。

奶奶看见我们动手填埋干渠，便指着三叔责怪道："都是你，把娃娃领来干这事儿。小心你大（父亲）知道了，给你有好的呢。"奶奶说的"好的"，当然我们都知道，指的就是爷爷用赶牛的鞭子收拾三叔。那时候，爷爷责骂我们时，动不动就来一句："你们给我小心着，总有一天，我会用鞭子来收拾你们的。"

虽然我知道奶奶这是在吓唬我们，但是一听到"爷爷"，我心里还是很害怕的。虽然，到那时为止，爷爷只打过我一回。

酸刺沟沟里人

我小时候出门到外面去，最怕别人问我："你是哪儿的人?"

那些大人们见了我，总要拉着我的手问我："给我们说说，你是哪儿的人?"

起初，我还以为他们真不知道才这么问我，所以我会认认真真给人家介绍。大队供销社里的营业员罗金金每一次见了我都要满脸堆笑地这样问；供销社旁边药铺里给人抓药的赵建章也这么问，其他许多人见了我也都这样问。我就不明白，为啥他们的记性这么差。前一天才给他们回答过，第二天他们就又忘记了。后来，我慢慢发现，原来他们并不是不知道，而是有意在要我。从此以后，他们再这样问我的时候，我就不说了，只是笑一笑。他们见我笑着不说，于是他们便替我介绍起我来了，他们说："以后有人问了，你就说，你是酸刺沟里人。"

实际上，我家住的那个山湾叫酸刺湾，不叫酸刺沟。据说，以前那个山湾是一个荒湾，山湾里满山满野长着酸刺。山脚下还有一条很大的山沟，山沟里也长着酸刺，不过这儿的酸刺比其他地方的少些。这个山沟靠近小河，山沟里还有很多从上河道和山坡上其他小沟里被大水冲下来的沙子和石头。据奶奶说，这个山沟里很阴森，鬼很多。太阳还没有下山，山沟里就能听见嘤嘤的哭泣声。奶奶说，那都是河对面的马坪村人的鬼。马坪村人把夭折的孩子一个不剩地扔到这个山沟里了。因为这个山沟太阴森恐怖了，平时很少有人走。只有那些自认为是半个阴阳先生的老羊倌和小羊倌们，赶着羊群来这儿放牧时才敢走走。

奶奶说，她刚嫁过来的时候，整个王氏一门四房这一族都还在一个大家庭里生活着，也都还住在大生地那边的那个山湾里。随着时间的推移，大家庭的人口慢慢增多，他们对土地的需求也在不断增加。那些适宜开挖的荒地，慢慢都被开挖出来种了庄稼。后来，因人口的持续增多和对土地需求的进一步增加，连靠近山梁的那些不大适宜开挖的荒坡也都种上了庄稼。先开挖的是大生地那边靠近山梁的地方，后来渐渐开挖到酸刺湾这边的山梁了。但据奶奶说，在她和爷爷来到我们这个山湾里安家落户时，这个山湾的半山腰以下都还是一片荒芜地，长着浓密低矮的酸刺。

这些酸刺看起来不高，但是里面动物却不少。有黄鼠，有野兔，有野鸡，另外还有大尾巴的黄鼠狼。人们在山梁上干活儿时，时不时会看见黄鼠狼拖着毛茸茸的长尾巴，在附近的地埂子上大摇大摆地走。人们又是惊叫，又是喊打。这家伙一听到大家的喊打声也慌了，拖着毛茸茸的长尾巴直蹿向山下边的酸刺林里。它们的窝就藏在浓密低矮的酸刺林里。

那时候，在这个山湾里，酸刺长得最多的要数后来我们居住的那个叫牛眼窝的地方。酸刺最多，当然黄鼠狼等动物也最多，这个地方也最荒芜、最恐怖。所以，奶奶说，那一年分家，当她听说要把我们分到这个山湾里时，她心里是多么的不情愿啊。她为此哭过好多回。但是，那时的大家族，掌柜的权力是很大的，掌柜的定夺了的事儿，谁人也更改不了。

刚搬到这个山湾里时，奶奶说，她总是不适应。但爷爷很快就适应了。那时候的爷爷正是两膀如铁的小伙子，浑身都是使不完的力气。直到前几年，爷爷还常常跟我们说起这事儿。爷爷说，自从分家被分到这个山湾里后，他基本上没睡过一个透夜觉。爷爷说的透夜觉，指的就是每天早上鸡叫的时候就起来干活儿，一直干到晚上半夜的时候才睡觉。也就是我们那里的俗语说的：起鸡叫，睡半夜。爷爷这话乍听起来有点儿夸张，不过，倒是事实。因为说起那时候爷爷的吃苦耐劳和能干活儿来，亲戚邻居们没有不佩服的。我姑太太、我大太太，还有景家我姑奶奶，都是一本清账。她们一提起我爷爷来个个啧啧称赞，说：“你爷爷那个人，从来就不知道什么叫苦，什么叫累。”

那时候的爷爷是不是真是这样，我是没法亲眼看见，但是，爷爷五六十岁、六七十岁的时候干活儿的情景，我倒是很清楚，村子里那一帮能干活儿的年轻人能敌得过爷爷的没几个。爷爷八十多岁的时候，也还是能挑起两筐子稀牛粪气儿也不喘地挑上大生地山梁。那么大的柳树筐子，两筐子少说也有七八十斤。

爷爷说，他和奶奶刚到这个山湾里时，这个山湾里就有一湾酸刺，另外，还有一条羊肠小路。那条小路从东南方向的山脚下一直通上来，通到堡子湾。路上走的人基本上没有陌生人，都是从马坪方向来，往堡子湾方向去的，或者从堡子湾方向来，往马坪方向去的。他们都是附近的人，爷爷差不多都认识。酸刺湾这地方虽然归属于大生地，但是大生地人走马坪并不从这儿走，而直接从石月亮峡那儿走，因为那条路最直接。

偌大一个山湾里长着满满一湾酸刺，又因为地处偏僻，有时候十天半月都难得见有人经过这儿，因而，山湾里总显得荒寂、凄冷。一户只有五口人的人家，在这样一个荒寂的山湾里居住、生活，不用说是十分清冷的。我太爷，那个有名的二阎王，还有我爷爷那个瞎了眼睛的弟弟，不知啥原因常常不在家里。我奶奶又是那么胆小的一个人，因而我爷爷外出时心里总惦记着家里，总想着早一点儿回家，因为家里就只有我奶奶和还在襁褓中的父亲。刚刚分家立户到这儿，新庄院的院墙才修筑起来，连门都没有。院子里，房子也没有修盖，就靠北的土坎儿下面箍了一眼土窑。土窑前面有一个矮墙围成的土圈，那么大一个土圈里，正常一整天就活动着奶奶和正吃奶的我的父亲，其空旷、冷寂是可以想见的。土圈的南边挖了个豁口，算是大门了。豁口上既没有门框，也没有门扇，只有一大捆胡麻秆子立在旁边。到了晚上，这捆子胡麻秆子便成了门扇，堵住了这个土豁口。奶奶说，爷爷没有回来时，她老早就用胡麻秆捆子堵住了土豁口，然后钻进土窑里。她在土窑炕上，透过那个小小的窗子，能看见眼睛蓝莹莹的狼在大门外的那一大捆子胡麻秆后面，像狗一样蹲着。有时候有一条，有时候不止一条。奶奶吓得哭都不敢哭。好在爷爷胆子大，他是什么也不怕的人，那些眼睛蓝莹莹的狼倒是有些害怕爷爷。它们本来是蹲在大门外的，空寂的夜里，从大生地梁头传来了爷爷的喊骂声，它们就一只只都溜走了。

尽管我们是大生地人，我们的小队（现在叫社）也叫大生地队，但是因为我们住的那地方叫酸刺湾，所以大家都把我们叫酸刺湾里人。不仅大生地人这么叫，周围其他村里人也都这么叫。

虽然，曾经我也觉得这个名字听起来不大文雅，但大家叫我酸刺湾里人叫惯了，我做酸刺湾里人也做惯了。什么事儿一习惯就好了，我习惯“酸刺湾”这个名字就像我习惯我爷爷奶奶、父亲母亲一样，我感觉它亲切、自然。

但是，有一天，我对这个亲切、自然了好多年的名字忽然产生了不亲切、不自然的感觉。它始于有人有意拿这个名字取笑我的时候，是在我进我们村的小学校上学的那一天。

我刚进学校时，除了我们大生地的学生之外，其他村里的学生都不认识我。大生地的学生当然都叫我酸刺湾里人。他们叫我，我听了仍然感觉那么亲切、那么自然。但是，其他村里的学生听后，问题也就出来了。也许他们觉得这个名字好玩。试想想，一个长满酸刺的地方，该是多么有意思。酸刺大都长在偏僻的野地和了无人踪的沟壑里。跟白杨、柳树、榆树及杏树长在庄前屋后不一样。因而，在大家眼里，酸刺不仅是登不了大雅之堂的植物，简直有些小里小气。他们这么称呼我，本来是无可厚非的。但是，从他们一大群人聚到一起这个一声“酸刺湾里人”，那个一声“酸刺湾里人”，以及他们叫我时脸上所流露出的那种坏坏的眼神，我明显感到他们不是在跟我打招呼，而是在取笑我。那时候，我心里是多么的不高兴，但也不得不承认他们叫得并没有错。

可是，这还不止。有几个调皮捣蛋鬼、恬不知耻的恶毒家伙趁此展开想象，大做文章，后来干脆叫我“酸刺沟里人”。听起来，“湾”与“沟”没太大的区别，可是从他们说话时那阴毒、狡黠的口气上，我知道他们这么叫我是怀着怎样的用意的。我当时极其恼火，恨不能冲上去每人给几个响响辣辣的耳光，但我是一个才进学校的小学生，能打得过那些人高马大、两胳膊有力的四五年级的学生吗？我当时进学校的时候，李老师跟母亲说了，说我还小，叫先跟上大一点儿的学生熟悉熟悉环境再上小学。

像张石山、牛富来这些同学，年纪跟李老师差不多一样大，基本上都到结婚的年龄了，我能是人家的对手？想想还是算了。他们爱这么叫就这么叫吧，反正他们这么叫了，我也没有少什么。何况，他们都还很喜欢我。下课之后，一个一个跑来围住我，抢着抱我，亲我的脸。曹礼娃、赵银虎那几个还常常拉住我的手，硬要我给他们几个“看病”“把脉”。曹礼娃、赵银虎可不是一般的学生，个子比李老师和大队药铺里抓药的赵建章都大。李老师、赵建章还有大队其他那几个篮球爱好者打篮球时，专门叫曹礼娃、赵银虎跟他们一起打。

从那以后，大家都这样叫我，我也这么窝窝火火地被人家一直叫到小学毕业。上初中之前，我想上了初中后应该没人再这样称呼我了吧。因为我上初中的营来距我家里有六七里路。六七里之外的地方，谁人还能知道我们这地方叫酸刺沟呢？它是那么小的一个小山沟，那么不起眼。而下营是大地方。村子大，人也多。我想，大地方的人，知道的一定都是大地方。

可是，我的想法错了。我到学校没多长时间，我十分不愿意被别人叫的“雅号”，大家都还是知道了。男同学这么叫我，我就认了。男同学嘛就爱取笑人，找个话题乐一乐笑一笑是常有的事儿。像黎武兵、张战军那样的男同学嘴里什么话说不出来？比这个更不应该叫的“雅号”他们都叫过。连学校罗老师的绰号，他们也“班牛”“班牛”一个劲儿叫。可是，那几个女同学竟然也这么叫我。她们一看见我就笑着叫我：“酸刺沟里人。”我真是一肚子的火。陈淑华、于晓楠则更大胆，更放肆。那天，她俩远远地看见我，还富有创意地叫我：“酸刺沟沟里人。”她们俩还多加了一个“沟”字。真可恶！

我咋了？连她们也取笑我。而且，还这么放肆地取笑我。

我听了之后，脸不觉红了，我不知道说什么好。我当时真想祖宗八代地骂她们。我心里想，这学校的男生是王八蛋，连她们这些女生也成了王八蛋，这么欺负我！

但是，我再三思考后，还是没有这么做。陈淑华是陈老师的女儿，我惹不起。听说，陈老师是当过兵的，还会武功。于晓楠是全校有名的学生，个子高，人也长得漂亮。不要说我班里的那一帮子男同学，就是高年级班里的好多男同学见了她眼睛也忽闪忽闪地走了样儿。况且，她们平时对我都还不错。有一回，在去操场的路上，她俩又碰见了我，她俩又“酸刺沟沟里人”地笑我。我揣摩着用一句什么话狠狠地将她们怼回去，但我还没想出合适的话来怼她们时，她们已经在一边哈哈哈地大笑起来了。

对此，我真是憋着一肚子气。可是，人家的嘴长在人家的脸上，人家爱说什么就说什么，我还能把人家怎么样？

对如此公然的挑衅，我心里十分不高兴，而且也曾板起脸、正儿八经反击过。但是，我越是不让他们叫，他们越是叫得厉害。最后，我不得不承认，在这个事情上我输了。我只能听任人家这么欺负我，拿人家一点儿办法都没有。每当这时，我心里只恨于晓楠、于小兵姐弟俩。我知道，我这点儿秘密起初都是他们姐弟俩捅出去的。他们的家就在我家所在的那座山的另一边，我们小时候还在附近的那些山上一起放过牛羊，拾过柴。我家这点儿老底子，他们哪能不知道呢。

我被大家“酸刺湾里人”“酸刺沟沟里人”地叫着取笑找乐子，我憋着一肚子的不高兴。熬到初中毕业考进了高中，就再也没有人这么取笑我了。因为我上的高中学校在县城，县城离我家也远，那是真正的大地方，小地方的事儿人家也懒得理会。况且，那一年，进县城那所高中的，我们六里营学校就我一个人。我们村子及我们附近的几个村子里，也就我一个。这么一来，我进县城上高中几乎是孤家寡人了，谁人也不知道我最不想让别人知道的这点儿秘密。同学们相互介绍的时候，仅仅说说自己所属的乡镇的名字，像“酸刺湾”这样的小地名不值得一提，也没人问及。没人问，我自然也就不提了。

高中的同学不知道，大学的同学当然更不知道了。因为我上大学是在省城，班上同学见了面至多问问你是哪个省、哪个县的。大学几年时间，尽管这样那样的烦心事不少，但因“酸刺沟沟里人”之类的称呼给我带来的烦恼倒是一点儿也没有。参加工作之后，更没人拿这些小儿科的笑料取笑一个人了。因好多年没有人这么取笑我了，现在提起“酸刺湾里人”“酸刺沟沟里人”这样我曾经十分不爱听的绰号来，是特别的陌生却又那么亲切，那么有趣。想想真叫人怀念。我是多么希望再有人到我跟前“酸刺湾里人”或者“酸刺沟沟里人”地取笑取笑我。那该是多么幸福，多么有意思啊。

我因为我的“酸刺湾里人”“酸刺沟沟里人”的雅号没人叫了，心里有些怅怅的。而更叫我心里怅怅的，是我们酸刺湾里的酸刺树越来越少了。记得我刚上小学的时候，整个山湾里的酸刺树还是成片成片的。其中长得最繁盛的有三处：一处在爷爷给我们分家时，我们分得的窗石洼前面的山坡上；一处在大台台和小台台之间的那条沟里；还有一处，在老张家的地埂子上。如今，只有老张家的地埂子上的那一处还有一些，但是也远没有以前那么繁茂了。窗石洼前面的山坡上现在一棵都没有了。那些年，没有柴烧的时候，我们母子几个用铁锹铲，用镢头挖。一年又一年地铲挖，酸刺树终于被铲尽挖绝了。大台台和小台台之间的那条沟里虽然有，但也是零零星星的，大多也被三叔、四叔几个挖着当柴烧了。

酸刺树也开花，也结果。我最喜欢它褐绿色的嫩枝上覆盖着的那一层银白色的柔毛。春天的时候，酸刺上还可以看见絮状物，像柳絮一样，风一吹就飞起来了，飞得到处都是。常常一夜起来，我家的院子里落了厚厚的一层。庄前、屋后、小路以及路边的花花草草上落得都是。酸刺树上结的果实，我们叫酸啾啾，三叔戏称“你舅舅”。夏秋时节，酸啾啾一簇一簇的，长满树枝。颜色大多是橙黄色的，也有橘红色的。颗粒不大，有扁豆粒那么大。但是扁豆是扁的，它却是圆的。酸啾啾真酸。熟透了的酸啾啾，摘一颗塞进嘴里，用舌头轻轻蹭一下，皮破了，一股酸水便溢出来了。尝一口，酸得牙齿直痒痒，过两天提起它口里还泛酸水。

三叔放羊的时候，常常爱到酸刺林里去。这一点，我一直不明白。因为酸刺树矮矮的，我想，钻到里面连腰都直不起来，怎么能放羊？有一天，轮到我放羊了。不知为啥，那天远处我不想去，于是就在庄院上面的地埂子上放。羊在地埂子上吃草，我便站在不远处的斜路那边看它们吃草。起初，我看它们吃得好好的，也便在路边掐了狗尾巴花，在那儿一个人玩。过了一会儿，偶尔一转眼，发现有几只馋嘴子羊已经跑到老张家的坟堆那儿了。我知道它们又想吃田禾苗苗了，就连喊带骂去赶它们。那几只馋嘴子羊见我撵来了，不仅没有折回来，反而就近钻进坟堆后面的酸刺林里了。我看它们已经进去了，也只得跟在它们后面往里面钻。

这酸刺林外面看起来低低矮矮的，想不到里面的世界竟然不小。羊不仅可以走，连我都可以直起身子走。一条小路一直通到后面很远处。小路两边，有时虽然也有酸刺枝干横过来挡在眼前，但是丝毫不影响人走路。酸刺林里还长着许多草和花，有鲜绿的葛草，有一串一串的蒲公英，有地角花，还有一些我叫不上名字的草和花。这些草，羊们都很爱吃。我这才明白，三叔为啥爱到这个林子里放羊了。羊进去之后，一天半日不出来，一直乖乖在那儿吃草。连最嘴馋的红眼睛也忘了打庄稼苗苗的主意了。羊在一边乖乖吃草，也不乱跑，我也便能在里面放心地摘吃那些酸得让人的牙齿咯咯打战的酸果子了。

学会在山路上奔跑

大家都说，我小时候长得很胖，胖得走路的时候差不多都能滚起来了。

我就不相信，我有那么胖。再说，一个人即便是胖，也不至于就滚起来，人毕竟不是皮球。但是，听母亲说，我小时候确实滚起来过。我那一次滚起来，具体时间是三姑姑领我去河里挑水的时候，地点就在我家门前的那个土坡上。

那还是大生产的年代。大人们白天黑夜在生产队的地里干活儿，家里只留下三姑姑照看我和两个比我稍大的叔叔。也许是因为两个叔叔都比我大，也没有我那么胖，而且他们走路也稳当，所以平时三姑姑就不怎么操心他们。我年纪小，长得又胖，走路又不稳当，三姑姑几乎把所有的精力用在了照看我上。三姑姑走哪儿，就把我牵到哪儿。三姑姑去河里挑水，当然也要牵着我跟她一块儿去。

三姑姑挑着水桶在前面走，我被她牵着紧跟着。尽管三姑姑走得非常小心，她口口声声嘱咐我，走路时要小心，但是当我们姑侄俩走到土坡那儿的那个豁口时，我还是跌倒了。我到底是怎么跌倒的，是她不小心一只脚踩空把牵着我的手松开了我跌倒的，还是我自己一只脚踩空后摔倒的，到现在三姑姑也说不上个所以然来。三姑姑说，她只看见我那圆墩墩的身子像皮球一样，在山坡上骨碌骨碌滚起来了。

三姑姑看见我滚起来了，她第一反应当然是跑去追我。可是，当她要跑着追我时，忽然发现自己的肩上还挑着两只大木桶。我们那个山坡是一个很陡的山坡，山坡上的路也很陡，而那两只大木桶又是圆滚滚的，要把这两个圆滚滚的家伙搁在陡山坡上，她当然也不放心。在全民搞生产的时代，木匠难找，木材找起来也不容易。两只木桶子虽说不值什么，但是一家八口人吃水还离不了它们。等三姑把木桶子找了个地方放好时，发现我已经滚到半山坡了。三姑一边忙不迭地追，一边大（父亲）一声、妈一声地哭喊。

直到现在，三姑姑提起这件事时还心有余悸地要感慨一番。最后，又要说，这事怪她太大意了。

但是我认为，这事情不能全怪三姑姑的大意，也应怪我长得太胖了。同时，还要怪我们那儿的山路太陡了。我长得再肥胖，好端端的平路上，也不会就骨碌骨碌地滚起来吧。

山路陡峭，对于又肥又矮的我来说，走起来都很费力气，尤其从山下往山上走的时候更吃力。因为吃力，所以只能慢些走；但是走得太慢了，走半天也走不了多少路；走快了，没走多少路嗓子眼儿里就冒烟，两条腿也打起颤来。当然，这对于三叔来说，并不适用。

那时候的三叔在山坡上走路是很快的。何止很快，要我看那不叫走路，那叫跑步。当时能在山路上奔跑的孩子不少，但我觉得最快的要算三叔了。尤其是三叔从山脚下往山顶上跑的时候，快得简直我没法想象。人家刚才还在这儿，才那么一会儿时间就已经在山顶上晃荡着了。一样出发的人，我还在半山脚下慢腾腾挪着步子，真丢人。对此，我羡慕得要死，但是没办法。能力这东西，达不到就是达不到。

三叔在上坡路上跑得快，我上坡的能力不行，因而被他远远地撇在后面。这都是因为上坡的原因吧。如果是下坡的话，我该不会被他就这么远地撇在后面了吧，下坡路总是不怎么费劲儿的。再说，我也吃了好几年饭了，我甚至很有信心跟三叔比一比。

有一次，也是我们抬水的时候，我半开玩笑半认真地说："咱们比赛跑步，看谁跑得快。地点就在我家门前的那个我曾经骨碌骨碌滚过的陡坡上。"我提出的条件是：我从陡坡这边的小路往下跑，三叔绕着白杨树那边的大路往下跑。谁先跑到水泉边算谁赢。我走的路是弓弦，是捷径；三叔走的是弓背，要绕好大一圈子。

当时，我肩上扛的是抬水的扁担，三叔手里提的是大水桶。我想，我这样的条件跟他比赛，他肯定是要吃亏的。因为我的抬水扁担扛在肩上，又轻又好拿，而他提的那个木头做的大水桶圆鼓隆咚的，又高又壮又笨重。那水桶我提在手上，耷拉在我腿上，我连路都不能走了，更不要说跑步了。三叔个子小，桶子又大，他身上带这么一只笨重粗壮的家伙，而且路又比我的远许多，依我看，他不输才怪。我甚至认为，我提出的这条件太苛刻了，三叔一定是不会答应的。

没想到三叔听了之后，倒是随口说："可以。"

听那口吻，似乎觉得我这孩子太不自量力了。他随后还加了一句："这样吧，你先跑，你跑到第二棵柳树那儿我再跑，怎么样？"我听了当然更高兴，因此说"好"。我暗自思忖道：等我跑到第二棵柳树那里时，我的一大半路已经跑完了，你绕那么一大圈子，也许连第一个弯子还没跑过去时我已经到终点了。你还能跑得过我？

讲完了规则，我们便开始比赛了。我肩扛着抬水扁担，向着下面的山泉，使出了全身的力气直奔而去。我觉得，那时候我的速度也只有长了翅膀的鸟儿才比得过。眨眼之间，我已经快到那棵柳树跟前了。这时，我有意回头看了一眼三叔，我想看看他守不守信用，是不是已经开始跑了。就在我看他的那时候，他还在豁口那儿站着未动。我一面看着前面的路，一面往下冲。我发现随着我的飞跑，前面的路越来越少，最后就剩下那么不多的一点点了。我一面继续加足马力往下跑，同时为我即将赢得这场比赛而感到兴奋。

可是，正当我暗自高兴的时候，眼前的一幕让我大大地吃了一惊：三叔早已经折过那个弯子，正朝我眼前的大路冲下来。我怕他在我冲到前面大路上的那一刻超过我，便使出更大的劲儿往下冲。但是，就在我哼哧哼哧用劲儿的时候，三叔已经从我眼前一闪而过了。等我跑到悬崖下面的那棵柳树跟前时，他早已经到终点了，而且正坐在泉边那块大石头上，望着我笑。

平时我知道三叔跑得快，我也知道自己不是跟他比赛的人。不要说我比不过三叔，就是韩合、四胜那几个村里快得出了名的，有时候也跑不过他。这一次，我敢于提出来和三叔比赛，是因为我觉得我提出的这条件对他是一点儿好处也没有的。让我意想不到的是，我还是输了。这输得真有些不应该，因而我心里十分羞愧。我不解地问他："离那么远，你怎么就先到了？"三叔一边舀水，一边淡淡地说："你不跑吗。"我说："我跑了。我跑得那么卖力。"他说："你那叫跑吗。要跑就要快跑，你那么慢腾腾地跑谁追不上？"

那一天，我对于三叔在山路上的跑步总算比以前有了更新的认识了。一座大生地山梁虽说不高，但也不算太低，而且有几处还很陡。每一次，我们俩一起上山，当我上到掉地的地头时就已经气喘吁吁了。但就在我呼哧呼哧喘粗气的时候，三叔的身影已经在山顶的喇嘛墩子下面晃荡着了。

因为三叔走山路很快，家里有什么需要去山那边办的事儿时，爷爷总叫三叔去不叫我去。爷爷还说我："你走路像个'摇力慢'，什么时候能回来。"爷爷说的"摇力慢"是什么我不知道，这个词语是不是就这三个字我也不知道，但是爷爷的意思我理解，大概就是嫌我走路太慢了。

我身上背着一个"摇力慢"的绰号，心里当然很不高兴也很羞愧，因而对走山路很快的三叔自然也产生了许多嫉妒，同时也多了几分羡慕几分敬意，也产生了向他好好学习的想法。因而，以后走山路时，我有意放快步子走，有时候还学三叔的样子在山路上奔跑。可是，在山坡上跑步真不是件容易的事儿。往山下跑，我勉强还凑合，从山顶可以一口气跑到山脚下；从山脚下往山上跑，可就费劲儿了。那时候我本身长得胖，腿粗得像松木椽子一样，这样的体形就是在平路上走路也觉得吃力，再不要说在山路上跑了。所以，我常常才跑了几步就已经嘘嘘地喘起粗气来，一股烟从嗓子眼儿里直冒出来。

做什么事儿，先天的条件很要紧。但是，后天的努力也不是没有作用。在山路上跑步这么难的事儿，锻炼的时间长了，也并不是没有效果。我刻意锻炼了一段时间后，意外地发现自己在山路上真还能跑了，而且跑得并不怎么慢了。我的这番锻炼是从放羊开始的。

那几年，我家里养着一群羊，一到假期爷爷便叫我去放羊。天天在山坡上放羊，你不想在山坡上跑步也不行。羊这种动物吃草有个特点，就是爱边走边吃。你要是把它们圈在同一个地方，虽然这地方牧草也长长的、嫩嫩的，但它们吃着吃着就不爱吃了。它们不爱吃，就到处乱跑。我们那地方是山村，山上山下都有庄稼田，有时候甚至半山腰也有，因而放羊时你得时时紧盯着它们，一不留神它们就跑进庄稼田里了。

夏天的庄稼田里是绿油油的田禾苗苗，羊们见了这绿油油的田禾苗苗就像小孩子见了超市货架上包装得花花绿绿的零食一样，没有不喜欢的。因而，它们一到山坡总是想方设法往田里钻。我虽然也眼盯着它们看，但总有走神的时候，常常才一转眼往别处看了看，回头就发现有一只馋嘴子羊夹着尾巴贼眉鼠眼地往田里的苗苗跟前跑。可恶的是，它后面还有几只死心塌地的追随者鬼鬼祟祟紧跟着。这时候，作为一个放羊娃，最需要做的事情便是将它们赶紧撵回来，而且必须在它们到达田里之前就将它们撵回来，否则就有人会在远处哇啦哇啦骂开了。

开始那几天，我总是撵不上它们。因为这个，我挨了不少骂。

挨些骂就挨些骂，反正挨得多了，也就习惯了。可羊吃的是田禾苗苗，而田禾苗苗又是养活人的，一根田禾苗儿要两年工夫去侍弄，因而这不光是挨骂的事儿。要少挨骂，必须得学会在山坡上奔跑。

在山坡上奔跑跟平路上不一样，这里除了陡峭之外还有许多不利因素。一是山坡上地形地貌复杂。如埂子、草丛、石头、沙子等，都是潜在的敌人，随便一个都有可能放翻你。但是，为了在最短的时间内将馋嘴子羊从田地里顺利撵出来，你必须得拿下它们。碰见埂子了，你得跳上埂子。跳不上去，说不定它会报复你的。别的不说，在它这儿摔一跤是肯定的。草丛长得不高也不大，但是也得注意。这家伙看起来绿绿的，也不怎么恶毒，但是极有可能你看到的是假象。你最好不要把它当自家园子里的草丛随便去踩，你踩它踩稳了当然好，可以借助它继续上山；如果你一脚没踩稳，一个趔趄，定会来个人仰马翻。

那些石头则更要小心。大石头当然可以绕着走，你不惹它，它也不害你。可是那些看起来小小的、丝毫不显眼的小石头，往往会暗地里捅你一刀子。不，捅你一石头。有时候你没绕过去，冷不防它就把你害了，尤其是往山下跑的时候。你跨着大步、使着劲儿往下冲，你以为下坡路怎么跑都无所谓，就什么也不考虑放心地往下跑。可是，等你发现时已经迟了，因为你的一根脚趾头已经碰到了它身上。那时候，鞋子碰破了不打紧，回去叫母亲抽个空儿用麻绳锥子修修就好了。要紧的是，你的半个脚指甲不见了。半个脚指甲不见了就不见了，脚指甲这东西以后还可以长。可是，你的整只脚都生疼，有几回疼得我抱住脚在山坡上直打滚。

山坡上的沙子，也不能小看。它虽然没有倒棱子石头的危险，但是不小心踩在上面也会让你来个脸朝天。当你看见一只馋嘴子羊正夹着尾巴往山畔上的庄稼田里跑的时候，你得以最快的速度爬上山畔去。这时候最好的办法当然就是奔跑。你一面大声喊骂它不要脸，一面加足马力往上跑。可是，正在这当儿，在你的眼前，在半山腰一片裸露着的山坡上是黄澄澄、软绵绵的一片沙子。你的脚才踩上去，两腿便没了力气，因为你忽然感到你的脚在跐溜跐溜往下面溜。但是再往下溜也得上，于是你只好弯下腰手脚并用往上爬了。

如此这样，我在山坡上又是跳又是跑的，真有些吃不住。刚开始那几天，尤其吃不住。一天下来，胳膊酸了，腿肚子也生疼。晚上回家后，坐在门槛上直哼哼。母亲看见后，带笑说：“那是因为你跑得太快了，你慢慢走就不怎么疼了。”我说：“妈，这个我知道。可是，我跑得慢了，羊就钻进田禾地里吃田禾苗苗去了。”母亲听了还是像往常一样，把罪过归在了三叔头上，说他把羊惯坏了，因而它们一到山坡上不记着吃草，只操心着田里的田禾苗苗。

不管我多吃不消，羊还是得放。我在山坡上当跑时还得跑，当跳时还得跳。俗话说，功夫不负有心人。我跑跑跳跳多少日子后，上山下坡的速度比以前有了明显的提高。以至于到后来，我竟然能跟我那些馋嘴子羊们赛跑了。因为我跑得快了，所以也不怕它们乱跑了。羊群一出圈，随便到哪个山坡上放牧，我都很放心。要是在山脚下，我便叫它们在河边或者悬崖下面吃，自己找一块石板躺上去歇息，有时候还将草帽抹下来扣到脸上，自自然然睡大觉。我那些羊们也被我那根长羊鞭和上山下山如飞一样的奔跑给镇住了，它们轻易也不敢乱跑了，而是乖乖地低头吃草。

不过，要是我在大石板上拉福（享福）拉得时间太长了，它们有时候也会做一些对不住我的事情来。但是，常常是这样的事儿还没有发生，我心里已经感觉到了，于是便揭起草帽去看。一看，果然发现有一两只馋羊贼头贼脑正往山上跑。我一骨碌爬起来，一面大声喊骂，一面飞也似的往上赶。它们一听到我一声高似一声的喊骂便害怕了，才跑了没几步又不得不调转方向，往我这边跑过来。

放　羊

看见三叔手拿着那把放羊的长鞭子在院子里摔来摔去地放响炮时，我心里总有一种说不出的羡慕。那时候，我最大的愿望就是能拥有一把鞭子，一把像三叔手里拿着的这种长鞭子。因而，当他摔完鞭子，把它立在厨房檐下的那个角落里时，我禁不住要跑过去拿起来，也学着他的样子去摔。可是我怎么摔，总摔不响。这时候，三叔又轻蔑地来一句："小娃娃还不行，吃几年干熟面了再来。"

那时候，在我的眼里，三叔已经是大人了。而三叔似乎真把自己当成是大人，把我当小娃娃来看待，动不动就说："去去去。这个，你小娃娃是不懂的。"或者说："去，到一边去。你一个小娃娃，懂个啥。"我听了心里十分不高兴，心想："你比我大了多少，不就那么几岁吗？"

快放暑假了。那天晚上，饭熟了之后，我照例去给爷爷端饭。我才走进上房门，爷爷就问我："你们学校什么时候放学？"我说："再有几天。"爷爷说："今年放学了，你要学着放羊。"我听了之后，心想："那么多的羊，我一个人能放得过来吗？"我心里这么想着，但是没敢说出来，只是支支吾吾应承着。晚上睡觉的时候，我把这事儿跟母亲说了。母亲听了之后，说："你爷爷想得好。那么一大群羊，你一个小孩子就能放得了？"母亲虽然口里这么嘟囔着，但爷爷说了的事儿，她也没办法改变。

暑假终于到了。那天晚上吃饭的时候，爷爷便把放羊的事儿给我交代了一番。没等我说什么，爷爷像早知道了我们母子的心思，说："我们带着放的那些羊，好多人家的都已经赶回去了。现在剩下的，主要是我们自己的。我们的没多少，你放起来也不吃力。"爷爷这么一说，我心里也感到轻松了不少。

毕竟要自己一个人放羊了，心里不免还是有些兴奋。因而，那天晚上我半晚上没睡着，尽想着以前跟三叔一块儿放羊的事情。

三叔上学上到二年级就不上了，回来帮爷爷放羊。因而，有时候星期天我也跟三叔到山里放羊。我在山里除了帮三叔赶羊之外，还学着他的样子粗门大嗓子地唱山歌。有时候也像三叔一样，把他那把长长的放羊鞭子拿在手里，在羊群后面挥过来又挥过去。我一挥，羊也会哗啦一下跑开来，我觉得这个很有意思。最爽快的是，帮三叔把羊群赶到阴沟里，然后将红眼睛——那只最馋的大绵羊从羊群里揪出来，用鞭子狠狠地教训它。

我们不仅在酸刺湾附近放羊，在马脊梁湾，在石头滩，在月亮峡，在孔家坡也放。这些地方虽然离我们家都很远，但我们喜欢去，因为这些地方实在很有意思。在石头滩，我跟着三叔站在滩底的那个比几座大房子还要大的石头上，咿咿呀呀唱大戏。在孔家坡，当三叔、胜和、余胜他们几个挖掘黄鼠的时候，我还帮他们抬水。那里的小黄鼠很多，满山满坡乱窜着，一天从早到晚吱吱吱叫个不停。三叔他们几个挖够了柴火之后，就开始挖小黄鼠。在月亮峡，我还和三叔以及经常跟三叔一起放羊拾柴的那几个一起，玩背马的游戏。那里狗尾巴花很多，夏天的时候，粉红粉红的，开满了整个山坡。我们随便掐一把，围坐在草坪上，一把一把地玩背马。

那天晚上，我想了很多，越想越觉得有意思。第二天早上，没等母亲叫我，我就醒来了。我一骨碌爬起来，揉了揉眼睛，胡乱穿了衣服就下炕了。我干粮也没有背，就扛了三叔的那把长鞭子兴冲冲出门了。老远的，没到羊圈门口，就看见一个个毛茸茸的脑袋从一道一道用木条做成的木栅门的门缝里争先恐后地挤出来，朝我“咩咩”地叫。我三脚两步走到跟前去开门。门一开，哗啦一下，前面那几只又高又大的大绵羊便一窝蜂地涌出来。当后面的几只小羔羊还慢腾腾在那儿走时，狡猾的红眼睛已经带着铁擀杖、瘦板儿等几只馋嘴子羊，尾巴一甩一甩地往山下跑去了。我知道它们抢着跑下山坡的鬼心思，就是为了去偷吃。因为从红土滩一路跑下去到处都是水平地，一畦一畦，里面都种着庄稼，所以我得把它们赶紧拦住。那时，许多庄稼都还在放青。

就在我连喊带骂、追赶馋嘴子羊的时候，奶奶听见了。奶奶手拿着棍子，一边往落在后面的那些羊跟前走，一边对我说：“你追前面的，后面的这些，我来赶。”

我脚不沾地地往山下面跑。刚过沙石嘴就看见它们了，原来这几个家伙已经快到红土滩了。红土滩下面可都是田禾地，有的种着豌豆，有的种着莜麦，还有洋芋、胡麻等。虽说豌豆已经泛了黄，可还是很好吃的。莜麦呢，墨绿墨绿的，馋羊们见了没有不喜欢的。最下面一溜子地里是洋芋，那时候的洋芋叶子也是绿绿的。它的味道虽然比不上爽脆甘甜的莜麦好吃，但是绿绿的庄稼苗苗再不好也是庄稼苗苗，随便啃一口都是便宜。

狡猾的红眼睛不仅嘴馋，眼睛也尖，很会认田禾苗苗。对于那几种田禾苗苗的好坏，它比我熟悉得多。我看见它的时候，它正往莜麦田里狂奔。好家伙，真聪明。我就不明白，这家伙为什么这么会识别庄稼。它对于泛黄的、快要收割的豌豆和叶子嫩嫩的但味道又是涩涩的洋芋不屑一顾，而对秆子甜甜的、吃起来脆脆的莜麦，则是那么感兴趣。

而我知道这一点，才有多长时间？没多长时间。我第一次知道这几种苗苗的味道和羊们喜欢的程度，也还是那一年跟三叔放羊时，三叔教我的。那天，在莜麦田边放羊时，三叔顺手拔了一根嫩生生的莜麦秆子，从中间折断后，塞到嘴里嚼食。我问他道：“这有什么嚼头？”他说：“你尝一下。”三叔说着，又顺手拔了一根，从中间折断了递给我。我便塞到嘴里咀嚼。好家伙，真甜，比大队商店里卖的糖果味道还好。看样子，我这一点知识，红眼睛们早知道。

我在后面追赶着，眼看它们就要钻进田禾地里了，心里便有些慌了。我知道，这一溜子莜麦是“二阎王”家的。满脸横肉的“二阎王”，村里的孩子没一个不怕的。他要是看见羊进了他的地，一定又会像老虎一样吼叫起来，像狼一样追过来，一把抓住你的头发，劈头盖脸打一顿。虽然我还没有挨过他的打，可是我听过他打人的凶样子。他打人，拾起石头用石头，拾起棍子用棍子，那样的暴打我可受不了。我心里一想到这些更加放快了步子，没命似的往下跑。我一面跑，一面对着山坡下的那几只馋羊疯了似的喊叫。没想到我连喊带骂，真还把它们给拦住了。拦住是拦住了，不过，就差了那么一点点儿。再要是迟一点儿的话，它们就钻到田禾地里了。那样的话，我这一顿打差不多就挨定了。

这等于是我第一天放羊，羊们才一赶出圈，那几只馋羊就给了我一个下马威，我因此也差点儿挨了一顿“二阎王”的暴打。所以，在接下来的时间里，我特别操心，眼睛紧盯着它们。稍微有一只两只落在后面或者走在了前面，我都不依，都要吼叫着赶到一起。我的脚步紧紧跟着它们，它们走到哪儿，我跟到哪儿。三叔早说过，羊这种畜生，吃草的时候不能圈在同一个地方吃，而要走动着吃，这样它们才能吃饱，也能吃好。所以，我跟着它们，一会儿爬上这座山，过一会儿又下这座山；一会儿爬上那个山坡，过一会儿又从那个山坡上下来。

尽管我敬业得连我自己都感动了，可是，总有那么几只馋嘴子羊不理我这一套，它们总是千方百计地捣乱，千方百计跟我作对。我赶着它们，刚到这个山脚下拣了一块大石板坐下，一转眼发现那几只馋嘴子已经在对面那个山上了，而且已经到了半山腰。我就不明白，它们到底是走的还是飞的。我一肚子的恼火往上冒，但拿它们没办法。口里骂它们不要脸都是挨刀子的家伙，但是还不得不赶紧去撵。因为那边山上也有庄稼田地，田地里也有庄稼苗苗。

我气喘吁吁地往上爬，费了好大劲儿才爬到山畔上，将那几只坏家伙撵下来，撵到半山腰的众羊中间。可是，回头一看，又有几只羊故意慢腾腾、磨磨蹭蹭地在山脚下不上来。我记得我赶那几只馋嘴子羊的时候，顺便把它们都赶到半山腰了。但是当我看见又是铁擀杖、小尾巴那几个时，一下子就明白了它们的鬼心思：还不是为了沟畔上面那两溜子正在放青的燕麦苗苗？于是，我又转过身跑下去，将它们一只一只赶上来。

一个上午，我在附近那几座山上，基本是在一会儿跑上一会儿跑下的跑步和吼叫喊骂声中度过的。因而，快到中午的时候，我两腿发酸，口干舌燥。只半天时间，我已经尝够放羊的滋味了。回到家里，话也不想说，动也不想动了，到了下午赶羊出圈的时候，我还是磨蹭着不想赶出去。奶奶催了几遍，我都说时间还早。奶奶怕被爷爷听见，因而放低了声音说：“早什么。你看，日头都照到屋檐下了，你还不赶?”我看不赶不行了。我不及时赶羊出圈，奶奶仅仅是说说，并不怎么责骂；爷爷要是知道了，一定是要痛骂的。于是，我便收拾着去赶羊。

我虽然在收拾，但还是故意慢腾腾地找这找那，一边还抱怨着说：“天这么热，晒得人头皮都发疼，羊能吃草吗?”实际上，阴山那边早有阴凉儿了。

阳山这边太阳要是照不到，恐怕就到天黑了。

下午，我还是山上山下地跑，不时像骂街一样骂它们。好不容易熬到天黑了，回到家里一放下鞭子，我就趴在门槛上“哎哟哎哟”地叫唤起来。奶奶笑着问：“怎么啦？累了？”我说：“太累了，累死我了。”奶奶说：“你以为放羊好得很，你试试看。”这时候，母亲从田里回来了。母亲看见我趴在那里“哎哟哎哟”叫唤，一边解护膝一边说：“才一天，就那么累？”我说：“那几个馋嘴子，一个劲儿乱跑，我怎么都追不上。”母亲说：“你三叔放的羊就那样。他一赶到大石头滩就再也不管了，只和胜和、前娃几个摔跤，把羊都惯坏了。这样的馋羊就是我去放也不一定能放得住，更不要说你了。”末了，母亲还说：“慢慢学着放。夏收开始了，人家都那么忙。再说，你三叔也要帮着摞垛子，犁地。还有骡子和马，他也要喂养。等下雨了，他就放去了。那样，你就可以在家里歇一歇了。”

我虽然非常不愿意去放，但是听母亲这么一说，心里还是接受了。不过，自那以后，心里又多了一个期盼，就是下雨。我每天盼望着下雨，甚至梦里都梦见下雨。梦见雨淅淅沥沥地下，一直下到天亮时还没有停。我还梦见房檐上的水，滴滴答答沿着瓦渠一个劲儿往下淌。同时，也梦见我在填炕窑里找了一大堆小木块和钉子，心安理得地继续做我那个还未完成的小木车。

可是，第二天早上醒来，扒开窗子一看，天还是蓝蓝的，没有一丝云。气得我口里直骂老天爷。

不管我怎么盼怎么骂，老天爷就是不下雨。那几天，我每天一回家就问母亲：“妈，啥时候下雨？”

起初，母亲还不知道我心里的这点儿小揪揪，以为我是真关心天气，因说：“谁知道呢。这一垧洋芋干得很，苦荞、胡麻也都需要雨水了，可就是不下。”但我每天这样问母亲，母亲终于知道了我的心思。母亲笑着说：“就那么盼望下雨，”又说，“再过几天，你三叔闲些了，叫他放去，你歇一歇。”在一边的奶奶听了也笑了，还朝我眨了眨眼睛，说：“你总是懒。”

我真还叫奶奶给说准了。不过，我还是期盼着下雨。然而，天还是晴的，蓝蓝的一片，一点儿没有下雨的迹象。我的心一次又一次变得凉凉的。但是，无论心多么凉，羊还是得放。

什么事儿总会有变化的。放羊也是这样。我起先那么不爱放羊，天天盼望下雨，下雨了好在家里歇一歇。但天总是不下雨，我只得天天放。谁知放了一段时间后慢慢适应了，再到后来我不仅适应了，甚至还有些喜欢上了这个活儿。这个连我自己也没有想到的变化，并不是因为老天爷下了一场我期待已久的大雨，我因之好好休息了一两天的缘故，而是因为在放羊的时候我遇到了几个小伙伴，跟小伙伴们玩高兴了的缘故。

那天早上我还是像往常一样，很不乐意地赶羊出圈了。我下了沙石坡，一路沿着红土滩往前走。当我和我的羊群快到大石头滩时，远远听见有人在唱山歌。我站在一边听了听，发现那歌声是从月亮峡那边传来的。我想，天这么早，这人就在这峡谷里唱山歌，他一定是放羊娃。于是，我赶着羊，循着声音，一直往那边走过去。才进峡口，老远就看见一个人像猴子一样站在半山腰的一块石头上，哇啦哇啦唱着山歌。嘹亮的山歌声在清晨清寂的峡谷里回荡，显得更加清脆。就在我看见他的时候，他也看见了我和我的羊群。于是，他停住了唱歌，老远地朝我喊叫道："伙放来。"

我一听那声音，就听出来他是白娃。白娃是我最好的朋友。原来，这一天他也在放羊，他的羊群就在半山坡上吃草。

我一边答应着，一边举着鞭子把羊一路往山那边赶。当我赶着羊过了河时，他也从半山腰下来了。只见他一手拿着鞭子，另一个胳膊弯里挎着一个柳条筐子。他一面往这边走，一面问我："今天怎么你放羊？你三叔呢？"我说："我三叔帮家里人收割田禾去了。"他听了之后，说："怪不得不见他。"

他又问："那你这一向在哪里放，我怎么没见你？"我说："在我们附近的党家堡、红土坡、窗石洼那一带。"他有些遗憾地说："这儿又宽展草又多，放起来这么好，你怎么不来？"我说："我三叔说了，这里山大沟深，峡谷阴森，里面有鬼。叫我不要来。"他听了之后，哈哈笑着说："他就会骗人。他天天在这儿放，也没见鬼把他抓走过一回。"

这些羊仿佛一起吃草吃惯了，一见面，一只只都抬起头"咩咩咩"叫着，互相打量着对方。好一会儿后，才又低下头吃草去了。我觉得好笑，便在一边站着看。白娃则说："不管了，在这里放羊很放心，不怕它们吃田禾。走，我们到河边玩去。"他口里说着，手提了筐子，拿了鞭子，举步往那儿走。我也跟在后面走。

我们来到水边。他说："这河里的鱼儿很多，我们钓鱼去。钓几条拿回去，叫我家的小花猫吃。”

这些天，我一个人一直吃力费劲儿地放羊，从来没敢消消停停地玩过。因而，听了他这话之后，心里还是不放心。心想：羊跑去吃人家的田禾苗苗了怎么办。白娃似乎看出了我的心思，因说：“你到这儿了，只管放心去玩。这里距离庄稼田地这么远，不怕它们跑去吃人家的庄稼田禾的。”我说：“万一跑去了，怎么办?”他说：“它又没长翅膀，还能飞出去?”我想也是，再说就是有啥事儿还有白娃呢。因而，我便跟了白娃去河边玩去了。

小河里鱼倒不少，小小的、一条一条在水里游过来游过去。我再一看，岸边的水草间、石板下面，也都有鱼儿在游动。我说：“这河里怎么有这么多的鱼?”白娃说：“那是你不知道。我们这附近的河里都有，不过都是小鱼，没大鱼。”我说：“我们门前的那条河里就没有。”他像一个经验丰富的老渔夫一样对我说：“有，怎么没有。那是你不知道，只是比这儿少些罢了。”

那时候，太阳已经升得老高了，晒得河里的水也热乎乎的。可母亲早对我说过，叫我不要随便脱了鞋钻到河水里去，她说河水很凉，会惊了眼睛的。所以，我在河边用手搅动着水里的小鱼玩，并没有下水里。白娃则赤着脚一面在水里噗嗒噗嗒走，一面还叫我：“进来，你试试，这水热热的，很舒服。”

我禁不住他的劝说，也便脱了鞋，把裤子挽得高高的，进了水。果然，河水热热的，很舒服。我故意把两只脚在水里拨过来拨过去拨着，一边还把鞭子的把子倒着拿在手里，在水里搅过来搅过去的。先前那些慢悠悠游动的小鱼因为我们的到来，已经不见了。经我这一搅动，它们又窜出来了，在水里急匆匆乱窜。正在一边等着抓鱼的白娃看见了，笑着说：“这下子被你搅起来了。”他说着把裤管又往高处挽了挽，然后蹚水往大石板那儿走去。他说：“你这么一搅动，它们就都钻到那个大石板下面了。”

白娃往那边寻找小鱼去了，我也学着他的样子，把裤管也往高处挽了挽，跟在他后面浑水里摸起鱼来。刚才那一条一条尾巴扫过来扫过去游动的小鱼，这会儿逃得没了踪影。白娃说：“你们以为你们鬼得很，我可知道你们的老巢。”

到了那个大石板下，白娃挽起了袖子，蹲下身子，一只手扶着石板，一只手伸到石板下面去摸。我正要问他“抓住了没有”时，他已经转过身，一面说“这不是一条吗”，一面伸手给我递过来。

我抓着这条鱼，走过去将它放进一边的一个清水池子里。当我正看它在池水里面游动时，白娃又在那边喊开了。白娃喊道："快来快来。"我走过去一看，他手里又有鱼儿，而且还不止一条。还没等我问他"怎么这么快就抓了几条"，他已经在那儿催了，他说："快，伸手来。"只见那鱼在他的指头缝里，没命地摆动着尾巴。

此后，白娃每次抓到后都递给我，叫我把它们带到这边的清水池子里。白娃一会儿工夫抓了好多条鱼。他抓了这么多，还在那儿抓。我便问他："这么多了，你还抓。你家那只小花猫能吃多少？"白娃说："闹着玩儿。再说，我今天也没有带装鱼的家当。"他说着，还往这个池子瞥了一眼，嘴里说："哦，真不少了。"

白娃说着，从那边的水里出来了。那时候，我也感觉玩得没什么意思了，因而也从水里出来了。我们便去水边洗手去了。正当我们把手伸进水里洗的时候，忽然岸边的水草深处扑棱棱飞起一只鸟。我指着它说："哎，这儿还有鸟，你看。"白娃抬头一看，说："这儿的水草很深，平时也少有人来，说不定里面还有呢。"

他说着便站起来，蹑手蹑脚走过去，一边一丛一丛拨着水草，一边深一脚浅一脚地往里走。我在后面紧跟着。我们在水草中边走边寻，并没有发现一只鸟，也没有看见一个鸟窝。白娃说："这家伙，藏得隐秘得很。"

没找着鸟儿，也没找着鸟窝，我心里有些失望，因说："走吧。"但是白娃说："有。你不知道，鸟儿最怕抄家。我们刚才寻找它的家时，说不定它在不远处偷着看我们呢。"

于是，我们从草丛里退出来，又来到刚才那地方，蹲在一块石板上，盯着那草丛，屏息静气地等着。果然，过了不多时间，就有一只鸟叽叽叽叫着从河对面飞过来了，径直飞往那草丛。白娃看它往下落，连忙对我说："你看，它以为我们抄了它的家，过来看来了。"

看清了它的老巢，白娃终于坐不住了，他说："看见了。就在这儿。"

他说着，从石板上站起来，又往那儿走。我也跟在他后面走。我们还没到那个草丛跟前时，那只小鸟已经飞起来了。紧接着，它的后面还有一只。白娃说："后面那一只，一定是它的婆娘。"

它们飞起来了，但是飞得不高，也没有飞远。它们飞的时候，我看见了它们的红红的爪子和绿中带紫的羽毛。那身羽毛在太阳下油光光、亮晶晶的，很好看。它们一边飞，一边还叽叽叽地叫。白娃说：“它们不往远处飞，你知道为啥？”我摇头说：“不知道。”他说：“它们的娃娃一定还在窝里呢。走，我们寻去。”

于是，我们往那鸟窝跟前走。它们看见我们再次往它们家走去，似乎着急了，叽叽叽叫得很厉害，还在我们附近不住地飞。一会儿飞起来，一会儿落下来。一会儿在我们的左边，一会儿又在我们的右边，嘴里不住地叫唤。而且，这叫唤声跟刚才不一样，听起来十分凄惨。白娃说：“这家伙鬼得很，一定以为我们要去抓它们的娃娃，才这么叫唤。”

我看那样子，也感觉它们心里真是急了，故意捡起了一块小石子朝悬崖那边扔过去。小石子打到悬崖上的一块石板上，“咣”一下弹回来了。那小石子虽然距离鸟儿还远，但是它们还是有些受惊，因而又叽叽叽叫着飞走了。白娃笑着说：“咱们走吧，我们再待上一会儿，它们真就吓死了。”

不知不觉，时间已经快中午了。这时候，天也很热了。白娃说：“回家吧。你看，羊都扎团了，我们还等什么。”羊最怕热，天一热，它们就扎团。一扎团，就不吃也不喝了。

平时这时候我早回家了，只是这一天因和白娃玩耍得高兴，才到这时候了。白娃也说：“今天只顾玩了，本来要铲柴的，一朵柴都没有铲到。”临走的时候，我们说好，下午还是来这儿一起放牧，因为这儿放羊实在比哪儿都轻松。

那天下午，我赶羊赶得比哪天都早。我一赶出圈，就挥动鞭子。羊群在土尘滚滚中，直往那个地方跑。当我到那儿时，白娃还没有来。因为太早了，天还很热，因而羊到那儿后，见了旮旯直往里面钻，根本不吃草。不过，这正符合我的心意。我放羊，最怕的就是它们一出羊圈，就像野狼一样到处乱跑。羊群在峡谷的那个阴沟里扎团了，我便放心去了河边，将脚伸进热热的水里，一面抓了水里的小虫喂蚂蚁，一面等白娃。

这样过了好长时间后，才听见上河里有人说话的声音。不久，还听到了“咩咩咩”的羊叫声。原来，那天下午来放羊的除了白娃之外，还有老四。老四本名不叫老四，叫胜才。按辈分的话，他还是我的远房叔叔。因为排行老四，大家都叫他老四。我跟他年纪差不多一样大，所以我也叫他老四，不叫叔叔。他脸黑黑的，说话嗓子有些沙哑。但是，他唱山歌唱得很好听，讲故事也讲得好。他尤其擅长讲鬼故事。我们一起睡在他家那个烟熏得黑黑的小房子里时，他讲半晚上鬼故事都讲不完。

老四见了我就问："这娃娃会放羊？"我说："会放。"他说："你吃奶还吃不利索呢。"白娃说："世上的人就你利索。"

我想他来了会唱个山歌或者讲个鬼故事什么的。可他没有。他爬到一块石板上，头枕着胳膊躺下来了，舒服得像是躺到自家的炕上一样。白娃说："你一来就躺下来，像三天没吃五谷一样。"老四说："躺一会儿么。这么热的天。"白娃揪着他的耳朵说："起来玩来。"老四说："有什么玩的？"白娃仍揪着他的耳朵，说："玩什么都行。"

老四被揪疼了，呀呀呀叫着从石板上坐起来，说："玩什么？"白娃说："你说。"老四说："那就打牌。"白娃说："早知道今天你也来，我就把牌拿上了。"我说："背马。这么多的狗尾巴花，非要打牌。"老四说："那有什么意思。"我说："那就讲个故事。"白娃说："不要讲。他讲的那故事没好的。"我说："讲个好一点的，让我们听。"老四带笑说："行啊。"

他清了清嗓子，开始讲了。他说："有一年，有一个非常非常漂亮的小媳妇要回娘家去，但婆婆不让她回。于是，她就——"没等他说出来，白娃就接着他的话茬儿说："你就喜欢小媳妇。还不是那个老掉牙的鬼故事。快别讲了。"

老四听了，笑着说："那叫我讲什么？"白娃说："没讲的了就别讲了。"我在一边听着，虽然心里有些害怕，身上也感觉瘆瘆的，但还是想听。因而便好奇地问："后来呢？"白娃说："别听他瞎说。除了鬼，他嘴里还能说出个什么？"

老四说："你不让我讲，那你就讲，讲个好听的我们听。"白娃说："不讲了。我们玩。"老四说："玩什么？打牌？"白娃说："你拿牌了吗？"老四说："我没有。你拿了？"白娃说："没有。早知道你来的话，我就拿了。"老四说："什么都没有，玩什么？"

老四一面说，一面哼哼啦啦唱起山歌来。他唱的是"八挂子汽车上兰州"。老四唱山歌，是我们村里最响亮最好听的。但是，那一天，他故意高一声低一声乱唱。我还在那儿听着，而白娃早不耐烦了，他说："你高一声低一声的，这算什么?”老四仍然那么有腔没调地乱哼着。白娃说：“抓屋子吧，免得你胡唱。”

我当然同意。老四还在那儿高一声低一声乱哼哼，我便和白娃拣石子去了。这峡谷里到处都是抓屋子的好石子。有一种石子特别像麻雀的蛋，颗颗一样大，表面光溜溜的，有的上面还有花色图案，很好看。我们一会儿工夫各捡了一副这样的石子。

关于抓屋子，我在小学校里上学的时候几乎天天课间都在抓，而且常常赢。我也常引以为豪。我想把我的这手艺在他们跟前显露显露。但是，我错了。那一天，在白娃这儿，我觉得自己又成了一个小学生了。几颗小石子到他的手里就蹦蹦跳跳会跳舞了，他总是能抓住最下面的那一颗倒着挽过来。这么一挽，应当二十斤的，就成了四十斤；应当四十斤的，就成八十斤了。轮到他的时候，我在一边急得直痒痒，眼睁睁看着他那只手在半空中挽过来挽过去的，我和老四只有眼馋。老四唱山歌、讲故事都十分在行，但抓屋子不大行，有时候连我也比不上。

老四那松树皮一样的手和粗得像木棍子一样的指头，怎么玩还是玩不好那几颗小石子。他玩不赢了就捣乱，因而，轮到我和白娃时，他就在一边的地上画圈圈，一边摇头晃脑口里乱嚷嚷：“鸡圈圈，狗圈圈，啥时轮到我跟前。”

我们吵着闹着，争着嚷着。你赖我，我赖你。赢了的高兴，输了的叫嚷。赢了的，打输了的手背，输了的又不想叫人打。老四、白娃和我为了一颗石子的输赢，常常争得面红耳赤。在我们三个人的争吵中，白娃常常把我拉到他一边，这等于是我们俩合伙欺负老四。有一回，老四看我们俩赖他，他赖不过，便将手一扬，将手上所有的石子当空全抛了出去。我和白娃要老四捡拾，可老四不捡拾。于是，白娃揎拳捋袖向他冲了上去，我也跟着冲了上去。老四见势不妙，一溜身往河道里跑去了。老四跑了，白娃并没有追，我也没有追。这时候，四面一看，太阳快要落山了。一阵一阵的归鸦，在半山崖哇哇叫着盘旋。远处一声声牛哞羊咩声，顺着河道隐隐传来了。

这一切说明，该到赶羊归圈的时候了。

五月五

小时候，因为日子紧巴，我们总盼望着过节。只有过节的时候，母亲才会做些好吃的东西给我们吃。春节才过完，我们就盼望着二月二。因为二月二，母亲会给我们炒豌豆的。豌豆收成好的年份，母亲会“噼噼啪啪”炒小半锅。母亲将炒得冒烟的豌豆用大木勺从滚烫的锅里一勺一勺挖出来，倒到案子上。烫烫的豌豆在案子上已经好一会儿了，但还是烫烫的。伸手抓一把，烫得手发疼。我们总是等不到它凉下来便抓起一颗，用嘴噗噗吹两下，喂进嘴里，烫得舌头都发疼。终于，发烫的豌豆凉了。我们兄弟仨便争先恐后地往自己的衣兜里装。虽然身上的每个衣兜都已经装得鼓鼓的了，但还是不满足，另外又找来碟子和碗往里面装。装了之后，各自去找只有自己才知道的地方，将它藏起来。装在身上衣兜里的，就是现吃的。边走边吃，走一路吃一路，满嘴都是豌豆油津津的香味。

有的年份，母亲另外还要炒几碗泡湿的豌豆，用线串起来，存着吃。湿漉漉、软塌塌的豌豆倒进烧得火烫火烫的锅里时，发出噼里啪啦的声音。不久，一股浓烈的烟雾就会在屋子里缭绕，母亲手握着木勺子在锅里搅动，呛得脸背了过去。不过，湿豌豆还是炒出锅了，但是母亲不让我们吃。母亲说这是要用线来串的。串好了，挂起来，等到三月三再吃。母亲虽然这么说着，但是我们还是想尝尝，于是趁母亲不注意，抓一把吃去了。熟了的湿豌豆凉了之后很好吃。母亲穿了针线，坐在炕沿上一颗一颗地串。母亲一边串，一边对守在旁边看她串线的我们几个说：“这是留着三月三吃的。”末了，母亲还不无感慨地说：“二月二一过，今年前半年的节日，就只剩下五月五了。”

于是，我们盼望着五月五。因为到了五月五，母亲又要做一些好吃的东西给我们吃。五月五好吃的当然还是腊肉、鼓嚼、凉粉和甜醅等老四样儿。

在这老四样儿中，我们最爱吃的是炒腊肉。那可是肉啊，其他三样儿再好，也不过是些面食。而肉，自从二月二吃了之后，一直到五月五就再也没有吃过了。

五月五的饭，比平时的做得早。实际早上一起来，母亲就着手准备了。母亲叫我踩了椅子，把过年时候就切着晒好的、挂在墙上的那两块专为五月五留下来的腊肉取下来。

腊肉这东西，是煮到半熟后，放到太阳下面晒，晒干了水汽后，又用盐腌制了的食品。因水煮过，又在太阳下晒过，所以它表面的一层精肉差不多已经熟了，因而闻起来很香。我往下来取的时候，趁母亲不注意，就已经动手撕着开始吃了。我将糊在腊肉外面的那层纸轻轻剥去了多半后，偷着用指甲抠一块儿，放进嘴里嚼起来。母亲看见后，骂我是馋猫，说炒了之后更好吃。母亲接过腊肉块儿，按到案子上一刀一刀切起来。切刀过处，是一片一片红丝丝的精肉。母亲切完之后，便倒进锅里去炒。那时候，我觉得这世界上最好听的声音，就是母亲将切碎的腊肉倒进油锅里刺啦刺啦炒的声音。

这天的腊肉，母亲一般用韭菜去炒。韭菜是母亲刚刚从园子里割来的，茬子上还带着湿湿的泥土疙瘩。它还没有水洗，没有刀切，没有下锅时，一股浓浓的、韭菜特有的香气就已经在屋子里飘荡着了。

五月五的好吃的，其二要说的便是鼓嚼。它也是我们那地方在端午时做的一种节日小吃。虽叫鼓嚼，实际就是白面馍馍，只不过这种馍馍在放进锅里烙之前，用梳子或者切刀等用具在上面画了图案罢了。五月五那天的鼓嚼配韭菜炒腊肉，是我们最为期待的节日佳肴。那天早上我们醒来得格外早，很大程度上就是为了这一顿等了差不多半年的节日佳肴。

韭菜炒腊肉的余香还在口里时，母亲又开始准备下一道节日佳肴了，这就是甜醅。事实上，我们还在吃韭菜炒腊肉的时候，母亲就提醒我们说：“韭菜炒腊肉少吃点儿，要不，甜醅就吃不下去了。”

二弟不仅鼻子最尖，行动也最快。一听到母亲说吃甜醅，他便噔噔噔跑过去，爬上灶台，取了碗筷，转身又跑到木柜跟前抄去了。因为母亲煮好的甜醅就装在柜盖上的那个大瓷盆里。

瓷盆被衣物苫着。母亲一边往下揭衣物，一边说：“我感觉这次的甜醅比上一次的好吃，你闻，这味道。”

在煮甜醅上，母亲的手艺常常比不上奶奶。但是，那一年，母亲做的倒好吃。母亲自己也承认，她这是瞎猫捉住了死老鼠，是撞上的一回。我也认为，情况真还是这样的。母亲煮的甜醅很少好吃过，可以说，她每次煮的甜醅差不多都不好吃。但母亲总是很执着，也很操心。母亲越是操心，煮出来的越不好吃。大体情况是：不是酸得牙痒痒，就是什么味道也没有。酸得牙痒痒的，当然我们谁都不爱吃，只有母亲一个人吃。而什么味道都没有的，倒还可以吃。糟糕的是，母亲有时候煮出来的甜醅，竟然还有一股发霉的臭味道。虽然，煮甜醅也不是什么高得不得了的手艺，虽然奶奶手把手教过母亲多少回，但母亲煮不好就是煮不好。这一点我就想不通，一个手拿着绣花针，绣花儿绣得那么好的人，竟然煮不好甜醅。村子里甚至全大队，花儿绣得那么好的，只有母亲一个人。最辉煌的成绩便是一九七六年九月，为了纪念伟人代表全大队扎花圈的那一回。但是全大队不会煮甜醅的人，我想不是很多吧，是不是就剩下母亲一个了也不好说。所以，当这一次煮的甜醅好吃时，母亲很是得意。

母亲给我们每人抄了一碗，叫我们尝。我因为刚刚才吃过韭菜炒腊肉，肚子里还饱饱的。二弟、三弟口里也说饱了。但是，美味的诱惑总是那么强烈。尤其天天吃惯了苞谷面糊糊的我们兄弟几个，见了这难得的佳肴，没有一个不动心的。于是，各自又拾起了筷子，捞起一筷子就往嘴里喂。

正当我们津津有味地品尝着甜醅的美味时，母亲又在案子上忙着切凉粉了。这凉粉是母亲早上早早地起来后烧水搅的。这时候它肯定还没有自然凉下来。母亲为了让我们早点吃到，已经在水桶旁边放了几碗。这几碗放到这时候，已经可以吃了。母亲取过来，倒到案子上去切，切了之后，一人调了一碗。白亮亮、柔津津的凉粉条，夹一筷子刚刚炒出来的韭菜咸菜，再撒一撮刚从菜园子里掐来的洗得干干净净的芫荽，只看一看，闻一闻，就会让人流口水。

这一天，接下来的一个节日项目便是绑花线了。母亲手里拿着花线，过来要给我们绑。可是，我们都不想绑。我说："吃完了再绑。"二弟也说："吃完了再绑。"

母亲见我们俩只顾吃，便拿着那股花花绿绿的花线，去找三弟了。那时，三弟也正忙着吃东西。三弟嘴馋贪吃，可他的态度倒端正。他一边吃，一边伸出了他那胖乎乎的小手腕叫母亲绑。母亲手里的花线样式真多，红的、绿的、蓝的、黄的、紫色的、棕色的，还有白色的，粗粗的一大把。母亲坐在门槛上，拿着花线，在他的一个手腕上缠了一圈挽起来，在花线头子上用剪刀剪断，又在另一个手腕上缠了一圈，又挽起来，在接头上又用剪刀剪断。

三弟绑完了，就给二弟绑。二弟还是只顾吃，不愿意绑。但是，母亲坚持要绑。二弟很不情愿地伸出手，一面被母亲绑，一面嘟囔着说："年年都绑，年年都绑，有什么意思。"母亲说："你孩子家，知道个啥。五月五不绑花线，出门会被长虫（蛇）咬的。"我是最后一个被绑的。

那一年的五月五，我们每人还多了一样礼物：一件白衬衣。那是母亲专门为这年的五月五做的。衣服做成后，我们早已经试过了，大小正合适，只是舍得穿。母亲不让我们穿，说等到五月五了再穿。母亲曾经是全大队唯一的裁缝。大队的裁缝部就由母亲经营。后来，大队的裁缝部跟大队的磨面部、药铺、供销社等一起解散了，母亲也就回来了。

离开了大队裁缝部的母亲，还是想靠缝衣服的手艺挣几个钱贴补家里。父亲也很支持母亲这一想法。为了能让母亲实现这一愿望，父亲便用三年时间省吃俭用积攒下来的一些钱买了台飞天牌缝纫机。缝纫机是买回来了，但是母亲靠它并没有挣回来多少钱。那时候的庄稼人连肚子都吃不饱，哪有闲钱做新衣服穿？但是给我们兄弟几个，母亲偶尔做一件。这年五月五的新衬衣，就是用父母亲省吃俭用积攒下来的钱扯的布做的。

我们终于等到这一天了，因而，吃过最后一道节日饭菜、绑过花线之后，母亲便把我们的新衣服从锁着的红箱子里拿出来给我们穿。我穿上新衣服后，母亲叫我站好，她要看一看衣服到底合不合身，但是三叔已经在大门外叫我了。因为我们早已经说好了，吃完饭就去大生地，跟大生地那边的孩子一起去挖黄鼠。

我没让母亲再看一眼衣服是否合身就急急忙忙答应着，跑出了大门。就这样，我们叔侄几个便向着大生地梁头进发了。翻过山梁，又下了坡。当我们从白娃家的门前下去时，老远就看见麦场边上有好多孩子。原来，他们手握着铁锨，肩挑着水桶，正在麦场边上等我们呢。我们一到，大家便出发了。我们一大群人浩浩荡荡有说有笑地往下走。我们的目的是去孔家坡挖黄鼠。五月五这一天挖黄鼠，是我们那儿的孩子最最重要的一个节目。

下了沙石坡，顺着峡谷往前走，不远处就是月亮峡。那天天气出奇地好。天上没有一丝云，红红的太阳热烘烘地照着。二叔、期娃他们几个大些的，在前面说说笑笑，我们这一帮小的在后面紧跟着。大家一路向峡谷南面的洗羊河口走去，打算从那儿过河，再上山去孔家坡。

当我们快到河口时，老远看见下园子大爷正在那里洗羊。清凌凌的河水，从一人多高的河床上哗啦哗啦流下来。下园子大爷光着脊背，胯下夹着只羊，两只手在羊身上搓过来搓过去地搓着。溅起的水花飞得老远，打在下园子大爷光光的背脊上，打在他湿漉漉的头上，也打在他周围那些永远也干不了的石板上。在那炎炎的太阳下，站在一人多高的瀑布下面洗羊，想必是一件很惬意的事情。洗羊人唰拉唰拉给羊洗澡，同时也唰拉唰拉给自己洗澡。在这个瀑布下面，是一个很大很深的水潭，蓝莹莹的潭水泛着粼粼的波光。站在岸边，能清晰地看见倒映在水中的青山和蓝天。那情景，简直跟画里的没什么两样。

我也跟大家一道，站在瀑布上面的小道上，看下园子大爷给羊洗澡。正在这时候，不知谁喊了一声："咱们也下去洗洗去。"

"去，洗洗去。"其他人也响应道。

于是，大家便一窝蜂往小道下面的水潭边跑去了。到了水潭边，便一个个脱了衣服，下了水。二叔、期娃他们那一帮大的，不久就出现在水潭中央了。看见大的都下水了，我们这些小的也蠢蠢欲动起来，有几个胆大些的也仿效着纷纷脱衣下水。不久，岸边就剩下我一个人了。

那时候，在大生地所有这帮小些的孩子中，我的年龄算是小的，但还不是最小的。七星、满来两个比我还小一岁。我虽然年龄不是最小的，但是胆子最小。而在母亲眼里，我什么都最小。就因为这个，我每次出门的时候，母亲总要再三再四地叮嘱二叔和三叔，要他们好生照顾我。

当然，二叔三叔也是很负责任的。那天从出门上路，到跟上大家一起下坡，再到在岸边看下园子大爷洗羊，二叔没少照顾我。三叔也不时地提醒我。二叔最严厉，他跟期娃、大河叔他们说话时嘻嘻哈哈、热热闹闹，而对我说话时总是板着脸，带着教训的口吻，俨然一副大人的模样。而三叔跟我说话时，口气则没有那么生硬。在下沙石坡的时候，二叔跑下去后，只向我老远地喊了一句"小心"。因为那儿很陡也很滑，路基下面还有一个很深很深的大沟壑。从那儿掉下去，我看活着上来都不容易了。而三叔跑下去后，转过身不仅对我说“小心，这儿的沙子很滑”，还在坡底下等我。他张开双臂，鼓励我说：“大胆些，没事儿。”他那张开的双臂，使我增强了信心。坡底下那深深的沟壑，因之也没能成为我往下跑的心理障碍。

又比如，在过第一个沟渠的时候，大家都是跳过去的。因为那是个断崖，下面也很深，只能跳。二叔跳过去后，只是问我“能不能跳过来”。而三叔跳过去后，看见我不敢跳，他又跳了回来，拉着我的手跳。再比如，过河的时候，二叔踏着水中的石块过去后站在河对岸，只是问了一声“敢不敢过来”。而三叔还要背我过河。实际上，二叔、三叔这都是多余的关心，我这么大的孩子，都上学了哪还那么娇气？都是母亲太小心，我一出门，她就唠唠叨叨给人家叮咛。我只不过是胆子小了些。胆子小，但并不是一点儿不敢。

我站在岸边，看着他们在潭水里扑腾扑腾游过来游过去，自己心里痒痒的，也想学他们脱了衣服下去游游。我心里这么想着，也便这么去做了。我从旁边的那一条小路上走下去，来到潭水边，站在那儿脱衣服，准备下水。但就在我脱衣服的时候，忽然听见二叔在水里远远地喊起我来：“鲁儿，你要干啥?”我说：“我也下来游水。”他大声呵斥道：“水这么深，你游什么。赶紧上去!”

二叔跟我说话时口气本来就很生硬，这一次我感觉更生硬。听那口气，简直有冲上来打我几个耳光子的架势。我被他这一声喊叫吓得往后退了几步，心里想：“七星、满来比我还小，人家也在里面游着呢，为啥我就不能游?”但是，这样的话我是不敢说的。我心里非常不高兴，但是只得听从。我把已经脱到半拉子的衣服又穿上了，但是并没有马上上去，而是站在岸边看他们在水里打闹游戏。不料，二叔又厉声喝道：“还不上去！到下园子大爷洗羊的那地方去玩，这里多危险。”

二叔不让我进去游泳也就罢了，连站在这儿看看他也说危险，不让看。我只得极不情愿地离开这儿，到上面远离潭水的地方，一个人玩去了。

我到了水潭上面时，远远地看见下园子大爷还在那儿唰啦唰啦洗他的羊。洗羊河口那宽宽的瀑布水从高高的河床上哗啦哗啦冲下来，直冲到羊的身上，也冲到下园子大爷的身上。我在河水边距离下园子大爷不远的一块石板上坐着，一面看他洗羊，一面玩水。就在我坐的那块石板的不远处，还有一块更大更平整的石板。我看见石板上面晒着一件衣服，湿湿的，看那样子是才洗过的。我想，这一定是下园子大爷的。因为其他那些人下水时间不长，而且他们的衣服也都在水潭边上放着。

那时候，他们都洗的洗玩的玩，那么热闹。就我一个人，孤零零坐在这儿玩，实在没劲儿。我看到石板上晒着的下园子大爷那新洗的衣服后，不禁也想把自己的衣服洗洗了。虽然这是早上才穿的新衣服，衣服上面还干干净净的没一点儿污渍，可是，我实在闲得慌。洗洗衣服总比一直干坐在那儿抓几块石子扔进水里有意思。这么一想，也就毫不犹豫地把自己的衣服脱下来洗去了。反正，二叔离得远，在这儿我干什么，他也看不见。

我脱了早上才穿到身上的新锃锃、白亮亮的衬衣，放进自己前面的池水里去洗。池水是清清的，池子里面的石子也是净净的。我把新衬衣在这池水里面像母亲在脸盆里面洗衣服一样，一把一把地搓起来。这么搓了好多遍之后，便把它从水里捞出来，顺手晾晒在不远处的那块晾晒着下园子大爷的衣服的石板上。

就在这时候，水里的二叔他们上岸了。他们穿上衣服，担起水桶，扛起铁锹，开始向着山上行进。我也急急忙忙起身。因为才洗的衣服湿湿的，所以，我只穿着背心跟着他们上山了。

这座山黄鼠本来就多，“吱吱吱”一天从早到晚叫个不停。看那架势，好像这个山坡就是它们的后花园。因此，当我们走到山坡上时，它们像有意要人似的，在我们眼前跐溜跐溜地跑，好几次险些被我们踩在了脚下。大家抢着去抓，不过，这家伙倒是很机灵，眼看一只黄鼠就要被踩到脚底下了，当你俯下身去抓时，它却跐溜跑了，一下钻进了鼠洞里。

这个山上黄鼠洞随处可见。有的地方几乎是一个连着一个。狗尾巴草旁、铁虎阔草跟前、石板下、土埂子上面、路边，随处都是它们的洞洞。有的洞口圆圆的，向外敞开着，似乎是在开门迎客。有的却比较隐蔽，像有意跟你捉迷藏一样，深深地藏在草丛下面。你要是不拨开草丛看，轻易还发现不了。

大家在半山坡的一个大弯子里停了下来。因为这儿宽敞，地势也比较平缓，而且距离山下的河道也近。这样挖起来轻松，从山下往上挑水也方便。二叔、期娃他们大的就开始掘挖，小的从山下的河里往上运水。力气大点儿的，一个人两桶子往上挑；力气小的，两个人一桶子往上抬。我力气最小，当然就只有跟人搭伙抬水的份儿了。

山坡上黄鼠到处都是，黄鼠洞也到处都是。有这样好的条件，按理来说，挖黄鼠并不是一件十分难的事儿。有时候，一铁锨挖下去，就有一两只黄鼠从洞里跐溜溜跑出来。它们只要一跑出来，就没有好日子过了。早已守候在洞口的小河叔饿狼一样扑过去，几乎不费什么劲儿，那黄鼠便在小河叔的手心里攥着了。

可是有时候，挖黄鼠也比较困难。大家看见黄鼠从眼皮底下大摇大摆地往不远处的一个洞里钻了进去，二叔、期娃便立即调兵遣将，命令攻城。大家受命后也是争先恐后，全力以赴。只见那洞口前，四五把铁锨，七八个壮实小伙子，铁锨碰铁锨，人挤人，挥汗如雨地干起来。你歇的时候我挖，我歇的时候你掘。刚才还是一片绿绿的草坪、一个小小的洞口，几分钟之后已经豁然现出了一个大坑。从大坑里翻上来的黄土几乎堆成了一个小山丘，但是，并不见一只黄鼠出来。

怎么办？这时候唯一的办法是水攻。随着二叔一声令下，一二十个小孩子用肩膀和扁担一趟一趟运上来的十几桶子水，被一桶子接一桶子咕嘟咕嘟往下灌。一桶子水下去，咕嘟咕嘟一阵响后，便听不见了。再来一桶子，咕嘟咕嘟一阵响后，又听不见了。正当大家都说可能是遇上无底洞的时候，便见一只黄鼠拖泥带水、慢慢吞吞地上来了。看那样子，它好像十分艰难、吃力。也许，它还以为外面暴雨大作，自己家里遭了水灾呢。但是等它上来，睁开眼一看，天啊，外面晴空一片，倒是自家门口多了那么多陌生的面孔。当它发现家门口已经聚集了那么多赤脚泥腿子、手执铁锨的小伙子时，一下子变傻了，死里逃生的强烈欲望顿时袭上心头，于是，连吃奶的力气也用上了来逃命。可惜，一切都晚了。

那时候，就是光一样的速度，也比不上小河叔手脚的麻利。在众人的喊叫声中，我看见小河叔双手拿着他早已脱掉的旧蓝布上衣，连人带衣服饿狼一样扑过去。我没有看清小河叔是怎么抓住它的，也没有看清二叔、期娃叔是怎么从小河叔手里抢过那一只黄鼠的，我只听到了小河叔不知是高兴还是不高兴的尖叫，也听到了其他人一声声让人耳朵都快被吵聋了的惊叫。

紧接着，还有第二只、第三只，也以同样的姿势、同样的速度上来了。小河叔也以一样的姿势扑上去，大家也都一样地尖叫着抢起来。直到第七只上来之后，这一窝里面，大家再也没有等到下一只黄鼠了。

窝里不出来黄鼠了。但是，对已经出来的黄鼠的争夺，还在你争我抢的吵嚷声中持续着。直到下一窝的开挖，在一把把铁锨叮叮当当的碰撞声开始之后，吵嚷声才暂告一段落。于是，又见四五把铁锨轮换着七八个壮实小伙子，成十只木桶子轮换着一二十个半大小孩子。麻利的小河叔还是赤着膀子，两手拿着他唯一的那件蓝布旧上衣，光着背在窝门口等着。四五把铁锨的紧张繁忙和小河叔双眼炯炯、屏住呼吸在洞门口等候的样子，是那一天这个山坡上最最精彩的画面。我们谁都知道，这时候是最最关键的。有时候，一铁锨下去，就是一窝黄鼠。但是，谁人也知道，最有可能的时候有时候也是最没有可能的时候。有时候，坑一直挖到半人深时，还不见一只黄鼠出来。

怎么办？

“灌水。”大家还是认为，唯有水攻才可以攻进它们的老巢，直捣黄龙府。于是，我们小孩子们就又派上用场了。我们抬过来一桶子水，咕咚咕咚灌下去，再抬过来一桶子水，咕咚咕咚又灌下去。

随着水流的咕咚咕咚声，小河叔的眼睛眨也不眨地盯着那洞口。谁人也说不上，稳坐于无底洞荣华殿里的“黄龙”那时候正在干什么。也许，正在殿里载歌载舞呢。要是这样的话，它对城门口发生的一切当然一无所知。也许，它早得到了警报，并已携带宫室，在御林军的护卫下伺机潜逃。但是，探子再次回报说：“城外大军压境，不可妄动。”它只得密令御林司令密切注意，图谋在入侵者打盹儿的时候，潜出洞口，仓皇逃命。但是，想想自己将要满身拖着泥、带着水，一步一挪往出去逃的狼狈样子后，又有些拉不下脸，因又踌躇起来了。

大水已经漫进殿门了，其速度之快让“黄龙”万万想不到。天啊，这可如何是好。经验告诉它，三十六计走为上计——豁出老命逃。

因而，这时候，你一不小心，它就会从你的眼皮底下溜走。可是，早已经等得不耐烦了的赤脚泥腿子们哪里肯放过？才看见一颗湿淋淋的脑袋从洞口探出来，大家喊的喊，抓的抓，无不欢呼雀跃。这一窝似乎比前一窝更叫大家惊喜。在大坑的洞门外早已准备好的小河叔，连衣服带人一下子扑上去，逮住了一只。他正在那儿高兴地喊叫时，又有一只出来了。他急忙把这只递给别人，去逮第二只。当第二只逮着还在手里时，第三只又出来了。他又扑上去，抓第三只去了。第三只又逮住了。他正扬着手，高兴地向大家炫耀时，又有人喊叫起来："后面还有，后面还有。"小河叔忙又连衣服带人扑上去了。那一窝，总共逮住了十一只。

那一天，不知为啥时间过得那么快，不知什么时候太阳已经落到大湾山的山顶上了。可喜的是，大家手里都有货。有的有好多只。连我也分得了一只。这是一只小灰鼠，小小的。别看它平时在山坡上吱吱吱叫着，蹿过来蹿过去，蹦蹦跳跳很得意，可那会儿它在我的手掌里却是那么的可怜。小小的身子不停地瑟瑟发抖，一对小眼睛怯怯地打量着我。我把早已拔来装在裤袋里的绿叶红花的黄鼠草，掐了两片放到它嘴边叫它吃，它的嘴动都不动。我用草叶子在它嘴边撩拨了几下后，它才动了一下鼻子。但只是一吸一吸地闻了闻，并没有吃，之后又把脑袋耷拉下去了。我用手在它的身上抚摸，还用脸在它身上磨蹭。它还是心如磐石，对我的爱抚无动于衷。

大家收拾了工具，拿着自己的战利品，高高兴兴地往回走。我也揣着我的小可爱，跟大家一起往回走。我们下了山，过了河，一路有说有笑地往山上走。到了位于半山的村子里后，他们各自回家了，而我们叔侄几个则继续上山，往我们在山那边的家里走。

翻过山，再下一个山坡，就到了我们家。我们快到山梁顶上时，天已经快黑了。虽然是五月的天气，但傍晚时分还是有些凉。一阵风吹来，胳膊感觉冷飕飕的。我不禁抱起了胳膊，口里说："好冷呀。"我一面说，一面加快了步子，跟着两个叔叔走。二叔听到后，忽然睡醒了似的问我："你的衣服呢?"

他这一句话，真真把我从睡梦里惊醒了。这时我也记起来，我今天是穿了新衣服从家里出来的。但我的新衣服，刚到河道里时就洗了，并晾晒在下园子大爷洗羊的河口附近的那个石板上了！我高高兴兴的脸上一下子下来了阴云，于是，便站在那里不动了。二叔看我站着不动，厉声说："还不去找?今晚……看你妈怎么收拾你……"二叔说着，径直往山下的家里走去。三叔看我一脸的害怕，便在一边拉了我一把，说："走，快找去。你看，天快黑了。"

我们叔侄俩折过身，撒腿又往山下跑。我们一口气跑到了河边。当然，下园子大爷和他的羊群早都不见影子了。那个大石板在，但是只剩下一个光溜溜的石板了，其他什么都没有。峡谷里的夜晚似乎比别处来得更早，两面山上也是一片黑乎乎的。峡谷里的声音也似乎比别处更响，从一人多高的河床上冲下来的瀑布水，在夜空里轰隆轰隆响着，叫人那么难受。瀑布水冲进下面的水潭里，溅起的水花飞得很高，飞得很远。飞溅在水潭的水里，也飞溅在周围那些永远也干不了的石板上。

我和三叔只好摸黑回来了。一路上，我的心情极为沉重。才穿了半天的新衬衣就这么轻轻松松丢了，真是太可惜了。我想，母亲这回一定是不会饶我的。我心里是这么想的，三叔也这么说。他说，新新的衣服，你不应该洗。我低着头，一路只是走，一句话也不说。我在想，晚上回去该怎么向母亲交代。

我一声不吭地跟在三叔后面走着，一面想着回去该如何应付母亲今晚的这一顿训斥。当我们从眼眉地的地头走下去，到了大弯子那儿时，老远就看见母亲已经站在场边上等着我们。那时，我的脚步更慢了，我甚至有折回去的想法了。但是，我没有折回去。因为我折回去也没处去，大生地人即使今晚上收留了我，我以后总得回家。所以，我还是硬着头皮，继续往下走。而那时候，三叔都快到家了。

但是，一切出乎我的料想。当我从柳树那儿下来时，母亲并没有骂我，也看不出要打我的样子，只听母亲说："都这么半夜子了，还不回来。"

听母亲这口气，她似乎还不知道我丢衣服的事儿。于是，我心里轻松了不少。我想，等回去了再说。反正，这一会儿，让我心里轻松着。但是，没想到丢衬衣这事儿，母亲早知道了。因为母亲在责怪我们来得太迟了之后，随即又说："一件衣服，丢了就丢了，家总是要回的。"

杏　子

农历三月才到，我们那个山湾里的杏树就已经开花了。在庄前，在屋后，在水泉边，在麦场下面的那个土坡上，在方地的地边上，在绺绺地边的悬崖间，开得到处都是。一棵一棵的杏树，像一把一把大大小小的伞，将整个酸刺湾严严实实罩在了下面。

这时候的酸刺湾，不仅颜色好看，声音也好听。有燕子的呢喃，有麻雀的叽喳，有布谷鸟懒洋洋的咕咕声，还有蜂儿那永远也听不明白的嗡嗡声。虽然，蜂儿的嗡嗡声我听不大明白，但是我觉得在所有这些好听的声音中，最好听的要数它们的声音了。在距离杏树很远的地方，就能听到这种嗡嗡声。要是到了杏树底下，这声音就更大了，大得甚至有点儿震耳。当我第一回注意到这个声音的时候，我感到很吃惊：哪来的如此巨大的蜂儿的声音？这儿明明是开满了花儿的杏树，不是蜂窝。难不成爷爷养的那些蜂儿全飞出来，飞到这些杏树上了？但是，当我站在树底下，抬头往上看了之后，我发现我刚才的猜想竟然是正确的：原来，爷爷养的蜂儿真的全飞出来了。而且，全飞到这些杏树上来了。我在树梢间的随便一朵杏花上，都可以看见蜂儿。一只，两只，三只，密密麻麻的，趴满了。它们不仅嗡嗡叫着，还习习蠕动着。

不久之后，杏树上就有了小小的杏子了。从这时候开始，我和三叔也便开始忙起来了。

那时候的三叔不仅贪玩，而且贪嘴。他常常到处翻箱倒柜，找好吃的东西吃。三叔忙着找好吃的东西吃，作为“三叔尾巴”的我，也跟着他蹭吃他找下的好吃的东西。在没有别的好吃的东西可吃的时候，杏树上刚刚探出来的小小的杏子，也便成了我们叔侄最好的解馋的东西了。我们一有空就偷偷溜到悬崖边的杏树底下去了。

虽然那时候我家的杏树很多，但是我们觉得所有的杏树都比不上这棵杏树好。因为其他地方都比较危险。首先，那些地方太显眼了。爷爷一出门就能看见。爷爷要是看见，我们谁人也知道那是没有好果子吃的。爷爷即使不打我们，也要责骂的。爷爷那雷声一样的吼叫，我们谁人听了都害怕。相比较而言，这悬崖顶上离家远，也比较偏僻。除非是有意来，一般情况下爷爷他老人家是不会来这儿的。因而，我们叔侄俩常来这儿。其次，这棵杏树树干低矮，树枝又斜着向四面长着，容易爬上去。我们在这儿不仅可以放心地摘，也可以放心地吃了。

我们来到树下面后，照例是三叔爬上去摘。三叔两只手攀着树干，两只脚蹬着树干，像猴子一样趾溜趾溜往上爬。那时候，三叔的手和脚，就跟这粗粗的树皮一样粗。粗粗的手和脚接触到一样粗粗的树皮，就像齿轮对着齿轮一样，滑也不滑，溜也不溜。而长得又胖手脚又笨的我，爬树跟干其他任何活儿一样不在行。我便只好站在下面，仰起脸，看三叔趾溜趾溜往上爬了。多少回，我看见他一步一挪地往上爬时，心里都十分羡慕，暗自想道：我什么时候能爬上去就好了，我是多么想爬上去啊。有一回，我看见他爬上去后，心里十分痒痒。于是，便也学着三叔的样子，手攀着树干，脚蹬着树干爬起来。但是，那粗粗的树皮太扎手，也太扎脚了。因而，我爬了没几步，也就放弃了。

我还是站在树下面，仰着脸往上望。那时，三叔早已经爬到很高的那个树杈上了。我正要问他摘到了没有时，只听见他在树上说："注意着，我给你扔一颗。"当我还在树下面慢腾腾答应说"你扔"时，一颗杏子已经下来了。我看见它掉在离我不远的草丛里了，于是便走过去将它捡起来。

这是一颗很小的杏子，就像我的指甲盖一样小；也很嫩，嫩得像是刚出壳的小鸡。拿在手上在太阳下面看，还能看见它浑身毛茸茸的那层极细极嫩的绒毛。我没有舍得吃，仍然拿在手上看。这时，听见三叔又在树上说："看着，又下来了一颗。"我便答应着说："好的。"果然，又一颗指甲盖大小的、毛茸茸的杏子下来了，它悄无声息地掉进离我不远的草丛里了。我走过去，拨开草丛，将它捡拾起来。这颗不带半点儿尘埃的毛茸茸的杏子，这一回我没有再留它，而是嘴一张，打进嘴里，嘎巴嘎巴嚼食起来。它的味道涩涩的，还微微带点儿酸。

就这样，我们叔侄俩一个在树上摘着吃，一个在树下面捡着吃。那涩涩的、略带点儿酸的味道，真叫人难忘。

虽然这事儿我和三叔是极为秘密地干着的，但是我们这秘密行动有时候还是会被人发现的。当然，一般发现它的，还是细心的奶奶。正当我们叔侄俩吃得津津有味、得意扬扬的时候，忽然听见奶奶在土崖下面的牛圈墙边喊叫我们。我们起初以为，奶奶因有什么活儿要我们干才这么喊叫我们，但是并没有。只是细心的奶奶因发现我们不在院子里，便到处喊叫着找我们。

奶奶喊我们喊得这么及时，我知道是什么原因。一是怕把我摔着，碰着。那时候的我又胖又笨，还从榆树沟那儿掉下去过一回。我从榆树沟掉下去后，被半空中的一根树杈子架住了而没有掉到沟底，但是全家人还是吓得不轻。以前我被跳蚤咬了就能将母亲吓出一身汗，不用说那次母亲是受了怎样的惊吓了。从那以后，母亲对我就更小心了。每次出门干活儿前，总要叮嘱奶奶："把孩子小心看着。"好像她一出门，我就有危险了似的。我稍微有一点儿磕碰，母亲看见了都要唠叨半天。奶奶知道母亲的脾气，因而总是很小心。眼里一不见我，就要到处找。

另一个原因是怕爷爷晓得。因为奶奶也知道，要是爷爷晓得了，不仅她要受连累，弄不好三叔也得挨一顿打骂。还有一个原因，就是杏子还小。刚出来的杏子涩涩的、嫩嫩的，味道没味道，营养没营养，吃多了还会影响吃饭呢。用爷爷奶奶的话来说，就是绿杏子把人的胃给挂住了。奶奶发现我们在这儿后，便站在牛圈墙边小声责骂起来，说："杏子还那么小，你们就采摘？还不快点儿下来。"

我听见奶奶的喊叫后，答应着说："就来了。"而三叔呢，口里说"不摘了，就下来了"，可实际上，他还是在树上摘着不下来。他站在树杈间，一面采摘一面吃。

三叔不下去，我当然也没有下去。我不下去，因为我知道奶奶仅仅是口头上吓一下，并不打。奶奶见我们都不下来，她便走上来了。奶奶还没有走到我跟前，远远地就伸出了拳头。那样子显然是要打人了，口里还骂道："你们两个馋嘴子。杏子才长出来，绿绿的那么一点儿，有什么吃头儿。"我并没有躲奶奶，我知道奶奶这是在吓唬我，口里说"能吃"，一面还把手里刚捡拾起来的一颗，给奶奶递了过去。奶奶一面接一面问："能吃吗?"

我说："能吃。好吃着呢。"奶奶说："我知道，有多好吃！还不快扔掉。吃多了又不吃饭了！"奶奶骂着我，一面仰起脸，对着树上的三叔喊："快下来！小心你大（父亲）看见了，给你有好的呢。"

奶奶口里骂着，但还是把我给她的那颗绿杏子在袖子上擦了擦，然后打进嘴里。奶奶笑着说："听说这种小杏子还可以孵出小鸡来。"实际上，这一点奶奶早跟我们说过，我们也都试过，但都没有孵出过"小鸡"来。不过，我还是问奶奶："是不是？"

我口里说着，一面又挑了一颗大大的、圆圆的，小心翼翼地塞进耳朵眼里孵去了。我明知道"小鸡"一定是不会孵出来的，但还是忍不住过一会儿掏出来放在手心里看一看，过一会儿又掏出来放在手心里看一看。当然，不管我怎么看，"小鸡"还是没有出来。

也许是奶奶亲自跑上来催叫我们的缘故，也许是三叔摘着吃够了不想吃了，也或者是他真怕我爷爷了，过了不多一会儿，他便"噌"地一下从树上跳下来了，还笑着说："妈，你再吃一颗，真能吃了。"奶奶手指着他，骂道："又是你领的头儿，把孩子领到这里了。你大（父亲）看见了，你小心着。"当然，爷爷真要是看见了，一定是要吼骂的。

那时候，我最害怕爷爷。只要听见爷爷的声音，我心里便咯噔一下紧张起来了。虽然我知道爷爷并不打我，但是三叔，爷爷是会打的。三叔做什么，稍不如爷爷的意，爷爷就举起拳头，朝他打过去。就是在远离院子的这个悬崖上面摘杏子，只要一听见爷爷的声音，三叔也是很害怕的。

尽管我们行动十分谨慎，防范也相当严密，有时候还是逃不过爷爷的火眼金睛。爷爷眼里一瞥见，便站在土崖下面，朝杏树这边吼叫起来："还不下来?！一颗绿杏子，就馋死你们了！"那声音像雷声一样。我听了，一面声音低低地、怯怯地答应着，一面忙从粘核杏树这边的小路上往下走；三叔口里也答应着，一面从树上往下跳。但是，他跳下来后并没有往这边小路上走，而是撒腿往荞面杏树那边一溜烟跑了。

那一天，我和三叔趁着家里人不注意，又偷偷地溜到杏树下。三叔还是像往常一样，跐溜跐溜往杏树上爬。看着三叔这么麻利地往上爬，我也忍不住了，也学着三叔的样子，脱了鞋，手攀脚蹬地往上爬。才爬到杏树的半腰，就被从田里回来的母亲看见了。母亲老远站在路边，一声紧似一声地喊起来：

“还不下来！这么高，摔下来了怎么办？”母亲喊着我，口里又怪起三叔来，怪他把我领到杏树下面摘杏子去。还说这里悬崖高，危险。

母亲怪三叔把我领到这儿来，那口吻好像三叔就是一个很大的孩子，而我是个很小的孩子。三叔上树是能干，这一点我承认，但是他比我大了几岁？三岁还不到。只不过，他比我能上树爬坡，能挑水牵牛罢了。

家里人都反对我们吃绿杏子，但是我和三叔总还是偷着摘了吃。母亲不让我上树，我也总是在母亲不在跟前的时候，偷偷地学着去上树。慢慢地，我也学会了自己上树摘杏子了。因而，有时候三叔不在的时候，我要是想吃杏子的话，便一个人溜到树下面，脱了鞋，爬上去摘。

我刚学会上树摘杏子的时候，我们那个山湾里还只住着我们一户人家。我们把这种只有一户人家的庄子叫独庄。我们家是好多年前从山那边的名叫大生地的那个山湾里搬过来的，到这时候也就是二十几年。但是，在这二十几年里，勤快的爷爷在整个山湾里栽种了不少树木。有杨树，有柳树，有槐树，当然还包括大大小小几十棵杏树。因而，我们叔侄几个要是想摘吃杏子的话，天天有杏子吃。从杏子刚刚从杏花蕾里探出头就开始吃，一直吃到秋后。

杏子终于熟了。

杏子一熟，我们叔侄几个就更忙了。这时候便不再是偷偷摸摸地忙，而是光明正大地忙了。三叔因给我们摘杏子而忙，我们其他人因吃三叔摘下来的杏子而忙。这时候，我们心安理得地天天摘，天天吃。不过，杏子熟了的时候，我们可没有其他季节的那么清闲。虽然那时候，我们都还是孩子，但是孩子也有孩子的活儿，而且早上下午都有活儿。我是行动最慢、手脚最笨的，也会给奶奶打下手，帮奶奶喂猪，喂鸡，抬水，扫院子。而什么都会干、两把（两膀）又有力的三叔，不用说，他的活儿就更多了。他早上早早地下地干活儿去了。下午，也还是有许多活儿在等着他干。大家只有中午有空儿。但是中午的时间毕竟有限，因而干什么都得抓紧。三叔他们从田里一回来，就赶着往杏树下面跑。三叔跑得最快。我刚刚才看见他从田里回来，还在大门外立背篼、掏柴火，一眨眼他已经在杏树下面晃荡着了。而我呢，早在他拾掇柴火背篼的时候，就已经开始往树下面跑了，但是当我还在土崖边上磨蹭的时候，他早已经上树了。因而，这杏树上最鲜最嫩的那些杏子，总是三叔先吃到。

我深深地意识到，要吃到新鲜的杏子，必须得想办法。最主要的是，抢在其他人之前（准确地说，是抢在三叔之前）早早地上树，早早地摘了吃。但是，两年时间里，我这一想法总是不能实现，因为二叔、三叔他们跑得太快了，而我这个小胖子总是跑不快。直到我长成一个小羊倌之后，我这一想法才得以实现。

夏天放羊比不得其他时候，天一热羊就不好好吃草了。因而，我就可以理直气壮地将羊赶进圈。羊一进圈，我就三步并作两脚往杏树下面跑。经过了一夜，杏树上面总会有新情况出现的。杏子这种果子熟得很快，有时候一晚上时间就能成熟好多。那些前一天看起来还绿中带黄的杏子，到次日中午便已经是黄彤彤的了。

我们那一个山湾里的杏树不少，熟得最早的却只有一棵，就是庄院后面土崖上的那棵我们叫作“粘核”的杏树。这棵杏树好攀爬，可惜长出来的杏子味道不怎么好——又酸又涩。这还罢了，它的果肉总还是黏黏糊糊的不利索。不管你怎么啃，果肉都啃不干净，粘在杏核上。虽然在我们那个山湾里的一二十棵杏树当中，它还不算是最难吃的，但是把它列在难吃的杏子里面，我觉得一点儿都不冤枉。

粘核杏子还没有吃罢，大甜胡杏、荞面杏和大板杏都熟了。大甜胡杏，个儿大，味道有点儿甜，又有点儿涩，比起粘核杏子来要好吃许多。又因为它是甜核，甜核的核仁还可以砸了吃。所以，我们来到这棵杏树下，更多的时候并不是为了吃杏子，而是为了吃杏仁。荞面杏吃起来面筋筋的，真有些荞面馍馍的味道。大板杏看起来红红的很诱人，可吃起来就是酸。只要吃一次，你便永远也不会忘记它。因为你牙齿的记性，有时候比头脑还好，你下一次见了它，你的牙齿首先就咯噔噔打起颤来。牙齿一打战，说不定你嘴里也会流酸水的。这样的杏子吃一颗就够了。它即便熟了，杏子落了一地，我们也不去吃。但奶奶和母亲不嫌弃它。她们有空了，便提了柳条筐子去捡拾，捡拾了提回家，褪皮，取核。晒干后，等营里逢集的时候，拿到集市上，杏皮有杏皮的价钱，杏核有杏核的价钱，可以小小地赚一笔。

我们都盼着麦子熟。因为麦子熟了，麦场边上的那棵小甜胡杏就熟了。这棵杏树上的杏子特别好吃。而且，杏树本身长得也不大，距离场边也近。

大人们站在场边上，手稍微一伸就可以够着树枝。幸运的时候，他们这么一伸手，就可以轻而易举地摘下一两颗已经熟得红透了的杏子，坐在场边的土墙上，一边聊天一边吃。我们小孩子看见了也眼热，也学着他们的样子，把胳膊伸得长长的去摘。可是我们的胳膊长得总是不够长，不管怎么伸还是够不着。我们眼望着挂在树枝间那些红里透着淡黄的、亮晶晶的杏子就只有流口水的份儿了。

这棵杏树上的杏子跟其他杏子比，还有一个不一样的地方，就是其他杏树上的杏子大多熟了之后可以放心地爬上去摇，或者用长木杆子去敲打。只要你不嫌烦，爬到树杈间，手抓着树枝，脚蹬着树干，哗啦哗啦摇几下，或者手拿着木杆，站在树下面，往树枝上轻轻敲几下，那杏子便像下雨一般，哗啦啦地落到地上来。树下面的人一弯腰，就可以捡拾着吃了。而这棵杏树却是既不能摇动也不能敲打的。当然，这并不是说这棵杏树上面的杏子摇不下来，或者敲打不下来，实际它是既能摇下来也能敲打下来的。而且，一摇一敲，那杏子就像下冰雹一样全掉下来了。可是，它掉下来后，大多时候就没有我们的份儿了。它掉下来后，全顺着陡坡，骨碌骨碌地滚下去了，一颗不剩地滚到悬崖下面了。

滚下悬崖后，便有两种结果：一种是掉在水草中。杏子如果掉在水草中，那算等着吃杏子的人幸运，因为它至多不过破点儿皮罢了。它的皮太薄了，跟绢一样薄，稍微一碰就破了，但破了的杏子到底吃起来不大好吃了。这颗杏子熟了的时候，杏皮下面包着的多半是汁液，小半是果肉。另一种是掉在水泉里。这后一种情况是我们最不愿意看到的。遗憾的是，大多数掉下去的都掉在水泉里了。那时候，悬崖下面的这个水泉是很大的，几乎占据了悬崖下面的大部分地盘。而且，里面的水也不少，蓝汪汪的一大滩，从上面那眼小泉跟前的小堤坝开始，到下面那个大泉的堤坝那儿止，都是水。我每次看到那些红里透着淡黄的、亮晶晶的杏子，“砰”的一声砸进水里时，心里甭提有多么惋惜了。它们一砸进去，还溅起很高很高的浪花。上面这个水泉里的泉水很清，泉也不深，浅浅的。泉底下全是石头沙子。杏子掉进去时是杏子，捞出来时便是一张杏皮。因为杏子里的汁液早融进水里了。落到下面那个泉里就更糟了。这个泉的底部全是烂泥。掉进去的是杏子，捞出来的却是烂泥疙瘩。虽然，杏子有时候并没有破，但是烂泥糊了一层。而糊了烂泥的杏子，不仅看着不好，吃起来也不香。

这棵杏树上的杏子难吃到，还有一个原因就是这棵树不好爬上去。树本身长得不高，按理来说这样的树爬起来不吃力。但是因枝干很细，爬起来也还是比较困难的。细细的枝干手不好抓握，一般人是爬不上去的，何况它还长在悬崖边，因而大家就更不敢往上爬了。我曾经也试着爬过一回，才爬到半拉子，那枝干就一颤一抖地晃起来。这时候，往下一看，天啊，下面是悬崖，很高很高的悬崖，差不多有二十几层楼那么高。如此高的悬崖下面，有的地方有水，没水的地方看起来绿绿的，好像并不怎么危险。但是我知道，那绿色的下面是什么东西。是石头，大块大块的石头。我要是跌下去，跌到随便哪一块大石头上都不好受！不好受也就罢了，恐怕连体验一下好受与不好受的机会都没有了。那一刻，我的头都要晕了，眼也不敢往四处看了，便赶紧手攀着枝干，一步一步小心翼翼地退下来。

我如此一说，也许有人会问，你家里这么香甜的杏子，难不成一年就白白掉进水里不吃了？我的回答是：吃。有三叔在，就是比这个还难十倍，我们也都吃。三叔去过的难去的地方比这儿要难多了，像石月亮峡里的有石月亮的那个大石板上，他也敢爬上去。比起那儿的危险来，这儿的危险根本不算什么。可以这么说，到目前为止，我见过的爬这棵树爬得最高的人就是三叔。他像猴子一样，手攀脚蹬往上爬，一直爬到最高的那个枝干上。他爬上去后，还站在那根高高的枝干上，一边哼哼啦啦唱歌，一边摘杏子吃。我仰着脸看时，只见那枝干一上一下慢悠悠地在半空中晃荡。杏树的枝干虽说细密坚硬，但是它没有弹性，不像柳树的树枝一样宁弯不折，它是很脆很脆的，是宁折不弯的。

但是这一切对三叔来说，简直就是小菜一碟。因而，当我们想吃这棵树上面的杏子时，便会跑去叫三叔。三叔听了，嘴里道：“有熟了的吗?”

三叔一面漫不经心地问着，一面拾步往那走。三叔来到树下，手攀脚蹬，像猴子一样爬上去给我们摘去了。三叔在树上面摘，我们在麦场上面等。不多时候，三叔下树来了。只见他上树时背在身上的那个瘪瘪的布包，这时候已经被装得鼓鼓的了。而且，他的上衣兜里、裤兜里也装满了杏子，涨乎乎的，很显眼。

我们家最好吃的杏子，要数长在高房旁边的那一棵杏树上的了。三叔叫它蜜桃杏。蜜桃杏的甜味，有蜂蜜的风格，但比蜂蜜更好吃，只是汁液比蜂蜜清淡。蜂蜜用筷子搅一搅，将筷子往起来一提，会掉成线儿。但是，这蜜桃杏的汁液是掉不成线儿的。它像是掺过水的蜂蜜，而且掺了不少水。蜜桃杏外表看起来嫩黄嫩黄的，黄得有些发亮。它除了香甜和汁液多之外，还有一个特点就是皮很薄。它的皮比麦场边的那棵杏树上的杏子还要薄。我们拿在手上，得款款地拿着，一点儿不能用指头碰。一碰，它就破了。一破，那汁水就流出来了。一滴一滴，顺着你的指头缝流出来，淌到地上了。

我家的杏子熟了，全村人就有杏子吃了。这是因为全村有杏树的人家并不多。从村子东头一路数过来数到村子西头，就六顺家有，小张家有，白二家有。但这几家的杏树都还没有我家的多。其余十余家，有的人家一棵都没有，有的人家有一两棵。约略计算一下，村里差不多一半以上的杏树，都在我们这个山湾里长着。

当然，这还不是主要的，主要的是其他大多数人家的杏子是留着自己吃的，不是给别人吃的。六顺家的杏子长到七八分熟的时候，六顺的母亲就率领儿媳妇和几个孙子，用长长的木杆子连叶子带杏子一同敲打下来，装进筐子里抬回家。能吃的留着吃，不能吃的便褪皮，取核。杏子这东西，全身是宝。褪下的皮晒干了，可以当酸梅卖。褪了皮的杏核晒干了拿到集市上，价钱也不低。只有我家的杏子，是全村人共有的。不论男女，不论老少，不论收田割草拔麦子的，不论放羊放牛放驴马的，他们一有空就来，一来便蜂一样拥到树下面。能上树摘的上树摘着吃，上不了树的便在下面用棍子或者木杆子敲打着吃。

而有的人来了，既不上树摘着吃，也不用棍子或者木杆子打着吃，而是站在杏树下面喊叫起我们来了。听那语调，好像是我们要吃他们家的杏子了。有喊“来和”的，有喊“鲁儿”的，有时候也有喊叫“利利”或“平儿”的。总之，杏子熟了的时候，我们叔侄几个就不得安宁了。我们不论谁，听见了都得答应，答应了都得去。不要说不答应、不去，就是答应迟了、去迟了，爷爷奶奶都不依。爷爷教训我们时说：“这家子的娃娃，耳朵都长到哪儿了。”奶奶的训词是：“你听见没有，外面有人喊叫着呢。”

因为听得多了，也便习惯了。所以，我一听见有人远远地喊叫，就知道他们是来干什么的。大中午的，天又那么热，谁愿意出去？但是再不愿意，也还是得出去。为了少跑路，我往外走的时候，顺手就将那根长长的木杆子也扛在了肩上。出去一看，果然又是来吃杏子的。有了这根长木杆子，一般吃杏子的也就自己动手打着吃去了。但有的人家自己又不想打，我还得帮人家打。还有的因年纪大胳膊没劲儿，自己打不了，我也得帮人家打。

杏子成熟的时候，老眼昏花的大太太，几乎每天都来吃。她双手拄着拐杖，一摇一晃，从方地埂子那边走下来了。老人家还没走到大柳树跟前时，就远远地喊起来："来和，把狗堵上，"或者，"鲁儿，把狗堵上。"

来我家吃杏子的，一般不光是来了吃，走的时候还要拿一些回去给家里人吃。因而，他们来时，有的提着筐子，有的端着簸箕，有的拿着布袋子。当然还有一些，手里什么也不拿就来了。他们来时手里什么不拿，走的时候照样还要带一些回去。这时候，他们装杏子的最好的容器，便是他们身上的衣兜。衣兜里装满了，便取下头上戴的草帽往里装。没戴草帽的，裹头的头巾也可以。

他们来了吃，走的时候装，这一切要是都由他们自己完成，不麻烦我们叔侄几个，我们几个还算幸运。有一些苦于小脚或者年纪大的，装了也背不动，背动了又走不动，这时候爷爷奶奶又会盯上我们叔侄中的哪一个了。常常是，没等人家张口，爷爷奶奶便已经在一边大包大揽地替他们想办法了，口里带笑说："来和，你给你四奶往家里送一下，"或者，"鲁儿，你给你大奶奶往家里送一下。"

还有的，人根本不来，杏子熟了后，爷爷奶奶就叫我们摘了给人家送去。我最害怕给外祖太太送。路那么远，来回差不多有二十里。杏子又是那么大的一袋子，背起来那么重。爷爷奶奶本来叫三叔一个人送去，但是他有时候一个人又不想去，硬要拉上我。路是远些，袋子是重些，不过到外祖太太跟前去一趟，有时候也还不太吃亏。至少每人两颗水果糖的好处还是常常有的。有时候，老人家还会做一顿鸡蛋面片子，叫我们叔侄俩吃。宽宽的手揪面片，黄黄的清油葱花，另外，每人碗里还有几花花鸡蛋瓤子。不吃，只看一看，就很诱人。用鼻子闻一闻，也是香喷喷的。那样的话，更是赚大了。

奶奶走路时一摇一晃的样子

父亲做完手术已经七天了。这一天，就要出院了。因我家距离有班车的公路太远，所以父亲出院回家还得另外租车。恰好，同事小达不久前接了辆新车，这天我便请他开车，帮我将父亲送回老家。我们是早上第四节课下了之后，从兰州出发的。路上花了差不多俩小时，这才到达定西市人民医院。在医院里，接上了父亲和在医院里陪父亲住院的二弟，还有顺路搭便车回娘家的堂妹雅雅后，我们又一次出发了。从定西到通渭，路程虽然比兰州到定西近，但是路况不好。尤其当车子下了国道之后，从马营通往老家的那一段乡村公路坑坑洼洼的，更不好走，因而就更费时间了。

小达虽然是新司机，但是他的驾车技术倒不错。经过几个小时的行驶，下午快五点的时候，我们终于到达老家的山顶上了。因为下山的路不好走，坡陡路也窄，我们只好把车子停在了山顶上靠近电线杆的那个拐角处，然后步行着往下走。二弟背着行李在前面走，我和小达在后面跟着，堂妹雅雅扶着父亲在后面慢慢走。

当我们几个从大伯家门前的那个小坡上往下走时，我老远看见奶奶正一摇一晃，甩着两只胳膊，从二叔家的大门前往我们这边走。奶奶走路的姿势总是那样，一摇一晃的。随着她胳膊的甩动，她的整个身子也往前倾。那时候，我看见了奶奶，但是奶奶好像并没有看见我。她继续往我们这边走，没有停下来。我想，老人家一定是没等到我们回来，便跑过来看了。对于父亲今天出院回家这件事，二弟早在电话里说了。奶奶当然也是知道的。

等我再次往下面看时，奶奶的身影便消失在瓦窑前面的那个土坎儿下面了。很快地，我看见奶奶的身影又出现了。这时，奶奶已经到我家门前的那棵杏树下面了。

就在这时候，大伯家的狗汪汪汪地叫起来了，这狗是因为听见了我们的脚步声叫的。也许是听见了大伯家的狗叫声了，已经走过了杏树的奶奶又退回到杏树下面，站住脚，转过身往我们这边看过来。这一回，奶奶看见我们了。

下坡路还有一截子。二弟走得快，我和小达在后面走得慢。当我们走到瓦窑顶上时，奶奶还在那儿站着等我们。远远地，我看见她老人家脸上笑呵呵的，仿佛要说话，但是并没有说。因为奶奶一直等我们，于是我便放快了步子。终于，离奶奶很近了。奶奶这才笑着问："怎么来得这么迟?"

听这口气，她老人家已经等得不耐烦了。我说："我今儿早上耽搁的时间多，所以来迟了。"

我们正说时，堂妹雅雅和父亲也下来了。因为这时候我家大门外面已经聚集了好多人，所以我和奶奶便没有再说什么。大家跟着父亲往家里走，奶奶也跟在后面，走进屋里。奶奶看着我们将父亲扶上炕，又看着他躺好后，便问："想吃什么？我去做。"父亲说："在医院里吃了，这会儿什么也不想吃。"奶奶说："不想吃也得吃点儿。都这时候了。"

奶奶说着，便对在一边忙着整理被褥的母亲说："你忙了，我去做饭去。"奶奶说完之后，就揭了门帘出去了。母亲整理完炕上多余的被褥后，说要帮奶奶做饭，也出去了。

这时候，爷爷、二叔、三叔等先后也都进来了，还有村里的几个人也来问候父亲了。但大家坐了不多时间也都出去了。也许，他们知道，刚手术后的人是不能多说话的。这时，屋子里就剩下我和小达。我陪他喝茶，说话。

奶奶从那时候出去之后，好大一会儿，我一直没有看见她进来。我想，奶奶一定是因为听说我们晚上要回兰州，而忙着帮母亲做饭呢。那时候，母亲做饭还在柴火灶台上。用柴火烧饭，总是需要好多时间的。尤其是做好几个人的饭时，更不容易。

小达是地地道道的城里人，这一回为了帮我忙送父亲回家，他开车几百里路到我们这样一个小山沟里来，真让我感动。我想，过会儿走的时候，给他送点儿老家的什么。但是，送什么呢？我们老家又没什么有名的土特产。我想了想，最后决定送点儿我们的小杂粮。他们城里人天天吃白面大米，小杂粮这种东西一定吃得少。虽说现在超市里也有卖的，但是超市里卖的那是什么小杂粮？我吃过，一点儿不能跟我们老家的杂粮比。我记得有一年，朋友老杜来兰州，到我当时租住的房子里后，嚷着非要吃一碗家乡的搅团不可。那时候，我们到兰州已经好几年了，也是好长时间没吃过搅团了。当然也没有从老家带来的杂粮。妻子没办法，只得跑到超市里去买。买来的莜面粗不啦叽的，还是生的，味道一点儿都不好，哪里像莜面。

我们老家自己地里种下的莜麦，那可是上好的。不仅新鲜，而且加工得也好。小达拿回去，自己吃或者送人都是很好的。这么地道的东西，哪儿都买不到。另外，家里的荞麦面、苦荞面、豌豆面，也都是用自己地里种下的作物做的，都很好。

想到这儿，我便走出去，想到厨房里跟母亲说让她做好饭后给我们装点儿，我们走的时候好拿。

我到厨房的时候，母亲正忙着做饭。就在我跟母亲交代这事的时候，奶奶端着一盆浆水从外面进来了。原来奶奶刚才是去他们那边舀浆水去了。奶奶一听到这话，忙对母亲说："你赶紧做饭，我去装。"

奶奶放下浆水盆子，一面准备迈步往外走，一面问我："装些什么呢?"我说："荞麦面、莜面、苦荞面都行。豌豆面就不用装了。因为豌豆面有一股茶腥味道，他们城里人不会做，做了也不一定吃得惯。"奶奶听了后，答应着走了。

我看见奶奶走了，也就折身往这边屋子里来了。就在我要进房门的时候，忽然想奶奶干什么都扎实，我这么一安顿，她老人家说不定又会装很多的。这东西太多了，一时吃不完，放得时间长了也不好了。再说，他们城里人这些杂粮拿去也只是尝尝鲜，要不了那么多。于是，我又跑出大门，追上奶奶，特意嘱咐说："奶奶，不要太多，每样装两三碗就行了。他们城里人尝个鲜，多了没用。"奶奶听了，笑着说："我知道了。"奶奶说完，转身匆匆走了。那一刻，我看见奶奶还是那么一摇一晃地走。我看见她老人家从杏树那边走过去了，这才回来陪小达说话来了。

就在我陪小达在这边屋子里喝茶说话的那段时间里，我从门帘缝里看见奶奶从大门口出去进来了好几趟。我不知道她老人家跑出跑进在干什么。后来，我从母亲口里知道，奶奶那时正在忙着找杂粮。虽然，我说下的这几样杂粮，我们这边的面柜里有，奶奶那边的面柜里也有，但是因为加工时间的长短不一样，两家的杂粮品质并不一样。有的我们这边的好些，有的奶奶那边的好些。奶奶那时正在忙着挑好的装。怪不得，有一回我看见奶奶手里拿着袋子出去了，过了一会儿，我又看见她老人家拿着脸盆进来了。不论是出去还是进来，奶奶的脚步总是那么快。我想，奶奶一定是怕影响我们赶路，所以才走得那么快。

不久，母亲做的饭端上来了，我们便开始吃饭。吃饭期间，我向外面偶一转眼，又看见奶奶脚步匆匆地进来了，过了一会儿，她老人家又脚步匆匆地出去了。这一回奶奶出去之后，直到走，我一直没有看见她老人家进来过。

我们的饭很快吃完了。天虽然还没有黑，但我还是催促小达赶快走。一来我们这里山陡沟深，路本来就难走，天黑了就更不好走了。二来小达是新手。新手开车速度一定也慢，我们要是早走的话，就可以早点儿走出这些山路。只要走出山路，到了马营，上了高速，就是天黑了也无所谓。

我们出了大门，到杏树下面的时候，我看见奶奶从二叔家的大门口一摇一晃地走过来了。后面还跟着堂妹雅雅。母亲说，堂妹雅雅也要回去，要搭乘我们的车。于是，我和小达便站住了脚等奶奶。看样子，奶奶走过来，目的是送我们，也送堂妹雅雅。这时候，爷爷、二叔，还有家里其他人也都来了，他们都站在杏树下面送我们。我转身向大家说了声“我们走了”，然后便抬步往山上走。

从家里到停车的山梁头，一路都是山路，而且都很陡。这样的山路，走起来总是很吃力的，我刚吃过饭，因而爬坡更不大得力。小达是城里人，爬坡本来不习惯。而堂妹雅雅又有身孕，爬坡也不方便。因而，我们几个都走得很慢。

我们几个慢慢悠悠走。当我们走到油坊顶上的那个拐弯处时，我发现送行的人都回去了，只有奶奶和母亲还站在杏树下面，看我们往上走。我便又说了声：“奶奶，妈，你们回去。”小达也转身挥手说：“你们回去。”

虽然我们三个对奶奶和母亲说了几遍“你们回去”的话，但是，当我们走到大伯家的庄院前面时，奶奶和母亲还站在杏树下面，目送我们往上走。这一回，我没有站住脚，只是又说了声：“奶奶，妈，你们回去吧。”

走在一边的小达，看见我转了身说了再见，他也转身往那边看了一眼。他看见我奶奶和母亲还在那儿，便也说了声：“再见。”我清清楚楚地听见，他还特意又说了声："奶奶，再见。"他这么一说，我也跟着又说了一声："再见。"

这一回，我的声音很小。我想，中间隔了这么远，我的声音又不大，奶奶不一定能听见。实际这一次，我这么说，只是因为小达说了"再见"之后，礼节性地附和了小达一声。至于她老人家听见没有，我当时并没有在意。倒是小达说的话她老人家好像听见了，因为小达说话的声音很大。他一面大声说，一面还向她招手。我看见奶奶也在那儿招手，还听见她口里应承着什么。

小达刚才这一句，她老人家到底听懂了没有，我倒是说不上。小达是地道的城里人，说的是城里人的话。城里人的话，按理来说奶奶是听不懂的。她老人家这辈子虽说也来过几趟兰州，在兰州市里也走过一些地方，兰州人的话她当然一定也听过，但是她能听懂多少，我说不上。根据我对奶奶的了解，小达这些话，她老人家一句都听不懂。

我们说完后，继续往上走。直到我们上到半山腰，我再次回头看时，奶奶、母亲还是站在那里，望着我们。这一回，我只是看了一眼，什么也没有说，就又折身继续往上走。我想，这么远的路，就是说了，她们也未必听得见。

那一天，我就这么急匆匆地回了趟家，在家里没有待多少时间就又急匆匆地返回了。我这么大老远地回去，主要是为了护送出院的父亲回家。我回去后，也不是不想在家里多待一会儿。我想坐在家里的热炕上和家里人坐坐。我尤其想坐到爷爷的上房炕上，和爷爷说说话，和奶奶说说话。我尤其想听奶奶讲些村里的人和事。奶奶总是有那么多的村里人的故事。我们每次回去后，她老人家就东家长西家短地给我们讲，而且一讲就讲半晚上。但是，那一天，我没有这么做。这其中有一些客观原因，一是我们学校没有放假，我和小达都有课。小达第二天就有课，我不能耽搁他上课。再一个，就是再有不到一个月，我们学校就放假了。一放假，我们一家子就又回来了。当然就又可以看到奶奶，和奶奶说话，听她老人家东家长西家短地讲说村里的人和事了。

可是，人算不如天算。谁会想到，这竟然是我和奶奶最后一次见面！那一天，我所看见的她老人家一摇一晃走路的样子，和她老人家站在杏树下面向我们挥手的画面，将永远定格在我的脑海里，像刀子刻到木板上一样，深刻，清晰。我在陡坡上隐约听见的她老人家的那声“再见”，也成了她老人家在这个世界上留给我的最后的声音了。那声音，在冬日的微风中显得那么微弱，那么不甚清晰，但对于今天的我来说，又是那么深刻，那么富有温度。它是带着奶奶瘦小身体上的暖暖的温度的。我相信，它那暖暖的温度，将会使这个世界上所有的冬日变得如春天一般。

腊月初六

我永远忘不了那一年的农历腊月初六。

这一天，来得跟往常任何一个日子一样，但是它带给我们的，却是不一样的颜色和不一样的味道。这颜色是灰暗的，味道是苦涩的。这个灰暗和苦涩的日子，在我们一家二十几口人的心里，将留下永远也忘不掉的记忆。

这天早上，我像往常一样起床了。刚起床的我，像往常一样还在朦朦胧胧中。我在朦胧中习惯性地走进了卫生间，准备刷牙洗脸。就在我接了水，挤了牙膏，准备刷牙的时候，桌子上的电话突然丁零零响了。初一听，我也没感觉到有什么异样。这么早的电话，我也不是没听见过。那几年我当班主任，因为上早操的事儿，经常会接到这样的电话。不是班长打来的就是体育委员打来的，电话里我听到的不外就是某某某今日又没有跑操，学生会检查的时候给抓住了。末了，这班干部还很负责任地问我，这位同学向我请假了没有。但是，那已经是前好几年的事儿了。我不当班主任已经有多年了，因而大清早被电话骚扰的事儿，这几年真还不多。那些热心给我推销产品的电话，一般是在其他时候打，而不是在这大清早。所以，这电话我听了之后，心里稍稍还是有点儿意外。

电话是二弟打来的。这一点，我也没有想到。二弟从来没有在这个时间给我打电话。正因为这样，我心里觉察出，一定是出什么事儿了。

果然，如我所料，这电话不是一般的电话。但是，让我想不到的是，二弟在电话里告诉我的这件事儿，却是我这一生中永远永远也忘不掉的。

二弟在电话里说："奶奶去世了。"

就这么简简单单的一句话。我当时听了之后，就像万里晴空下，一个霹雳突然在当头顶炸响了。我一下子被炸昏了，我什么也不知道了，大脑里一片空白。

太突然了！真是太突然了！此后，好一段时间里，我心里还是恍恍惚惚的。我不能相信。我怎么能相信呢？明明还是万里晴空，万里之内不见一丝云的痕迹，怎么忽然就是霹雷，天塌地陷一般！

我恍惚。我迷茫。

如此好长时间。

好长时间里，我还是恍惚，迷茫。

好长时间之后，我终于有意识了。

但当我从恍惚、迷茫中回过神来后，我又天真地想："大亮天的，二弟一定是弄错了。"

人睡了一夜，刚醒来的时候，往往还是迷迷糊糊的，因而这时候的言语迷糊慌乱也是有的。二弟一定也是这样的。我甚至怀疑，刚才我根本没有收到电话，我是在做梦。

但是，很快地，我又确信我这不是在做梦，而是事实。因为我再一次翻看电话记录时，那记录清清楚楚、明明白白地告诉我，这就是二弟的号码。这电话就是二弟打来的。

我站在桌子前，呆呆地站着，像傻了一样。我不知道，我该干什么。脑子里只是一团乱麻。千头万绪，无从梳理的乱麻。

在没有任何证据的情况下，我是无法判断二弟电话内容的确凿与否的。但是，有一点我是可以确认的，那就是这些年二弟在我跟前从来没有说过谎。二弟也是老大不小的人了，这样的事情他怎么会说谎呢。

难道，这是真的？

这怎么可能呢？

父亲做完手术才几天？我送父亲回老家又才几天？都没几天。那一天我回去的时候，我亲眼看见奶奶好好的，健健康康的。一个好好的、健健康康的奶奶，一个我们到家里时，跑前跑后、跑出跑进地忙这个忙那个，我们出发的时候，又站在杏树下面向我们挥手说再见的奶奶，怎么可能这么快就不见了呢？我不能相信，绝对不能相信。我六神无主，我不知道自己该干什么了。我只是静静地站着，盯着那个传来这晴天霹雳一样吓人的消息的电话，傻了一样站着。恍惚间，我感觉自己骑着一只无头的怪兽，懵懵懂懂，跌跌撞撞，毫无方向地瞎撞乱走。我惊骇，我恐惧，我无助，我了无思绪，我心如死灰。天啊，这怎么可能呢？

如此过了好长好长时间后，我终于感觉自己又有意识了。我意识到：家里出事儿了，很大很大的大事儿，我这辈子从来没有经历过的大事儿。

我虽有了神志，但是浑身还是没有力气，一点儿力气都没有。我像一个骨头散了架、只剩下一堆肉的人一样，软塌塌瘫坐在餐桌边，胳膊肘子撑着桌子，两手抱着头。同时，也有了哭泣的欲望了。是的，我想哭，我想好好地、痛痛快快地哭。

我这么一想，便真的哭起来了。我像小孩子一样地哭起来。

起初，我的哭声不大，只是呜呜咽咽的，那声音好像还隐藏在很深很深的地方，没有走出来。之后，我感觉它慢慢出来了。像是沿着陡坡，吃力地爬上来的。它好像有躯体，有爪子，有血有肉。它顺着陡坡，慢慢往上爬。在艰难的爬行中，慢慢地，它似乎醒来了。于是，它弓着腰，伸着爪，它用着劲儿。它弯曲着粗壮的长长的躯体，一点一点爬行。终于，它完全醒了，并开始发威了。它愤怒地发威。我被它无情地折磨着。我“奶奶”“奶奶”的哭喊声，随着它的弯腰，伸爪，变得越来越大，心里感觉越来越悲伤，越来越难过。

我趴在桌子边，抱着头，大声地哭。一直在哭。

哭泣这东西，有时候很怪。刚才我的伤心、难过，装着满满一肚子，没想到我一把鼻涕一把泪地哭喊了一会儿后，忽然觉得心里轻松了许多。但是，这东西又有令人意想不到的坏处。我本来感觉奶奶还没有上路，还在上房炕上等着我回家。但是自己这么一哭喊，我忽然觉得，她老人家似乎真的要走了。想到这儿，我又赶紧停住了哭喊，好让奶奶好好歇一歇。说不定，她老人家累了，歇一歇后会缓过来的。

但是，很快地，我又感觉自己太天真了。已经走了的人，怎么可能回来呢。

我这么一想，心里便道，既然她老人家已经走了，再哭也是没有用的，还不如不哭的好。我意识到，现在我能做的就只有回老家，在老人家的灵柩前给老人家磕个头、烧个纸，送送老人家最后一程了。本来还在抽噎着的我，这么一想也就止住了抽噎。

停止了哭泣后，我便很理智地拿起手机，准备把奶奶去世的消息分别告诉给妻子和儿子。我先翻出儿子的电话号码，准备给他打电话。因为他早上有课，电话打迟了说不定又关机了。但当我翻出他的号码要拨时，忽然想起来儿子昨天在电话里已经说了，说他们学校元旦要放假。元旦放假的话，他今日下午就回家来了。只有半天时间了，没必要告诉他。再说，大清早的，打电话告诉给他这样一个消息，他心里一定很难受，等他回来了再说。

于是，我便给妻子打电话。妻子离这儿远，告诉了她之后，她要赶车。

妻子接通电话，听了之后，半晌没有说话。好一会儿，才说："总（真）没有？"听她那口气，她对这个突然而来的消息不相信。我说："谁骗你。"她又说："你那天送他爷爷回家，回来的时候不是说奶奶好好的吗？"我说："是啊，那天好好的。"

可是，人去世的事儿，谁能说得清呢。

挂了电话，我本想联系二弟，和他一块儿回去。但我转念一想，儿子还在学校。我没告诉他这个消息，他回家后见我不在家里，还不知道我哪里去了呢。他今儿下午就回来了，我还不如等着把他也领上。他已经整整半年时间没有回老家了。当然，也是整整半年时间没见他太太了。现在，她老人家走了，叫孩子回去给老人家烧个纸，磕个头，也不枉老人家疼他一场。还有，妻子即使回来也到下午了，这样的话我还不如等他们娘儿俩来了一起走。我这么一想，便又改变了主意，没有给二弟打电话。

过了一会儿，妻子打来电话，说她坐上班车了。因为正是元旦放假的小高峰，火车票早没了，只有坐班车。从金昌坐班车到兰州，平时的话少说也得五个多小时。现在是小长假，路上极有可能堵车。要是堵车的话，花一天时间也不是不可能。如此看来，只有耐心等着了。我想，这也好，趁这个时间我抓紧收拾一些回家必带的东西，等他们娘儿俩一回来，我们就出发。

我虽然在忙着收拾东西，准备回家奔丧，但我心里还是天真地觉得二弟说的话是假的。怎么可能是真的呢！好端端的一个人，说走就走了，那么快？但是，我又理智地认为，这样的话应该不是玩笑话。绝对不是。二弟就是开玩笑，也不会开这样的玩笑。难道，这消息竟是真的?!

"肯定不会是假的。"我又一次肯定地对自己说。

现在想起来，我当时真是傻了。本来一个毫无疑问的消息，那时候我在心里竟反反复复地怀疑起来。但是那一天，我就这么傻，这么不相信自己，也不相信二弟，甚至连那个电话也不相信，怀疑它传话传错了。但在如此反复了好多遍之后，我终于还是不得不承认它的真实性。

心里这么一想，正在翻箱倒柜找东西、收拾行李的我，一下子浑身又变得酥软了，鼻子也酸了，眼泪不由得又从眼眶里簌簌地流下来。本来已经哭完了、心里也镇定了的我，再一次呜呜咽咽地哭起来。内心的难受，像潮水一样往上来涌。我只好把已经找出来拿在手里、准备装进包里、等到了老家时穿的一件衣服，顺手扔到地上，起身跑到饭桌边，一屁股坐到椅子上，两肘子撑在桌子上，抱着头，“奶奶”“奶奶”地号起来。

我像一个小孩子一样，趴在桌子边号着。奶奶生前的种种，奶奶的音容笑貌，奶奶走路时一摇一晃的样子，一幕一幕，像过电影一样在我的脑海里闪现。如此哭了一阵后，我心里感觉又好受了许多。这时，我又想，我再哭，我奶奶也是哭不回来了，还不如干点儿自己要干的活儿。于是，又接着刚才的活儿，干了起来。

这天上午，我从早上一起床，就在接电话、打电话、号啕、等待和等待、号啕中糊糊涂涂过着。我不知道到什么时候了，也不知道外面是什么样子。世界在我的脑海里，一片混沌。我揉了揉朦胧的泪眼看手机，快十二点了。往常这时候，我早忙着做午饭了，但是那一天我什么也不想做。我吃也不想吃，喝也不想喝，我甚至连动都不想动。回家的东西收拾完后，我一直坐在餐桌边，不是坐着发呆，就是抽噎抹泪。渐渐地，我的注意力也不集中了，我心里也不再只是想着奶奶了。我想着回家的事，想回家了之后要做些什么，想丧事怎么办，等等。

忽然，我又想，元旦放假就那么几天时间，而奶奶的丧事现在还说不上要办几天。按照我们老家的风俗，说快也快，有的一两天就结束了；但有的也很慢，花五六天、七八天，甚至半个月的也有。因而，我得向单位上说一说。我上的课已经结束了，学生只是等着考试，我们老师就等着监考。而监考我就是不参加也是可以的，跟单位上说说就行了。

于是，我拿起了手机，给办公室段主任打电话。开始我跟他说的时候，我的声音还好好的，我沉沉稳稳地说：“段主任，给我请个假。”他问：“你请假干什么去?”我当然要说“我奶奶走了，我要回家”。但是，就在我要说这一句话的时候，我的嗓音忽然又不对了。我感觉我早上在餐桌边号啕时的悲音又出现了，我正要说的“我奶奶走了”这几个字到我的嗓子眼儿时，被死死地卡在那里了。我试图努力去说，但是不论我怎么努力，我那抽抽噎噎的悲音还是出来了，而我真正想要说的话还是说不出来。因为我实在不忍心说“我奶奶走了”这句话，先前那个傻想法再一次出现了：那就是我觉得我不说出这一句话的话，我奶奶还在，如果我这么说了，奶奶就真的走了。

我一句话没说出来，反而哭起来了，这使得在电话那边的段主任也心急起来。尽管他在电话那边像安慰、鼓励一个小孩子一样，不住地安慰我、鼓励我，要我“别激动、慢慢说”，可是我还是说不出来。他越是安慰我、鼓励我，我越是抽噎得说不出来。

我当然得努力说出来。我努力，努力，再努力。如此努力了好几次，最后一次，我拼了很大的劲儿，终于用抽抽搭搭的哭腔，像唱歌一样，唱着喊出了我怎么都不想说的那一句话：“我奶奶走了。”

下午四点多的时候，我们一家子在车站会合了。平时我们见了面，总是叽叽咕咕、嘻嘻哈哈有许多话要说。可是，那一天，我们谁人也没有说话，都阴沉着脸，连问一声路上行程怎么样也没有，就直往售票窗口那儿走。我们买了票，上了回老家的班车。班车在我们一家人的沉默无语和沉重心情中一路向前，一路向前。

终于，班车到了坡儿川了。当我们下了班车时，天已经不早了。早在那儿等着接我们的好友习军，开着车擦黑把我们往家里送。汽车在崎岖的山路上不时颠簸晃动，车灯划破漆黑的夜空，划破黑夜中的山峦。不久，我们到达了堡子湾。因为剩下的通往老家的那一段山路陡峭难行，我们只好下了车，挥手告别了习军。

汽车明晃晃的车灯过了之后，便是漆黑漆黑的一片。那个晚上，是我这辈子印象最为深刻的一个夜晚。仰望天空，星星疏疏落落。但是看看四面，却伸手不见五指。整个村子沉浸在清冷寂静之中，死寂死寂的。夜越是寂静，越能清晰地听到我们三个人在山路上“噼吱噼吱”行走的脚步声。我们剩下的路，就是穿过堡子湾，向南走过姜姥爷家地头下面的那条长长的小路，再绕过早已经夷为平地的那个水池子，再下一个小坡，然后走不多的一点点路后就到了。

多少次回老家，我们一走到这儿，心里甭提有多么高兴。早向往着回老家和侄女侄子们一块儿玩的儿子便丢开我们的手，一路喊着跳着跑下了山坡，跑向家去。我和妻子也在后边，兴冲冲往下走。我们一边走，一边还不时地停下来，竖起耳朵，仔细分辨着从山坡下面不远处的院子里传来的说话的声音。那很大、很有劲儿的是爷爷的声音，尖细而略带沙哑的是奶奶的声音。奶奶的嗓子到了冬天就这样。虽然，她老人家的肺气肿那一年被妻子治好了，可是些微的咳嗽有时候还是有的。一咳嗽，她的嗓子就沙哑了。

但是，在那一夜，在这一段山路上，我们一家人行走时什么也听不到。夜很静很静，静得我们只能听见自己的脚步声。那声音在空阔的夜空里显得那么沉重，那么沉重。

我们一直只是走路，谁也没有说话。直走到那个早已经干涸了的水池子边上时，还是谁人都没有说话。这时，我们已经走过一个村子了。我们不仅没有说话，连咳嗽也没有一声。我们只是走路。

终于，到了小坡那儿了。远远的，看见四叔家的大门上高高挂着的那个路灯，它明晃晃、悄无声息地在那儿亮着。家就要到了。但是，今晚这个家，跟我们以前回过的任何一次的家都不一样，这是一个没有奶奶的家，一个天昏地暗、日月不明的家，一个让我们永远也忘不掉的家。向来很坚强的妻子，终于忍不住“奶奶”“奶奶”地哭叫起来。儿子听见他妈妈的哭叫后，便在一边安慰起他妈妈来。向来也很坚强的儿子，这一晚上在号啕不止的他妈妈身边，声音不禁也哽咽起来，以至于也抽噎着说不出话来了。我本来不打算在半路上哭的，因为我今早在家里已经哭哭停停好多回，差不多折腾了一个上午。我想回到家里后，在奶奶的灵柩前，痛痛快快哭一场。但是，当听到他们娘儿俩这一哭喊后，我还是禁不住也哭起来了。那隐藏在很深很深的心底里的泪水，忽然又涌了上来，簌簌地从眼眶里流出来。

想不到，这个腊月初六，如此让人伤心，让人难过！

回　家

我每次放假后，都要回趟老家。不过，每次回去的时间都不一样。有时候，刚放假就回；有时候，放假好几天之后才回。而那一年夏天还没有放假，我就开始做着回家的准备。这次回家，跟往常任何一次都不一样。

首先，这是奶奶离开我们之后的第一个暑假。我想回去看看爷爷。三月十六，是奶奶的百日祭日。那天，我回去给奶奶烧纸的时候，看见爷爷脸色非常不好，情绪也十分低落。我回来之后，好多天心里都不放心。不知老人家最近怎么样。

奶奶的突然离世，给爷爷打击很大。老人家好多天都不怎么吃喝，整日闷坐在炕上不说话。爷爷现在最需要的，是有人陪他说说话，宽慰宽慰。可是，四叔、四婶都忙着地里的活儿，根本顾不上。再说，他们平时跟爷爷也没有多少话可说。而爷爷跟我们几个孙子，都还说得来。

再一个，就是看看母亲。五月初，母亲在兰空医院住了院，住了二十几天。母亲出院的时候，身体是好多了，但是还没有完全康复。医生说，母亲这种病不可能治愈。但是，只要平时注意休息，不要劳累，也没有什么大碍。一劳累，说重就重了。母亲在电话里说，她这次回去后，再没干什么重活儿。不过，说心里话，母亲这人有时候我还是不大相信。在干活儿与注意身体上，母亲常常总是说一套做一套。

放假前几天，我天天为回家做准备。一有空就跑商场、超市买东西。我跑了好几家商场、超市，也买了不少回家时要带的东西。但就在学校里已经放了假，我准备要出发的那天早上，天气变了。

我心里道：这也怪。前几天，天一直晴朗朗的，一丝云彩都没有。我一要回家它就变了。天阴沉沉的，但是云不是很重。不过，对面楼顶上和楼下的水泥地上却是湿湿的。原来，天上已经飘着小雨了。

这咋办？回还是不回？我一时踌躇起来。于是，便打电话给妻子，告诉她这一情况。妻子听了后，分析说，如果没有大雨的话是可以回去的。因为这样的小雨是不影响汽车在高速、国道上行驶的。我觉得，她说的有道理。

记得三叔曾经说过，早雨不多，扫兴一日。意思是早上的小雨是下不多的，不过是搅和搅和罢了。何况，现在从兰州到通渭路况也好，全程是高速，差不多俩小时就可以到达坡儿川。到坡儿川下车后，再步行俩小时就可以到家了。只要到家了，天爱怎么下就怎么下。

我这么一想，也就不再犹豫了。于是，便背起了行李，出门去坐车。说来也巧，当我出门的时候，发现雨不下了。从我坐公交，下公交，再到坐上班车，一直没有下。甚至在我坐的班车走了好半天时，雨还没有下。我心里暗自高兴，并默默祈祷说，最好上午一直不下，这样我就可以赶在中午回到家里了。我坐在座位上，一面这么想，一面还掐指算着我的行程：几点到定西，几点到坡儿川，几点到家。总之，按班车当时的速度，我中午完全可以到家。

我什么都算得好好的。可是，人算不如天算。就在我精打细算高高兴兴计划行程的时候，偶然向窗外一看，忽然发现窗子外面又下起雨来。虽然，那雨看起来下得不是很大，但是它到底开始下了。我这才走了多少路？从路边闪过的山峦、地貌看，不过才是榆中地界。榆中距离老家还远得很呢。不过，值得庆幸的是，那雨还不大。我只得又默默祈祷起来，祈祷老天爷不要再下了。

可是，它还在一直下。不仅下，而且好像下得越来越大了。当班车到达定西地界时，雨比刚才又大了许多。只见车窗玻璃上，哗啦哗啦的雨水一道一道往下流。但是，那时候，我还是心存一丝侥幸，因为这儿离老家还远，说不定老家那边没下呢。

路是高速路，那天路上车又不多，因而这班车跑得很快。等我再次向窗外看时，班车已经快到坡儿川了。可是，外面的雨还是那么大。雨水顺着窗玻璃，哗啦哗啦直往下流。这叫我怎么下车？一下车，马上会被淋成个落汤鸡。而且，即使冒雨下了车，也不好回去。从这儿步行到老家，足足有二十里的山路。在这样泥泞湿滑的山路上，我深一脚浅一脚，回到家里一定要花大半天时间的。若只是花大半天时间也就算了，可是我身上只穿着一件短袖，又淋了这么大半天雨，肯定会感冒的。要是没别的事儿，感冒得上就得上了。在老家的热炕上睡个三天五天不打紧。那儿有世上最好吃的浆水面吃，有世上最新鲜的空气呼吸。可是，我这边还有许多必须要做的事儿等着我去做呢。

为了顺利到家，又不至于得感冒，我临时决定：上县城。到了县城，或住或走，再作打算。要住，县城里同学朋友五六个，只要厚着脸皮，随便哪一家都可以蹭上一顿饭，蹭住一晚上；要走，往北去的班车，下午也不是没有。

主意已定，马上发短信联系。我连发了几个。过了不大一会儿，手机就吱吱吱地响起来了。是短信。打开来一看，是旭东的。旭东短信是回了，可是这短信的内容很让我失望。他说他不在县城，回老家了。

过了一会儿，手机又吱吱吱地响了。又来了一条短信。一看，是春明的。还好，春明在家里。我的心一下子放松了许多，下车后也不至于淋着大雨，像个流浪汉一样满大街流浪了。

班车进站了。大家纷纷冒雨下车，我也跟着下了车。一出车门，一股冷风裹挟着雨点子迎面打来，打得脸上生疼生疼的。水泥地上到处都是积水，两脚伸出去一下子提了满满两壶水。雨还在唰啦唰啦下。我抬头四面一看，这才发现这里的雨比榆中和定西还要大。我赶紧往售票厅里跑。心想，先跑到那儿避避雨再说。我三步并作两步跑进厅里。站在窗子前面，望着外面的大雨和一个个打着雨伞的，还有像我一样没有打伞、冒雨来往的行人，顿时有一种身在他乡的羁旅之感。我正愁没带雨伞不好到春明家里时，手机吱吱吱又响了。短信来了。我一看，还是春明的。他叫我等着别动，他开车来接我。这下我释然了。

当我站在窗子前东张西望，密切注视着从大门那儿开进来的每一部车时，忽然听到有人在不远处的一部车里喊我。一看，是春明。我兴冲冲地跑过去。

外面的雨很大，天也很凉，但是车里面倒是干干的，也温暖。马达一启动，车子便徐徐开动了。就这样，我没淋着一点儿雨就轻而易举地到了春明家里，我打心底里感谢他的热心。

我人是到了他家里，但回家的心还在。因而，当我坐在那儿跟他聊天时，我还是不住地向窗外张望，看雨小些了没有，但是并没有。相反，雨下得越来越大了。隔着玻璃窗，那唰拉唰拉的声音比先前更响了。春明家是一楼，屋子里光线本来就暗，在这云低雨大的天气里，显得更加阴暗了。

热情的春明取来了茶具，要我喝茶。还拿过来一包香烟，从里面抽出了一支要我抽。我心里暗想，这家伙，就会招呼人。他一面招呼我，一面还打电话给小舟和志彪，要他们过来陪我喝茶抽烟。这两个人也麻利，这里电话才挂断，门外就听见有人敲门了，好像他们俩早已经等候在门外似的。他们俩一来，这屋子里就更加热闹了。

大家说说笑笑，很是高兴。但是，我回家的想法并没有因此而改变。我平时不是一个多么恋家的人，也不是一个多么孝敬老人的人，但是那一天我还是想早一点儿回家，因为我在电话里已经跟母亲说了，说今天一定回去。我知道，我说了以后，母亲一定在等我。可谁知道，这雨下起来不停了。不停了当然就可以不回去。这一点，想必母亲一定也能理解。可是，我有时候就那么固执，我的这个脾气，用老郝的话来说，就是三头牛也拉不回来。也许那一天，我的这个病又犯了。虽然我也知道那天时间已经很晚了，在这儿也是睡觉，回去了也是睡觉，但是我就那么一根筋，死心塌地，非要回去。所以，我过一会儿就跑到窗子跟前看一下，看雨停了没有。但是，雨一直没有停。

刚放学就回了老家的儿子，也是过一会儿一个电话，问我晚上来不来。每一次，我都说雨停了就来。可是，雨一直没有停。这时候，我便懊悔起我当时给家里打了那个电话，并跟母亲说了我要回去的话。要不我这会儿就可以踏踏实实、心安理得地不回去了。

这时候，儿子又打来了电话。他说："爸爸，我奶奶说了，雨很大，路上也难走，今晚你就不要来了。"我一看表，时间已经六点多了。我想，这时候即使走，天黑之前也走不到了。庄子梁下车后，往家走得步行差不多十里长的一截子路。这一截子路，不是上山就是下山。另外，还有一大段是沿河小路，也是很难走的。在这样的雨天里，"咯哇咯哇"一步一步往回走，不知几时能到家。何况这时候回去的班车也不一定有了。

这么一想，我也就打消了回家的念头。于是，便踏踏实实坐在那儿，跟大家一起聊起天来。不久，春明老婆的饭上来了。吃完饭后，他们几个都说，我来了，要拿酒来招呼我。

又要喝酒?

我最怕喝酒。不喝酒，大家都还好好的，一喝酒，事情就出来了。不是我让他们失望，就是他们叫我失望。我当然还是不喝，但他们非要我喝，便质问起来:“还不喝?”

“还不喝。”

“还不喝，那怎么在城里混?”

“就是混得差劲儿。”

“嘿嘿。”

看我一定不喝，他们几个便赌气似的喝起来。不过，喝了不多一会儿，便说:“客人不喝，我们喝又有什么意思?”于是便也不喝了。

春明收拾了摊子。我们又围坐在一起聊天。我们还是海阔天空、陈谷子烂糜子地乱聊。直聊到大家哈欠连连，才发现该到睡觉的时候了。

那晚上，我还是和小舟一起睡。小舟那个小二楼里还是那么清静。他的老婆孩子都在楼下，我俩还是在楼上。到底是在他家里，他一睡下就呼呼进了梦乡，可我一直醒着，翻来覆去睡不着。我又犯了岔铺的毛病了。不知什么时候才迷迷糊糊有了睡意。想不到，一个翻身，又醒来了。在睡觉上，我就这么多毛病。这么睡睡醒醒，折腾了大半夜。最后一次醒来时，发现外面有些微明了。

天快亮了，我也不想再睡了。听小舟还死死睡着，鼾声一声接一声，我心里有些嫉妒了。我想，何不把他吵醒，陪我说说话，补偿补偿我一夜在床上翻来覆去的不安稳?于是，我把头从被窝里伸出来，“小舟”“小舟”地喊起来。

小舟总算被我弄醒了。我们躺在被窝里聊起来。聊了不大一会儿，天亮了。外面天一亮，我就更躺不住了，于是一骨碌爬起来。

我一起来就说要回家，小舟见我连早点也不吃就要走，骂我疯了。我只得等他起床，和他一起吃早点。吃完早点出了门，才要上路，迎面碰上志彪来了。他说他今早也要回家，过来看我走了没有。这正好，我可以乘他的便车，因为我们俩是邻村的。

车子上路了。柏油公路上，车速还可以，虽然不是很快。从县城到庄子梁，二十公里路不到半个小时就到了。但是，拐进乡村土路后，就没那么好走了。又因为昨日才下过雨，土路上泥泞难行。庄子梁刚分路，车子下了那个小坡才到土路上，便迎来了一个下马威。路基塌陷，雨水积得很深。迎面一辆大班车被困在路边上，几个人正在那儿喊着号子，连推带搡往出来挪。我们这半幅路，我看还可以，志彪一脚油门要往过去冲。结果，不仅没冲过去，反而连车子都陷进水里了。我们只得推开门，蹚着积水下车。

幸亏志彪早有准备：后备厢里装着一把铁锨。我们又是铲土，又是挖路。铲挖完了，又是推车又是拖车，推推拖拖好半天，终于把它从积水坑里弄出来了。但是没走多少路，车子又不走了，在快到曹家寺的那个转弯处。这一回不是积水，而是泥泞。新修的路，刚铺上去的软土，厚厚的软土遇上整天整夜的大雨，便是泥泞。泥泞深处，差不多齐到半腿了。车子一到里面，哼也不哼一声就熄火了。这样前进也不行，后退也不行，我们只得又推门下车。这一回这泥泞是很深很深的烂泥。志彪又一次从后备厢里取出他那个宝贝铁锨，铲土垫路。我跑到附近的地埂子边，抱来干土疙瘩去垫路。

就在这时，王叔过来了。王叔说，他刚才去庙里烧了香，这会儿要回家。这正好，人多力量大嘛。王叔还喊来了几个村里人。大家连推带拖，终于把车从烂泥里弄出来了。

本来一个小时的车程，如此走走停停，花了差不多四个小时。我到家时，都快中午了。那时候地还很湿，不宜下地干活儿。但是因为农活儿紧张，熟了的田禾再不能放了，所以许多人还是下地干活儿去了。不过，爷爷在家。我从大伯家的门前往下走时，老远看见他老人家在麦场边上站着看什么。爷爷年纪大了，但他的眼睛还很灵光，他也许已经看见我了。所以，当我还未到自家大门前那棵杏树下面时，他已经从豁口那儿一步一摇地走过来了。我迎到跟前一看，见他的脸色比我前一次来的时候好多了。那时候，他又瘦又黑，那正是奶奶的百天祭日，爷爷还沉浸在失去亲人的悲痛之中，不怎么吃喝，而且话也不怎么说。现在看来，爷爷从那个悲痛中走出来了。

不过，爷爷吃得还是不多。我给他的桃子，他一个还没吃完就不吃了。我又给了一个桃酥，爷爷掬在手里吃，吃了半天才吃完，还说："有这一吃，我今儿的午饭就不用再吃了。"

母亲的气色也好多了，脸上明显有了血色。两个月之前，她来兰州住院的时候脸色非常不好。那时候，她连走路都颤巍巍的，没有一点儿力气。在医院里，又是输液又是服药，出院的时候明显好多了，但还是没有彻底好。本来，母亲这病是不能彻底好了的，住住院用用药能缓解缓解就已经很不错了。我们都说母亲这病是劳累导致的，她不信。这次医生也说，劳累对她有很大影响。因而，母亲出院的时候，我再一次劝她回去后少劳动。我还搬出医生的话，着实吓唬了她一番。我说：“医生今儿把我叫到她跟前，跟我又说了一遍，让你回去后万万不能干活儿，只能待在家里休养。要是再累着了，就一点儿办法也没有了。”

当时，母亲听了也说：“这次回去了，什么也不干了，就休息。”

以前，每一次我们劝说母亲时，母亲都是这么回答我们的。但实际上，母亲从来没有真正听过我们的话，而且干活儿比以前还多了。母亲不听，我们也没有办法。这一回，看样子母亲真听了，因为这天我到家的时候母亲就在家里，没有出去干活儿，而那时候父亲正在地里干活儿呢。下午，父亲又下地割麦子去了，母亲没有去。母亲在杏树下面的水池子边洗衣服。洗衣服虽不是什么轻活儿，但是在干惯了重活儿的母亲眼里，它连活儿都不算，就跟坐在屋子里休息一样。自从我记事起，麦黄六月母亲坐在家里什么农活儿也不干光洗衣服，这恐怕要算第一次了！

洋戏匣子

第一次见洋戏匣子这玩意儿，是在舅舅家里。第一次听它唱歌说话，也是在舅舅家里。

那一天我跟着母亲去舅舅家，晚上没有回来，就住在舅舅家里。半夜里，我在睡梦中蒙蒙眬眬听见唱歌的声音，唱的是我们学校里老师才教过的《东方红》。那声音好像是从很远很远的地方传来的，听起来很低，但是又很清晰。我问这是谁在唱歌。舅母说："这傻孩子！这是广播里唱的。"我问："就墙上挂的那个木匣子?"舅母说："就是。"舅母还笑话我说："你真是从山沟沟里来的，连个广播都没听过。"

我听了舅母的话以后，心里很惭愧。不过，舅母说的倒是真的。我便问母亲道："妈，为什么我们家墙上没有挂这样的广播呢?"没等我妈回答，舅母又在一边讥笑我们了。她说："你家？你家那么山大沟深的，能装上这个?"

当时，我对于舅母这鄙夷的口气感到十分不满。但是，也不得不承认，她说的是事实。

第二天，我和母亲回家了。到了家里后，我把这个新鲜玩意儿告诉了爷爷和奶奶。我想，他们听了也一定很惊奇。没想到，爷爷根本没有惊奇的意思，他还是在一边慢吞吞地抽他的烟。奶奶好像也在哪儿见过这玩意儿，因而她听了以后也没有惊奇，而且还纠正说："那叫洋戏匣子。"

这玩意儿不管叫什么，但我觉得它就是神奇，就是好。因为它会唱《东方红》，唱完了还会说话。虽然它说的话，我一句也听不懂。

我是个极喜新厌旧的人。刚还在那儿对舅舅家墙上的那个洋戏匣子喜欢得不得了，不久之后，当我见了那个能移动的洋戏匣子后，便对能移动的那个神奇玩意儿产生了浓厚的兴趣。我又认为舅舅家墙上的那一个也不过如此。

这能移动的神奇玩意儿，是那一天我在我们学校里看见的。

那时候，在我们的小学校里，经常可以看到一波一波前来开会的干部。因为来的次数多了，渐渐地，我也认得了几个。大个子、头发梳得高高的是罗书记；身材瘦瘦的、个子也高，但比罗书记又稍微矮些的是李主任；脸有点儿胖，又戴着蓝卡其帽子的是曹主任。另外还有几个穿新制服的，都是新来的驻队干部，除了在我家里吃过饭的焦书记之外，其他的人我一个都不认识。

那天，下课铃响了之后，我像往常一样跟随其他同学一起到教室外面玩去了。一出门，便发现院子里有好多人。有站着的，有坐着的，还有一些正从学校大门所在的那个土豁口往里走。再一看，老师办公室前面的院子里，一溜儿摆放着几张桌子。桌子后面，坐着好几位穿制服的干部，个个脸上都很严肃。

我不知道他们是什么时候来的，但我想，他们一定又是来开会的。大半个校园里，已经坐满了头戴草帽和头裹头巾的社员。我再仔细一看坐着的这些人，发现其中一些人我认识。通过我认识的这些人，我明白了，原来他们是一个小队一个小队地分开来坐的。我的目光逐渐从这边往那边移去。在最那边的五年级教室挨着的那面土墙根一带，我看见了白脸的四爷，他手上拿着旱烟，一面抽烟一面跟旁边的人说话。我再仔细一瞅，终于看出那面墙的墙根下坐着的全是我们小队的社员。奶奶和母亲也在那边人丛里坐着。奶奶正和旁边的一位老奶奶说话。母亲手里做着针线活儿，也跟旁边的几个人说话。

就在我偷偷地张看前来校园里参加会议的社员的时候，从一溜儿摆放着的桌子那边传来了啵吱吱的声音。那声音很大，它一下子盖住了校园里嘈杂的人声，我不由得转过脸，循声向那边看去。我这一看算是见了大世面了：一个比舅舅家那个洋戏匣子大得多、又好得多的洋戏匣子，就摆放在那张桌子上。摆弄得它啵吱吱响的，正是头戴蓝卡其帽子的曹主任。

因为这声音很大，我发现其他正在说话的那些人也转过脸，循声去看。曹主任还在那儿很严肃很认真地摆弄。随着他的手在洋戏匣子上不住地摆弄，那洋戏匣子又不时地发出让人听了很难受的响声。这么响了几声后，终于听到了一声完整的说话的声音。这话是什么意思我听不懂，我只觉得这完整的说话的声音，比啵吱吱的声音好听多了。可是，曹主任似乎并没有听它的意思，而是在继续摆弄，因而紧接着那洋戏匣子里又传出了声音。这一回却是唱歌的声音。那歌曲虽然我以前没听过，但是那慷慨激昂的调子听起来很好听，我很喜欢。我正在那儿侧耳听时，忽然又听不见了，随即又是啵吱吱的声音来了。曹主任似乎对听歌也没有多大兴趣，因为当他再次摆弄出一支完整的歌曲之后，不知他在那儿又怎么摆弄了一下，这歌声又没了。我两眼紧盯着那洋戏匣子，我多么希望他把这歌曲再次放出来，让我听听。但是，他并没有。

我发现，这个洋戏匣子比我舅舅家的那个要气派得多。黄灿灿的颜色，大大的样子，很好看。我隔着半个院子看，感觉它差不多跟奶奶给猪倒食的木斗儿一样长，只是比它矮了些。我认为，它最大的好处是能够挪动。就那么一会儿时间，曹主任将它挪过来转过去挪动了好几回。这多好，多方便，想放哪儿就放哪儿。而舅舅家的那一个，只能挂在墙上。我这么一面惊奇地看着它，一面转过脸低声向旁边的一个同学说："这个洋戏匣子真好。"

听了我的话之后，坐在我旁边的那个同学没有说什么。也许他跟我一样，也正在出神地看着洋戏匣子而没来得及回答。倒是在我后面的张东回答了。张东用十分鄙夷的口气问我："你叫它什么？洋戏匣子？"没等我回答，他又十分鄙夷地说："真是少见多怪。"随后，便故意放大了声音说："那叫收音机，"还说，"全大队就这一台，在曹苏苏家里放着。"

他这一说，旁边好多同学听见了，他们纷纷向我投来嘲笑的目光。有几个还哈哈笑出声来。我的脸一下子变红了。我再次因我的山沟沟人的少见多怪而惭愧。

他说的曹苏苏，就是比我低一个年级的那个曹苏苏，他爸就是曹主任。

回家后，我把这个跟母亲说了。母亲说："那就叫收音机，"还说，"全大队就那么一台，而且就放在曹主任家里。"

我听了以后不由得打心眼里对曹苏苏佩服起来，对他更加羡慕。我佩服他有一个能干的父亲，一个会啵吱吱地摆弄收音机的父亲。我还羡慕曹苏苏，我想他回到家里后能时时听到收音机，多好。要是有一天，我也能有这么一台收音机，那该是多美的事啊。我就是不吃饭，也要去听它。我要时时把它背在身上，随时打开来，听我喜欢听的歌曲。母亲知道我的这个想法后，笑着说："你想得美。全大队才这么一台。要是我们家能有这个，那还了得。"

这一点，我当然知道。我想，这么高级的东西一定很贵，我们一个庄农人家怎么能买得起呢。我心里本来是这么想的，但是，听了母亲的话之后，我更加感觉到，自己拥有一台收音机的想法太幼稚、太不实际了。

不过，爱做白日梦的我，对于收音机的向往，心里一直还是存在着。我想即便我不能拥有它，要是能近距离看看，或者亲手摸摸它，也是幸福的。可是，就我们当时的家庭情况看，这简直不可能。我父亲不是大队干部。我母亲呢，也只是一个会干农活儿的小队社员。

天下的事儿，有时候就这么不可思议。一件想都不敢想的事情，有时候竟然会奇迹般地变成现实。我想近距离看看收音机的奢望，不久真还实现了。这与曹主任的那次下乡有关。

那天晚上，我从学校回来时，发现曹主任就在我家的上房里和爷爷说话。让我激动的是，他那个黄灿灿的"洋戏匣子"就摆放在我们家上房里的那个小桌子上。我心里高兴道："天啊，这就是那台我向往已久的收音机。"

身上的书包还没有来得及放下，我就跑到桌子跟前看去了。只见它的身上有一道一道的渠渠，渠渠的上边还镶着一溜儿明光光的玻璃，玻璃上有好多好多数字，玻璃下边还有三个嘴嘴。那三个嘴嘴，也是银光灿灿的。玻璃板上，还有一处是透明的。通过透明的玻璃往里看，能看见里面有许许多多的按钮。我这才发现，会唱那么好听的歌儿、又会说那么好听的话的家伙，原来就这么简单！

这家伙这么简单，但是它唱歌唱得那么好听，说话说得也那么好听，真神奇。我站在那儿，像看一个外星人一样看着它，一面心里想曹主任要是把他的这个玩意儿放开来唱一唱，让我听一听，那该是多好啊。我向炕上看了好多遍，但他一直在跟爷爷说话，一点儿没有放歌曲叫我听的意思。我想，也许他这会儿是忙着说话，顾不上放。说不定，过一会儿话说完了他就会放的。但是，过了好一会儿，他还是没有放。我又想，也许晚上，吃完晚饭了他会放的。

晚饭后，我便对母亲说："妈，今晚我想到上房里去睡。"母亲听了诧异地问："你去上房里睡个啥？你不是不爱跟你爷爷睡吗？"我低声说："我想听曹苏苏爸爸的收音机。"母亲听了，恍然大悟似的笑着说："我以为呢。"不过，随即母亲又不无担忧地说："你去了，不知道人家让不让你听。"

那晚上，我是去了上房里睡去了。但是，结果和母亲所担忧的一样：曹主任并没有打开他的收音机。那家伙还是稳稳地放在桌子上，他动也没动。可以想见，那一晚上我心里有多么失望。不仅那一晚上我心里很失望，就是在接下来的几天里，我也一直耿耿于怀。我想，等我什么时候有钱了，哪怕什么都不买，也要买一台收音机。而且，就买一台这样的收音机，颜色也是黄灿灿的，大小跟这个一样，样子也跟这个一样。我不仅在家里听，我还要将它背在身上，走到哪里听到哪里。可是，我什么时候才能有钱呢？再说，全大队就这么一台，想必它一定很贵吧？我一个小社员，哪能有那么多的钱去买一台全大队人才能买得起的收音机？

有时候，看似不可能的事儿，一个不留神也会变成可能的事儿。那天晚上，我因没听上曹苏苏爸爸的收音机而产生的自己拥有一台收音机的梦想，就在几年之后实现了。因为实现得突然，以至于当我听到这消息时，心里有些不能接受。更准确地说，在我听到它的好几分钟内，我都认为不可能。这是收音机，又不是一颗洋芋。时间也是在一个晚上，而且也是在我放学回家之后。

那时候，我们母子几个已经和爷爷奶奶家分开了。爷爷奶奶和三个叔叔还住在我们以前的老宅院里，我们娘儿几个住进了新盖好的院子里。虽然我们的家是分开了，但是在许多事儿上我们还像没有分家的时候一样。在外地当工人的父亲每次回家来也还是像以前一样，先到爷爷奶奶跟前去。他带回来的糖果、点心等好吃的，也还是先带到爷爷奶奶那儿，由奶奶分给我们叔侄几个。

那一天晚上，我回到家里时，母亲不在家。我想，母亲一定又是去爷爷奶奶那边了，于是我放下书包赶到那边去了。果然，母亲就在那边的上房里。同时，我发现上房里还有许多人。我进去往炕上一看，原来父亲回来了。母亲见我来了，笑着说："才说呢，你就回来了。"没等我问她"才说"什么，母亲便将一个盒子递给我，一面笑着说："你看，这是你爸给你的收音机。"

我一听是收音机，便不敢相信。我以为我听错了。难道母亲在跟我说笑话，或者在哄我？母亲可是在我们几个孩子跟前从来不说这样的笑话的。我从母亲手里接过盒子时，高兴得不知道说什么好。我打开盒子，掏出来一看，天啊，真是一个收音机！母亲真没有哄我。那一刻，我心里的幸福、高兴真是用语言难以描述。我实在很喜欢收音机，我很早很早就想拥有一台属于自己的收音机了。

这是一个袖珍式收音机，有巴掌大小，米黄色。调台的那个数字银屏上方，还印着我父亲单位的名字。父亲说，这是他们单位发的纪念品。机子虽小，但是波段不少，有9个。开关一开，就哇啦哇啦响开了。它的右肩膀上，还长着一个铁胳膊（即天线）。那胳膊能一节一节抽出来，我抽得很长很长，银闪闪的，看起来很威风。我拿在手里，翻来覆去地看，再也舍不得放下了。吃饭的时候，我将它放在饭碗跟前，一边吃饭一边听。睡觉的时候，也是小心翼翼地将它放到枕头边，听一会儿再去睡。

第二天上学的时候，我怕淘气的弟弟偷着玩儿，特意嘱咐母亲把它锁在她那个装钱又装我们一家子的新衣服和父亲单位发的那一床新毯子的红色大木箱子里。放学回来后，我又嚷着叫母亲把它从箱子里取出来，然后坐在一边喜滋滋地摆弄起来，摆弄得它吱吱呜呜响，直到有歌曲出来了才止住了摆弄，放在一边听。

这玩意儿太珍贵了。我早想把它带到学校，在我那些没见过世面的同学们跟前显摆显摆。我知道，他们大多数家里都是很穷的，穿的衣服都那么破旧。有的家庭连吃饱肚子都成问题，更不要说买一台收音机了。但是，我怕母亲不同意。母亲见了，说不定还会大惊失色的。这可是收音机，很值钱的东西，不是从地里刨出来的洋芋或者萝卜。所以，我一直就没敢往学校里带。每天从学校里回来后，只是在家里听听。

过了好多天之后，我对它也没有以前那么大的热情了，母亲似乎也不再把它当什么了不起的宝物了。那天上学的时候，我趁母亲不注意将它塞进书包里，然后像没事人一样大模大样地走出了家门。我如此做的目的，就是想在我的同学们跟前炫耀一下。可是，从干池子那儿上去的好一段路上，我一直没有看见一个同学。一直走到沙石嘴时，才碰上了几个。我见了他们之后，第一件事当然就是掏出收音机，向他们炫耀。

果然，不出我所料，当他们看到我手上拿的收音机后纷纷围上来，一面用惊异的目光看着，一面口里啧啧赞叹。胆小些的站在一边看，口里不住地称奇；胆大的忙叔非要亲自拿在手上看一下，他还动手拧开了开关。开关一开，那家伙便啵吱吱地响起来。忙叔又关了机，拿在手上，把那根天线从它的肩膀上一节一节抽出来，抽得很长很长的，口里还学着电影里英雄人物的口气，大声讲起话来。他喊道："喂，听到吗？我是王成，我是王成。"惹得大家一阵大笑。那根天线在太阳光下明晃晃的，特别神气。他们一个一个看得目瞪口呆，好不羡慕。我从他们羡慕的眼神里获得了满足。

这收音机我常常听。我最爱听的，当然还是歌曲。我尤其喜欢听那些熟悉的歌曲。像《东方红》《洪湖水浪打浪》之类曹老师教过的歌曲一播出来，我便入迷地听，一面还跟着收音机里的拍子哼哼啦啦地唱。可惜的是，收音机里唱的并不都是我们的曹老师教过的，曹老师教过的歌曲不过那么几首。没教过的那些歌曲，我一句都听不懂。我虽听不懂唱歌的人到底唱了些什么，但只要是唱的，我还是爱听。

虽说它是收音机，但里面的歌曲并没有我想象中的那么多。有时候将按钮拧半天，也拧不出来一首歌曲。实在没有歌曲听了，秦腔也可以。但那单调的"呛呛呛"的锣鼓声和悲凉的"哎呀呀"的调子，听起来到底有些枯燥。遗憾的是，这收音机有时候连这枯燥的秦腔也不唱，亏它还是9波段的机子。但是，我还是不死心，非要找出个节目来听听。我把按钮从左边狠狠地拧到右边，它没有唱；又从右边狠狠地拧到左边，它还是没有唱。歌曲没有，秦腔也没有，我也只得认输了：听什么都行。即使那些我一个字也听不懂的说话节目，我也听。

如此坚持不懈地听，听了多少天之后，也便可以听出点儿头绪了。不过，就能听出来两句话：一句是"中央人民广播电台"，一句是"甘肃人民广播电台"。别的话，我还是一个字都听不懂。有时候，拧开按钮时，里面还叽里呱啦地讲外语。但我也按在耳朵边，仔仔细细、像模像样地听。母亲见了，笑问道："你能听懂？"我摇摇头，说："听不懂。"母亲说："听不懂你也听？"我说："听着玩一玩。"

这个机子波段多，拿起来方便，声音也很清晰，缺点就是太费电。两节五号电池，听不了几天，电就耗完了。父亲刚拿来机子的时候，顺便还买来了一盒子电池。一盒子里面装十节，可没多少日子就全耗干了。再就是，这个机子到底是小机子，声音不很大。我喜欢那种声音很大的机子，开关扭开来，音量放到底，唱歌时声音大，说话时也有力气，这样我听时才感觉过瘾。

所以，这个机子还是不能让我觉得过瘾。我仍然希望有一台唱歌唱得声音大，说话说得有劲儿的大机子，好好过过瘾。

我这个愿望一直在心里埋藏着，埋藏着，埋藏了好多年。我知道，父亲是不可能给我买一台大机子的。就这，还是他单位发的纪念品。当时我们家和爷爷奶奶家两家子十几口人，人均八两的统销苞谷，从公社的粮管所里都不容易打回来，哪有闲钱要那个排场？那时，我实现这个愿望的唯一途径，就是做梦。梦里的我，变得很有钱了。我有钱后，什么都没买，就买了一台收音机，一台很大、很漂亮的收音机。

没想到，这梦想后来真还让我实现了。虽然是艰难些，时间也长了些，但还是实现了。我中学毕业后，考上了大学。我上的大学虽不是什么厉害的大学，但是大学毕业后我还是被分配了一份工作——当老师。

我是六月份毕业的，七月份就报到了。我从报到的那一天起，就盼望着领工资，打算一领到工资就去买收音机。我天天盼，天天盼。我还想象着领到工资后就去县城，到县上最大的百货公司买一台很大很漂亮的收音机。鉴于以前那个小机子的不足，我对将要买来的新机子有种种要求。当然了，最主要的是它的声音要大，其次要省电。

我虽然上班了，但是机子并没有很快买，因为那时候县上已经开始拖欠老师的工资。我是七月份报到的，三个月过去后，还是没有领到一分钱。幸亏我离家近，洋芋、面粉、清油之类的必需品有老母亲供应着我，不像有些纯粹靠工资生活的老师要赊米借面借清油。

我在生活上是衣食无忧，但是心里并不怎么畅快，因为我心仪已久的收音机还没有买到手。我是多么喜欢它啊。没钱买，怎么办？赊。可以说，这种先进的消费理念和方式，我就是在这时候学会的。乡供销社的小崔人很热情，那天，我终于忍不住向他开口赊了一台。

这是一台“橘子洲”牌的机子，有一本书那么大，厚度差不多比得上一块砖头了。它比我以前的那个袖珍的大多了，放在桌子上稳稳当当的。这一点，我很喜欢。它的声音很大，开关拧开来，音量放到底，满屋子嗡嗡嗡的都是回音，震得我耳朵都难受。这一点我也喜欢。还有就是省电。就算是哇啦哇啦天天响，装一次一号电池，也能响好几个月。它还有一个好处，就是外面套着个皮套子。有皮套子护着，耐磕碰。而且，皮套子上还系着一条结结实实的皮带。这也好，我走到哪儿，背到哪儿。无论去哪儿，收音机总是要听的。如此说来，它好像专门是为我设计的。它皮实耐用，我摔过好多回，也都好好的。

如果说，以前听收音机是我的爱好的话，不久我工作单位变动之后，它便成了我生活的一种需要了，就如吃饭喝水一样。我的新单位也是我初中的母校，在一个很偏远的乡村里。这里交通不便，信息闭塞。在这儿，我每天能见到的人，除了我代课的那个班里的几十个我能叫上名字的学生、校园里跑着的一百多个我叫不上名字的学生、我的十二个同事之外，就很少有其他人了。实在想见个别人的话，就只能等每五天一次的逢集了。逢集的时候，从学校大门前路过的赶集的村民不少。闲月时候，就更多。另外，还有被村民们牵到集市上准备出售的一头两头哞哞叫着的牛、三只五只咩咩叫着的羊和吱啦吱啦叫着的小猪仔。

起初，我的课余时间便是去习军或者吉田的房子里，和大家吹牛，或者听其他几位爱说笑话的同事你一句我一句嘻嘻哈哈地说笑话。同样的笑话，天天说，说多了，也觉得干巴巴的，没有意思。倒是每天下午第二节课后玩一会儿篮球，比较有意思。篮球场在教师宿舍后面的那个大场子上，习军只看不打。本来，他那么胖的身材，也经不起在那么大的操场上近一个小时的来回折腾。吉田、万丰打球打得好，对我的球技的好坏他们都不在意。因而，我钻进去充数也是可以的。为此，我专门从老李的商店里赊了一双球鞋，放在床板底下打球的时候穿。

我最得意的动作，不是篮板下面抢球而是投篮。打球打了那么长时间，篮板下面我基本上没抢到过球。我偶尔接到一个球，转身就往篮板上扔，像扔一块石头一样扔出去。当然了，大多数都砸着了篮板，但没有投中。有一回，我站在中锋那儿也将球扔出去了，不过，这一回倒给我投中了。注意，这是我站在中锋线上投中的。他们齐声说："好球。"我心里道："好个球，还不是瞎猫捉了个死耗子。"不过，我还是很高兴，也很得意。

但是，值得一说的是，当时我的业余生活比他们几个都丰富。我除了钻到习军或者吉田的房里和他们一块儿吹牛，或者跑到操场上打球之外，比他们几个还多了一项就是听收音机。那是在我一个人待在我那间只能容下一桌一椅和一张单人床的宿舍兼办公室的房间里的时候。

假如有人问我：你的收音机是什么时候打开的？我会说，我是一进宿舍门就打开的，或者说，我开锁进门之后的第一件事就是开机子。机子打开，先让它响起来，我才干我的事儿。它一响，我便觉得什么都对了。它在桌子的一头哇里哇啦响它的，我在桌子的另一头忙我的。它播它的新闻，唱它的歌曲，插播它的广告；我看我的书，备我的课，批我的作业。我们俩各忙各的，互不干扰，和平共处。不知不觉中，它的一档又一档节目播完了，我要读的书、要备的课、要批的作业也完了。那时间过得真是快，一眨眼大半天工夫不见了。

我不仅在单位的宿舍里听，而且在上下班的路上也听。早上，在来学校的路上听；晚上，在回家的路上听。我上班时候带的随身物品主要有两样：一样是馍馍袋子，袋子里装着母亲早起才烙的热热的、香喷喷的馍馍；一样是收音机。收音机里储藏着许许多多我喜欢的新闻和好听的歌曲。下班的路上，我的随身物品主要还是两样：一样是第二天早上准备装母亲赶早烙下的热热的、香喷喷的馍馍的布袋子；一样是储藏着许许多多新闻和歌曲的收音机。

这收音机我是走一路，听一路。路上干燥能骑车子的时候，我就把它挂在车把上听。车子在坑洼不平的山路上，一颠一簸地跑。我挂在车把上的收音机，一面在车子前头甩过来甩过去地动，一面在那儿一如既往地为我播放。还是该唱的时候唱，该说的时候说，该到播广告的时候，那个播音员语速还是快得像狼撵来了似的。

要是天阴下雨，路上湿滑，车子骑不成了，我就把它和干粮袋一起斜挂在肩上。在风雨中，收音机是听不成的，但是我还是带着它，为的是万一半路上雨停了，我便可以听。如果雨真不停，我肩上沉甸甸地背着收音机，也不后悔。因为到了学校里后，在课余闲暇，在我的那间斗室里，我还是需要它的。

我平时当老师上课，寒暑假期便当农民帮母亲干活儿。那时候，家里种着八垧地，就母亲一个人务弄。一个人务弄八垧陡峭不平的山地，就是一个壮实的男人也吃不消，再不要说身材本来就矮小、体质又不大结实的母亲了。我虽然干活儿不麻利，但是我多干一点儿的话，母亲就少干一点儿。因而，无论寒假还是暑假，我都要帮母亲干她那些永远也干不完的农活儿。不过，我干活儿的时候也还是不忘记带上我那皮实的收音机。不管平时的拉车挑粪，还是麦六月的割草收麦，我的收音机总是不离身的。

我平时走路的时候，把它挂在我的胸前听。拉车的时候就不能这么挂了，因为拉车的时候得弯下腰。山路上，腰一弯，有时候整个上身就要贴着地面了，所以这时候收音机就不能挂了。那怎么办？放到车厢里。可是，车厢是木头做的，木头是硬邦邦的，而我们那里的路又是山路，山路是坑坑洼洼的，硬邦邦的车子行走在坑坑洼洼的山路上，当然是很颠的。车子有时候颠得厉害了，放在车厢里的筐子呀，铁锨啊，木头刨子啊，甚至装满化肥的大袋子，都会被颠到外面去。我的收音机放里面，它照样会一视同仁毫不犹豫地去颠它。我怕摔着或碰着我那心爱的收音机，因而将它放下后还要用筐子、袋子，有时候甚至脱了我的外套从四面围起来，这才打开来边走边听。

挑粪的时候就好办了，我将收音机直接挂在扁担头子上。我肩挑着粪担，一边一步一步往前走，一边听着收音机。听新闻，听广告，听音乐。尤其是音乐，听到高兴的时候，我也跟着它的节拍韵律，一面哼哼啦啦唱，一面还想手舞足蹈，竟然忘记了自己肩上还有一副五六十，甚至六七十斤的粪担子。

我们那儿人把六月不直接叫六月而叫麦六月，意思是那是收割麦子的时节，又形象地叫它虎口夺食的时节。那可是庄稼人一年里最忙的时候。你要问到底能忙到什么程度的话，我会告诉你大家忙的时候吃也顾不上，喝也顾不上。有句俗话说得更形象，它说：六月忙，六月忙，麦黄顾不上拔豆子，天亮顾不上穿裤子。

我当然也忙。要拔豆子，要收麦子。当洋麦、莜麦差不多都黄了的时候就更忙了。可是，再忙，我的收音机还是一步不离我。我到麦田里后，先割开一块麦子，把麦把子匀匀地摊开，将机子放到麦把子上面，拧开开关，让它在那里哇里哇啦响。我这才挽起袖子，拿起镰刀，霍拉霍拉开始去收割。

我那个收音机能收到很多节目。有中央台的，有地方台的。不知道为什么，那时候我最爱听中央台。因为听多了，听惯了，许多从未见过的主持人、播音员，我也便很熟悉了。常常是一听到声音，我就知道他是谁了。方舟、于芳、傅成励、虹云、雅坤、李江等老师的声音，至今还回荡在耳边。他们主持的节目，我也十分熟悉和喜欢像傅成励、虹云老师主持的“午间半小时”，雅坤老师主持的“今晚八点半”，还有“对农村广播”“科技·知识·

生活”以及军事节目等。“今晚八点半”节目我听得很入迷。节目开头那段悠扬的旋律，像醇酒一样让我陶醉。这些节目快开始的时候，我就按捺不住激动的心情了，我像等待情人一样等待着它们的到来。一天，我没带机子，到节目快开始的时候我心里那个急啊，我冒着麦子还有大半坨子没有收割，而噼里啪啦的冰雹随时有可能从锅底一样黑的阴云里倾泻下来的危险跑回家，打开机子，一边听一边又往我干活儿的地头上走。

结婚后，我这种习惯也没改。不仅没改，还影响了我的妻子。向来对什么都无所谓的她，竟然也喜欢上了收音机。当时中央台播出的“周日特别奉献”，更是我们都喜欢的一个节目。这个节目只有在星期天早上才播出，而那时候正是干活儿的好时间。但是，当这个节目开始之后，我们还是不顾母亲的责怪，放下手中的活儿，坐到机子跟前，像兔子一样长长地竖起两只耳朵去听。我们屏住呼吸，话也不敢说，生怕漏掉一个字。

我不仅听它，还拿它当钟表用。一听到某位主持人主持的某个节目，我就可以报出时间了。有时候，简直一分都不差。有一天割麦子，已经割了好长时间了。妻子忽然问我几点了。我随口说：“五点过六分。”她转过身，将信将疑地问我：“你没看表，就知道五点过六分了?”我头也没抬地说：“不信你看表。”她一看表，果然是。她问我是怎么知道的。我故作神秘地说：“呵呵，这个嘛，太复杂了。”妻子还是想知道，她说：“是不是撞着了一回?”我当然是撞着的。但是，我还是要装装我确实能干，因而故意露出一脸高深莫测的样子。可她就是想知道，这下我不得不向她解释说：“五分钟的正点新闻完了，‘科技·知识·生活’节目才开始，不是五点过六分，还能是几时?”

头一回在城里过年

奔波了这么多年，总算在城里搞了一套房子。跑市场买材料，找工人搞装修，铺地贴墙打顶棚。叮叮哐哐几个月后，房子终于装修好了。住进新锃锃、亮堂堂的房子里，一家人满心里的高兴自不待言。转眼快到年关了。不过，我们还是像往常一样，买东西准备回老家过年，往年这时候我们就这样。腊月二十四五或者二十六七随便哪一天，我们一家子总要打点起行李，锁了门，告一声房东，扛大包拎小包，紧走慢赶向车站去。最晚，也不能超过腊月二十九。因为二十九一过，就到三十了。三十回家，那可太迟了。三十中午一过，爷爷就要端了香马盘到祖坟上烧香磕头。烧完香、磕了头之后，有的年份，爷爷还要恭恭敬敬地把祖先们请到上房的桌子上来过年。那样的话，从祖坟上回来后，还要跪到大门口给门神烧香磕头，央求他老人家给我们的先人们让让道，好让他们进去过年。我当然也跟在爷爷后面烧香磕头，恭请那些从来没有见过面的先人们。老家过年，人总是那么多。三十晚上，我们一个家族二十几口人都来到四叔家的上房里，把爷爷奶奶围在中间，说说笑笑。如此热热闹闹、红红火火，那才叫过年。

正当我们把东西买好了，准备回家时，忽然听一个好友说，城里人有讲究，就是住了新房子后，头一个春节一定要在新房子里过。我听了后，不禁感慨道："没想到，这城里人也有这么烦琐的讲究。"说归说，但做也得做。于是，我们便将买好的东西搁在一边，又收拾着准备在城里过年了。

这可是头一回在城里过年。在老家过年过惯了，今年忽然在城里过年真还有些不习惯，但我这心里还是挺高兴。妻子儿子当然也都很高兴。我们都想过个城里年，看看人家是怎么过的。

儿子高兴是高兴，可是那几天他还是不时地念叨着老家的他奶奶和娟娟、康娟、瑞瑞几个。因为他老早就在电话里跟他们说了，说他一放学就回去看他们。现在，忽然说要在城里过年，他虽说心里也高兴，不免还是有些想家，因而说："爸爸，我们在城里把三天年一过完，马上就回老家，好不好？"我听了十分不解地问他："你就那么急？"他说："我跟我奶奶已经说了，过年的时候回家。再说，我回去了，要跟娟娟他们几个玩儿。"我说："当然可以。"

接下来的几天，我们还是跑市场进超市，置办年货。那天，儿子又提到这事儿。我听了之后，心想，现在正是农闲时节，母亲有闲时间，还不如把她老人家接到这儿来过年。自从住进新房子之后，她老人家在电话里一直询问新房子的事儿，但是究竟怎么样她也没有见过。她老人家来了，就可以实地看看了。再说，母亲也从来没有在城里过过年。我们大家一起过一回城里年，看看人家是怎么过年的吧。我这么一想，便顺口对儿子说："我们过年的时候把你奶奶也接到我们家里来，你看怎么样？"我的话一出口，就得到儿子的拍手赞成。妻子在一边听了，也表示同意。

于是，我当下给母亲打电话。母亲听了，当然也很愿意。

接下来，我们便又按母亲要来这儿过年的要求置办年货。那天，我和妻子正商量如何接母亲的事，在一边玩耍的儿子跑过来又插话说："爸爸，把娟娃和康娟也接来，我们一块儿玩，怎么样？"我听了之后，心想：这也好。因为儿子是在老家生的，还在那儿长了好几年，和侄子侄女几个一直玩耍玩惯了。记得他刚到城里时，天天想念他们，有时候在睡梦里还喊叫："娟娃，那是我的。"今年，他自从暑假回去和他们几个一起玩了几天之后，又是大半年时间没见了。让他们几个在一起玩玩，当然是很好的事儿。孩子玩得高兴，这个年过得就更好。我便说："当然可以。"

计划已定，于是，又给母亲打电话。母亲听了，也很高兴。

为了过好这头一个城里年，我和妻子着实忙起来了。那几天，基本上每天都是早出晚归，采办年货。每天早上一起来，匆匆吃了早餐就出门。超市转完了转商场，商场转完了转市场。每次回来的时候，大包小包提回来一堆。

已经采购了好几天，也采购了很多东西。我以为什么都有了，一盘点，结果还是这个没有买或者那个买得有点儿少。那天晚上，儿子问我："爸爸，明天干啥去？"我说："采购，办年货。"他不解地问："都办了这几天了，还没有办完吗？"我说："没有。"他问："你还要买啥？你平时用钱那么节省。"

妻子在一边也帮儿子说："你爸就那个样子，节省的时候，一碗牛肉面都舍不得吃；奢侈的时候，什么都舍得。"我说："就你们的正确，我什么都是错的。"娘儿俩听了又朝我笑起来，笑我明明有错，还死不承认。我对儿子说："你奶奶要来了，再说，咱们头一回在城里过年，又是在新房子里过年，能不多买些东西吗?"儿子说："我就说说。"我又指着他笑着说："你们仨孩子，见了垃圾零食一个个像馋猫一样，你说，不买些行不行?"

话说回来，他们的话还是说对了。我平时买东西总是很节俭，每添置一件东西都要考虑再三。要不是非用不可，我是决不会出手的。妻子打工挣不了几个钱，我的那点儿工资又不高，一家三口人在城里生活只有省吃俭用了。这一回我却大手大脚，所以儿子也觉得怪怪的。也许我是人逢喜事精神爽，也许我是腊八粥喝多了，总之，一到超市里，不管见了什么东西，也不管适用不适用，只要看着顺眼，就往购物车里投。每次到收银台前掏腰包付款的时候，才发现这一回钱花得又多了。钱是花多了，不过倒没有把货物退回去的想法，还自我安慰道："穷一年不穷一日。"

那几天，儿子看我这么大手大脚地花钱，他也跟着手大起来了。见了玩具买玩具，见了吃的买吃的，见了喝的买喝的。糖果、杏脯已经买上了，可见了葡萄干、核桃仁之后也想买；可乐、雪碧早买了在家里放着，可见了橙汁也说想要。果冻、牛板筋、辣片，以及其他大塑料袋装的、小塑料袋装的、大塑料袋里套小塑料袋装的，儿子见了也都想买。我看他买得高兴，也跟着高兴了。我也是不仅买，还想多买，因为这一回是三个孩子。

这样采购了几天后，屋子里终于硕果累累了。客厅的拐角，卧室里，厨房里，阳台上，凡是可以堆放杂物的地方，一摞一摞都堆放着。从来没有买过这么多的零食，儿子甭提有多高兴了，像猴子进了花果山一样，拿起这个包看一看捏一捏，觉得不好丢下了，又拿起那个包看一看捏一捏，还把鼻子凑到跟前闻一闻。如果是喜欢的多看一看，不喜欢的又丢下了。要是确实碰上自己喜欢吃的，便问我："爸爸，我想尝尝，行不行?"我说："当然行。"但我总是小气，随后又补充一句："别忘了，还有她们俩呢，还有三十晚上呢。"他一边说"我只尝一点点"，一边拍着小手道："爸爸，我们今年的年货可真丰盛，城里过年真好。"

给孩子们买了那么多好吃的好喝的，看见儿子高兴，我也很高兴，因而也产生了大功告成的沾沾自喜。妻子却在一边说："怎么，房子再不收拾了?"我说："新新的房子才住了这么几个月，收拾啥?"她指着阳台道："虽然大扫除没必要，但是过年的装饰也不能没有呀。不要个彩灯什么的？就这个样子，叫过年?"我想也是。

我们没有房子的时候，每当过年时候从人家楼下走过，看见人家阳台上一闪一闪的彩灯心里痒痒的。那时候，妻子总要站在楼下看好一会儿再走，并且说："等我们有了房子，也装个这样的灯。你看，五颜六色的，多漂亮。"那语气里含着一种想得到又因得不到而产生的极为热切的期盼。现在，我们有了自己的房子了，不买几个那种一闪一闪、五颜六色的灯来装点装点，实在有些说不过去。于是，第二天，我们又买彩灯去了。我们跑了几家专卖彩灯的商店都没看上，最后在"温州城"二楼一家灯具店里选购了一串。另外，还买了两个大红灯笼，绸子做的，看起来很大气。我觉得，有了这些彩灯、灯笼的装饰，今年的年过得红火热闹是肯定无疑了。

那天，母亲带着俩孙女来了。两天之后，就是大年三十。那天从早上开始，我们就做着过年的最后准备。我让孩子们把各种吃的、喝的都拿出来。我把买来的彩灯也安好了。一通电，顿时红的、黄的、绿的，一闪一闪亮起来。整个屋子里一下子就有了过年的气氛。几个孩子都说好，妻子从厨房里探头看了也说好。但是，在一边的母亲则淡淡地说："好是好，但就是少了些。要是给客厅也挂一串，那会更好的。"我说："妈，不用了，那样太俗气。"妻子也说："客厅现有那个大'春'字，到时候挂上就可以了。"母亲听了，啥也没说。能看出来，母亲心底里还是不大满意。

彩灯挂好后，我还是忙着手中的活儿。过了一会儿，我无意之间发现母亲不在屋子里，就问儿子："丑子，你奶奶哪里去了?"儿子说"不知道"。两个侄女也说"没在意"。妻子笑嘻嘻地对儿子说："我猜你奶奶又去买灯了。"儿子不解地问："你怎么知道的?"妻子说："我猜的，不信你看。"

过了一会儿，母亲敲门进来了。一看，手里提着两串灯。我们见了都哈哈笑起来，娟娟、康娟笑着跑过去抱住妻子，说："大妈真是神算。"母亲也被我们笑得有些不好意思。我说："既然买来了，就挂上吧。"我把它挂在厨房的推拉门上。通了电，红的、绿的、黄的，又一闪一闪地亮起来。先前母亲说再挂一串就好了，我还不信，这不，挂了之后真还增色不少。它跟挂在阳台上的那两个红绸子灯笼以及挂在客厅的那个大“春”字交相辉映，整个屋子里过年的气氛更浓了。

我满头大汗，忙乎了大半天，该挂的挂了，该贴的贴了，满以为好了就洗了手，坐到沙发上休息去了。我坐在那儿，一面欣赏着自己的杰作，一面得意地问大家：“你们看，怎么样?”儿子和俩侄女看了都说好。母亲从沙发上起来，先走到阳台那边看了看，后来又走到厨房那边看了看，这才说：“好是好，只是那个如意结挂得太低了。”

正在厨房里洗菜的妻子听了之后，走出来看了一下，也说有点低。我听了之后，心里虽有点儿不服气，但还是搬来椅子爬上去重新挂了一次。这一回母亲看了之后，说：“可以了。”

在这方面，母亲总是很挑剔。我知道，母亲说可以了，别人便也不会说出什么不同的意见了。我放好椅子，也学着母亲的样子，在屋子里这里看看，那里看看。这一回，我也是带着挑剔的眼光从不同的角度看的。我发现，听了母亲的建议重挂了之后，效果真比以前好多了。母亲在一边瞧我这么看，便带着表扬的口吻说：“这样一挂，年一下子就来了。”

我辛苦了那么大半天，感觉该布置的也已经布置好了，心想，现在总该歇歇了。于是，便去卫生间洗手了。我想洗了手好好歇一会儿。刚拧开水龙头洗手，忽然又想起“门神”、对联都还没有贴。于是，便又擦干了手，拿起了“门神”，也就是那个大“福”字以及那一副春联，开门去张贴。我一手拿着透明胶带，一手提着那张“福”字，正在门扇上比画着贴时，忽然想起时间来。于是，隔着门问里面：“现在是几点?”里面回答说：“十一点不到。”我口里惊道：“怎么十一点还不到?”

这太早了。爷爷早说过，门神一贴，先人们就不敢进大门过年来了。想到这儿，我便又提着“门神”、对联和透明胶带进来了。

我已经进来了，但是随即又想，这里不是老家，我在这儿干什么爷爷又看不见。即使我天亮就贴了，爷爷也是不会来过问的。再说，这里是这里，老家是老家。何况，我的那些先人们也找不着我的新家。他们生前正正经经连个县城都没去过，更不要说省城了。贴了吧，管他呢。我说贴就贴。

这春联是市场上买的，字当然比我写的好多了。但是，它贴上到底没有自己写的那么富有年味。过年在某种程度上过的就是一种心情，一种味道，以及为过年而奔波的过程。别人送的这个印刷的正楷大“福”字虽也好看，但是它还是比不上老家过年时从集市上买来的、手工制作的粗糙不失威武的“秦琼”“敬德”年画。不过，当我张贴了之后，退到七楼平台去看时，发现这红红的春联、红红的门神还是蛮不错的。我忽然觉得，春节真的来了。

老家有句俗话：紧腊月，慢正月，不紧不慢的十一月。腊月本来就过得快，这三十日过得似乎更快，一转眼就到下午四点多了。我所有该准备的都已经准备好了，只等着吃年夜饭。可妻子还在厨房里，两只袖子挽得高高的忙着。切刀切到案板上发出的叮叮哐哐的响声和她那忙得满头大汗的样子，似乎告诉我年夜饭还没有底儿。我问道：“你今天到底做了些什么，从天麻麻亮就忙乎，忙乎了这么大半天，年夜饭还不见好?”她一边忙着剁一边说：“你就会说，也不过来帮帮。要过年了，总也得准备准备。”我以为她又要准备什么了，便想过去帮去。可当我过去时，她又说：“去去去，别挡人。”我也乐得清闲，她叫我去我就去。于是，我又退回来坐到沙发上，陪母亲说话。

过了一会儿，妻子终于在厨房里大声喊：“娃子们，饺子包好了，你们现在吃还是过一会儿吃?”连喊几声，听不到一个孩子的回答声。原来，他们几个在卧室里嘻嘻哈哈正玩得高兴，哪有兴趣吃饭？母亲说：“午饭才刚吃过不长时间，还饱饱的，过会儿再吃吧。”我也顺着母亲说：“过会儿就过会儿，中午吃得迟，还饱饱的。”

快六点的时候，妻子又提醒说：“年夜饭要早点儿吃，别忘了今晚还要看春晚呢。”我也说是。于是，妻子又系了围裙，钻进厨房。不多时候，饺子端上来了，两大盘子，热气腾腾的。母亲放下手中的针线活儿，坐到桌子前。几个孩子还在卧室里嬉笑打闹着。我喊道：“娃子们，饭好了。”喊了几遍，没人理。母亲说：“不管了，他们早都吃零食吃饱了。”我说：“羊肉馅儿的，两个姑娘不是很爱吃吗?”妻子推门进屋，推搡着把他们一个一个硬是弄了出来。

仨孩子坐是坐下了，但是吃得都不多。儿子只吃了几口就放下筷子不吃了，俩侄女连看都没看一眼。我说：“不吃凉粉的腾板凳，走远。”仨孩子拍着手齐声说：“好，腾板凳，腾板凳。”一个一个溜走了。娟娟还转过脸一面摆手，一面说：“我们有那么多好吃的，谁稀罕你这个饺子。再见。”

只有我们三个留在餐桌边，一边吃一边聊。过了一会儿，康娟走到餐桌边，拉着我的胳膊，脑袋一摇一晃地说：“大大，你看，我们的年大不大?”我回头一看，不小的茶几上摆了满满一茶几。之前我们花了好几天东奔西跑采购来的，都叫他们几个给大包小包地摆上了。我不禁叫道：“嘿！真丰盛。”母亲和妻子见了，也都笑说：“你们的年可真大啊。”

三个孩子围在三面，吃吃这一样，尝尝那一样。可乐、雪碧、橙汁斟了满满几杯子。娟娟老远地喊道：“来，碰一杯。”儿子、康娟都应道：“碰一杯。碰一杯。”

我向来是反对他们吃垃圾食品喝垃圾饮料的，但这一回看他们有鼻子有眼地摆了这么一桌子，心里还是很高兴。看着这些包包袋袋、瓶瓶罐罐、花花绿绿地摆在那里，那么显眼，自己不觉也馋了，忍不住跑过去，这个袋里拿一块尝一尝，那个袋里抓一块品一品，还顺手端起了一杯饮料，咕嘟咕嘟喝起来。妻子在一边老远地笑着说：“你只会说人，你看你那馋样子，”一边又说，“康娟，给我也抓点来，我尝一尝。”

这时候，窗外传来噼里啪啦的声音。康娟赶紧跑到窗子前面看去了。一看，是放爆竹的，她便结结巴巴地问：“哥——哥，哥——哥，楼下面的娃娃正放炮，我们放不放?”我说：“你哥哥见了放炮的，躲都来不及呢，还敢放那个!”

饭后，母亲又拿出了她的针线活儿，坐在沙发上一针一线做起来。我说：“妈，你放着，腊月三十了，你还做?”母亲笑着说：“这有啥，又不吃力。不做，反正也是闲坐着。”

我早已在电视机前等候春晚了。妻子眼睛不时地往电视上扫，说：“今年不回老家，也没什么干扰，要好好看看春晚，”并一再叮嘱我，“春晚开始了，告诉我。”

因为那时候春晚还没有开始，她便钻进厨房里收拾锅碗去了。她系着围裙，在那儿洗呀刷呀，但心里好像还是不大踏实。所以，过一会儿问“春晚开始了没有”，我说没有。过一会儿又问“春晚开始了没有”，我说没有。之后不久，她又问我“开始了没有”，我说：“你别急，你厨房里没收拾好，人家是不会开始的。”

我是很喜欢看春晚的。可惜，那几年在老家从来没有好好看过。因为春晚开始的时候，正是我们的老祖先们被请上桌子享用香烟和祭品的时候。先人们一到家，总得有人陪。因而，先人们没打发走，我们也不得闲。再说，我们一个大家族二十几口人，三十晚上都来了，上房的炕上黑压压地坐了一炕，把爷爷、奶奶围在中间，吃吃喝喝、说说笑笑的，春晚再好也不想离开。大家喝酒的喝酒，夹菜的夹菜，嗑瓜子的嗑瓜子，一直进行到爷爷终于撑不住了，打着哈欠说："时候多了，送先人吧。"

我们虽都意犹未尽，不想散席，但是爷爷说了也不能不听。于是，大家便哗啦啦一片声儿下炕了。先撤贡品，贡品撤了之后，便烧香磕头送先人。送走先人后，我们才有时间跑到电视前看一会儿春晚。那时候都快十二点了，因而看不了多长时间春晚就完了。

今天，在这里，我们可没有那么多的事儿。我们一家子坐在这儿，想说就说，想看就看。平时三十日只顾着裱糊厨房里的纭子、春叶、凤签（三种用各种颜色的纸剪制而成的装饰品）的母亲，今晚上也不做这些事儿了，而是坐在沙发上安心地看电视。母亲眼瞅着电视，口里不时问我："开始了没有?"

春晚终于开始了。我看春晚，最喜欢看的当然就是赵本山、宋丹丹的小品了。除此之外，开头那几分钟的开场白也爱瞧一瞧。这时，娟娟、康娟和儿子也都凑过来了。娟娟看了一眼，似乎觉得没什么意思，也便坐在沙发那一头儿嘴里呜呜咂咂吃零食去了。她嘴里忙着吃零食，可那零食并不能塞住她的嘴，因而还不住地说这个问那个，扰得我也看不好。我说："娟娃，你能不能把嘴闲一会儿。"她龇着牙道："不能。"我说："你不能就靠远些，我实在不想听你说的。"可她说："我就爱待在这儿。"

我们叔侄正在这儿理论，母亲听见后觉得好笑，转过来说："娟娟就那样，吃了半晚上，还没有吃饱。好吃的东西连嘴也塞不住。"我偶尔一转眼，见妻子两只眼睛一刻也不离地盯着电视，生怕漏看一个画面、漏听一个字。

那会儿，出来的节目不是唱歌的，也不是跳舞的，这些母亲都不喜欢。所以，母亲也是看得有一搭没一搭的。便在一边拿着针线穿过来穿过去，继续做她的针线活儿。终于，出来了小孩子们唱歌跳舞的节目了，母亲这才放下手中的活计，认认真真看起来。母亲一面看，一面指着其中的一个小男孩说："你看，那个娃娃跟我的康娃长得多像。"

在看电视节目方面，我和母亲一样也很挑剔。爱看的看一下，不爱看的就眼向着别处看去了。如此跳过多少个节目后，终于赵本山和宋丹丹的小品出来了。看见他们俩一瘸一拐走路的样子，我们拍着手叫好。坐在一旁的妻子笑得眼泪都出来了。母亲则在一旁说："这有什么意思。"说着，把本来放在沙发上的针线活儿复又拿起来做去了。我们则越看越觉得有意思。正当我们被他们俩的精彩对话惹得抱住肚子、笑得前仰后合的时候，母亲仍是一副若无其事的样子，继续做她手上的活儿。我说："妈，你看，这才好呢。多有意思。"她说："这有啥好的。你没看，他们俩坐在那里，本溜溜（一本正经）地只是说嘛。"我说："他们俩说的才好呢。"母亲说："我一句都听不来。"

母亲真幽默，怪不得她不爱看。

将近十二点了。窗外的爆竹声突然多起来，声响也大起来了。一团一团的烟火，映得前后窗子红一阵，绿一阵，蓝一阵。这么多的爆竹，这么大的声响，我以前从未见过，也从未听过。老家耍社火的锣鼓声够大够响了，敲打起来，整个山湾里一片轰鸣。但我觉得，比起这个来，它还是差多了。康娟看了这烟火，高兴得不知做什么好。她看见前面有火花闪起，就噔噔噔跑到阳台上，踮起脚尖，把头伸出窗外去看，一面惊叫道："多好看，奶奶，快过来看。"喊完她奶奶，她又朝我们大声喊叫："大大，大妈，哥哥，快来看，五颜六色的，多好看啊。"

我禁不住诱惑，也到阳台上去看。果然，漫天的烟花沫子，像雪一样纷纷飘落下来，红的、绿的、黄的、紫的，闪烁迷离，映照得半个天空五彩斑斓。我说："这是城里人过年时候放的烟火，你看好不好?"她拍着手说："太好了，跟以前在电视里看的一模一样。"

看完这一波烟火，我们便回到座位上继续看电视。刚一坐下来，小卧室那边又传来了响声，砰——砰——砰——，简直炸到楼顶上了。这一回，比刚才的声响大多了。儿子两手捂住耳朵问："咋了?"康娟听见后，便又噔噔噔跑到小卧室里去了。她又是边看边喊道："你看，哥哥，比刚才的还好。"

儿子还没来得及回答去还是不去时，从阳台这边又传来同样"砰——砰——砰——"的爆炸声。康娟听见后，又噔噔噔跑到阳台这边看，还不住地喊叫："哟，这么大的声音!"

那时候，响声一阵紧似一阵，一阵大似一阵，震得人耳朵都难受。说自己不怕爆竹的康娟，这时候我看见她也用两手捂住了耳朵。不过，她还是没看够，还在前面的阳台与后面的小卧室之间来回奔跑。她仍然是一会儿噔噔噔跑过来，跑到阳台这边看，一会儿又噔噔噔跑过去，跑到小卧室那儿去看。她还是一边跑一边喊："你们快看，那个蓝色的又上天了。"一会儿又听见她喊："你们看，那个紫色的又上天了。"

本来已经看了几遍的母亲，看见康娟如此高兴也坐不住了，再次起身去窗子跟前看。母亲一面看，一面不住地啧啧赞道："好看。好看。"

我们在那儿看着一团一团的烟火升起来又落下去，大赞"美丽""好看"时，忽然有人问："娟娟呢?"听到这一问，我也记起她来了，于是问道："就是，她那么好事的人，怎么没看?"

在一边看电视的妻子慢悠悠地说："娟娃早已下四川了。"我问："睡着了?"她说："她零食吃多了，先一会儿就叫唤胃上不舒服，我叫她睡去，我说睡一会儿就好了。"

妻子说着，便走过去叫娟娟。但是，不管怎么叫，她都不起来。康娟见状便自己跑去叫。我听见她在那边"姐姐""姐姐"不住地叫，但是并没有听到娟娟的回答声。我心里道："只是吃多了，不会有别的事儿吧？这么深更半夜的，又是大年三十，一个医生也不好找。"

我这么想着，便站起身往那边走，我想看看她到底怎么了。我刚走了两步，便听见她在被窝里答道："少麻烦，我瞌睡得很。"我听见之后，这才止住了脚步。

儿子也知道她的脾性，说："康娟，算了吧，"还说，"有什么大惊小怪的，不就是个烟花嘛。"我说："城里人放的烟花跟我们老家的不一样，看看也好。"

这烟花我们几个都看了，就娟娟和儿子没有看。娟娟是因睡着了没有看，儿子我知道他是因为害怕爆竹所以没有看。可是，这烟花太好看了，儿子不看真有些可惜。于是，我便走过去，对他说："你不要害怕，你也看一看，这个真好看。"

在我的再三劝说下，儿子才同意了。当我拉着他到阳台那儿时，正有一团很大的烟火腾起来。一霎间，整个小区的上空亮如白昼。附近其他小区的上空，也是一闪一闪的，耀眼夺目。一阵一阵的爆竹声，震耳欲聋。儿子看了之后，也说：“嘿，还真好看，比往年在元宵节上看到的多多了，也好看多了。”

我站在阳台上看了一会儿后，便回到沙发上看电视。不过，这时候的节目都是跳舞唱歌的，没什么意思。我忽然想起老家来。老家过年，这时候正是大家下炕撤贡品、找香盘，准备送先人的时候。也许，他们现在正在桌子前烧香磕头拜先人呢。于是，我便给二弟打电话，询问这会儿家里的情况。电话一拨就拨通了。二弟说了许多今晚的情况，说父亲和瑞瑞早睡了，还说今年家里过年的人少，没有意思，年味很淡。

我掐指一算，这才发现，我们一个家族二十几口人，竟有九个在外过年。三弟在河北，亚娥妹在苏州，变娥妹过门到新疆，我们六个在这里。家里少了这么多人，怪不得说没意思。二弟还说三叔又喝醉了。我说：“他就是爱喝酒。啥时候不论走到谁家里，只要一见酒，不管人家情愿不情愿就端起来喝。而且，光喝还不算，非要醉倒不可。”

挂了电话，一看表，已经是凌晨一点钟了。这时，春晚的好多精彩镜头还在脑海里萦绕，像放电影一样，一幕一幕放映着，怎么也没有睡意。便又和母亲聊起来，才聊了几句，就看见母亲的眼睛一睁一闭的，看来她老人家很困乏了。我说：“妈，你瞌睡了，睡吧。”两个孩子一听，一迭声儿说：“早着呢，再玩一会儿，”还说，“一年有几个除夕夜。”我说：“好好好，再玩再玩，反正明天不上学，你们想玩到什么时候就玩到什么时候。”

父亲回家

我小时候最期待的事儿就是父亲回家。因为父亲一回家，我就有糖吃了。那时候，我是多么喜欢吃糖啊。运气好些的话，还有苹果、梨或者柿饼之类的好吃的。

当时，我父亲在一家国营大型煤矿的建材厂当工人。我当时最引以为豪的，就是我有一个当工人的父亲。因为父亲是工人，再加上母亲又是我们那一带有名的裁缝，所以，我平时穿的衣服总比别的孩子的新，也合身。在我的记忆中，整个新庄小学五个年级一百多个小学生中，我穿的衣服最新最合身。

那时候，全大队的干部社员经常在我们的校园里开大会。因为我穿的衣服新又整洁合身，他们都认识我。每次开会，他们在校园里见了我都要指指点点，说一说，看一看。还有的人把我拉过去，揽到怀里亲一亲。一面亲，一面给旁边的人介绍说："你看，这就是鲁儿。"末了，常常还要加一句："他爸爸是工人。"

我年龄虽小，但也晓得这句话的意思。要知道，他们都是农民。当时，全大队当工人的总共三个人，我爸便是其中的一个。我那些衣服破旧的同学们听了之后也都很羡慕。当我们坐在一起聊天时，他们常常还会问我："王臣（这是那时候我的大名），你家里一定很有钱吧？"有一次，坐在我后排的李改过还问我："你们家里天天吃什么？"

我说："苞谷面饽饽。"

"苞谷面饽饽？"她听了之后，一脸的不相信。

"对，苞谷面饽饽。"我说。

苞谷面饽饽，这可是那时候我们的家常饭。从公社的粮管所里打来的苞谷面，做饽饽最简单。再说，苞谷面本身粗糙，不像白面那么细腻，就是想做个其他样式的饭也不好做。因而，我们差不多上顿下顿都是苞谷面饽饽。

在旁边听着的其他同学也都不相信，他们都说："你骗我们，你爸是工人，你家里一定顿顿吃的是大米白面饭。"

我听了心里道："狗屁。哪儿有大米白面饭。大米长什么样，我连仔细看一看的机会都不多，更别说吃了。白面倒是仔细看过，但也只是在过年、过节的时候吃几顿。"于是，我笑着说："哪里，还不是跟大家一样。"他们听了仍然不相信地说："可你爸是工人，挣了那么多的钱。我们的爸爸是老庄稼人，庄稼地里是刨不出多少钱的。"

他们的话听起来真还有些道理。那时候，社员们在生产队里集体劳动，一年到头确实是刨不出多少钱的，而工人是有工资的，他们不相信我说的话也不是没有原因的。可实际上，他们大错特错了。

那时候，我们没有买过大米，也没有买过白面。家里我们娘儿几个，上顿下顿吃的都是苞谷面饽饽。要是哪一天有所改变的话，那就是母亲把苞谷面饽饽变成了苞谷面馓饭，或者苞谷面搅团。馓饭或者搅团，外形看起来跟饽饽不一样，但苞谷面还是苞谷面。

我父亲那时候一个月到底能挣多少钱，我不知道。他一个月挣下的那些钱到底能买多少大米白面，我也不知道。父亲不跟我们小孩子说这些。就是说了我也不会比较，也不知道它到底是多还是少。等我长大些了才听父亲说，他那时一个月能挣十七块五毛钱。十七块五毛钱不算多，但比起一个一年三百六十五天见不到一分钱、只靠生产队里的工分过活的社员来说，到底还是要多许多。因为生产队一年也打不了多少粮食，大家都靠吃统销粮过日子。我们的统销粮标准是每人每天八两苞谷。就这八两苞谷，有的人家因为太穷，还是打不出公社粮管所的粮。因为那也是要拿钱来买的呀。只不过比黑市上便宜些罢了。八两当中，四两是低价，另外四两是高价。低价每斤八分钱，高价每斤一毛二。那些没钱打统销粮的人家，只有先打出一些卖掉了，然后拿着这卖掉的钱把剩下的那些打回来。我们家里有父亲挣工资，统销粮是可以打回来的。再加上母亲在生产队里劳动挣下的工分分得的粮食，我们母子几个当然是饿不着的。但是，他们说的"大米白面"的生活，我们远远达不到。

对于父亲的工资，我的话还没有说完。父亲兄弟四个，父亲是老大。最小的弟弟，也就是我的四叔还很小，比我二弟大一岁。家里有三个叔叔，我三姑那时候也还没有出嫁。他们姐弟四个，加上爷爷奶奶六个人，也都是靠工分生活的社员。而挣工分的只有爷爷、奶奶和三姑，用生产队队长的话来说就是其他几个都是软食口（即只吃饭不挣工分的人）。当时，六个人要是全都是劳力，挣下的工分在我们那个人多地少的村子里也不见得能养活自己，更不要说还有一半人口是软食口了。因而，那时候父亲十七块五毛钱的工资，用途就不仅仅限于我们母子四个了，而是用于大小两家子、祖孙三代、十口人身上了。

虽然我们和爷爷奶奶家在几年前就已经分家了，可是，父亲每次回家时，第一脚总还是先踏进爷爷奶奶、姑姑叔叔们住的那个老宅院里。他从几百里外带来的那点儿水果糖、水果之类的吃食，也总是先交给奶奶，然后由奶奶分给我们叔侄几个。除了这些吃食之外，当然还有钱。父亲回来时，口袋里多多少少还装着些钱。不过，那是他最近一两个月积攒下来的。以前的，早通过邮局寄给了爷爷，又或者父亲的同事回家时，捎回来交给了爷爷。这一回父亲身上带的，也全部一五一十地交给了爷爷，爷爷再根据具体情况进行支配。

父亲在外面当工人，从我一岁那年起到我二十九岁那年，将近三十年时间。在我的记忆中，父亲回来时，我们一家三代十几口人像过年一样聚在爷爷的大上房里，说说笑笑、热热闹闹吃那顿晚饭。而父亲回家时带来的水果糖、水果之类的吃食，对我们孩子们来说，比父亲口袋里装的那几个工资更有意义，也更值得回味。

那时候，从靖远到通渭的班车，一天只有一趟。班车到达庄子梁时，差不多是下午四点左右。父亲下车后，肩上斜挂着那个黑色的塑料背包，手里提着那个帆布提包，深一脚浅一脚地往家里走。八九里的山路，步行到家差不多要花一个小时，因而，父亲到家时一般是下午五点左右。父亲回来的那个小半天，便是我们一家人的盛大节日。

我们沉浸在节日的气氛里，不仅因为我们有奶奶刚刚分发的水果糖和水果吃，还有一家人团圆的高兴。爷爷的土茶炉子里的火总是燃得那么旺，在柴火上咕嘟咕嘟煨着的罐罐茶的清香也一阵阵荡漾开来。爷爷还是斜靠在窗子跟前的墙根那，一面抽烟，一面问询着父亲厂里那几个他曾经见过的人的情况，也问询一些他只听过却从来没有见过的厂子里的情景。坐在茶炉子跟前的炕沿边永远笑吟吟的奶奶和总是远远地站在桌子跟前的母亲，也不时插几句话。她们婆媳的话题，大体是村里的新闻八卦，有时候也说说家里近一年或者近半年发生的事儿。孩子们则在一边，一面津津有味地吃糖果，一面又饶有兴味地听他们说话。

终于，到了做饭的时候了。奶奶便在一边笑着问："晚上吃什么饭?"

奶奶问这话的意思我知道，就是她在面柜底部还存着两碗白面，要等父亲回来做着吃。但是父亲一般会说："酸饽饽。"有时候也会说："酸搅团。"

父亲这么说完，其他人也都同意。可是，不论是酸饽饽还是酸搅团，我都不大喜欢。上顿下顿都是这饭，有什么吃头？有一回，我当着大家的面表达了我的意思，但父亲听了之后笑着说："你能代表大家吗?"那时候，我经常听"代表"一词，而对这一词语的真正理解就是在这一回。

实际上，当时说要吃酸饭的只有父亲一个人，其他人不过是附和。但是没办法，父亲说什么就是什么，大家也都向着他说话。我一个尕娃娃，说了谁人会听？

奶奶欣欣然接受了任务，便钻进厨房里做饭去了。切洋芋，擀饽饽，烧水。因为我们兄弟几个都在这边吃水果糖凑热闹，奶奶知道这时候我们兄弟几个也都是不愿意去我们那边吃饭的，所以这顿晚饭奶奶一定是做很多。我们几个不去，那边只剩下母亲一个人。所以母亲也不想到我们那边了。于是，母亲对奶奶说："妈，今晚上我也不想做饭了，你就多做些。"母亲还说："你慢慢收拾，我过去填个炕，填完了就过来帮你做。"

奶奶和母亲忙起来了。我们孩子们也有活儿，我们有的打扫院子，有的搅填炕，有的去河里抬水。当我们把这些活儿干完的时候，奶奶和母亲的饭也差不多熟了。饭被端到上房，大家都到上房去吃。爷爷的上房虽说不大，但也不小。据说，那时候，它是全大队最大最气派的一座房子。依我看，我爷爷这座六檩四的大上房，也就比地主张老爷家的厅子小了点儿。

虽说这房子也不小，可那晚上我们一个家族十几口人都挤到上房里，上房里就显得不那么宽敞了。有的在椅子上坐着，有的在地上站的，有的在桌子边上靠着。就这样，还是有些拥挤。三叔不怕冷，就直接坐在门槛上。满屋子都是碗筷声和嘻嘻哈哈的说笑声。那情景，简直就是大年三十坐夜迎新的样子。

后来，我去县城上高中。高中毕业后，又上了大学。大学毕业后，参加了工作。因为学习和工作的原因，从此，父亲每年回家时的情景我见得少了，我对父亲回家就没有什么印象了。但是，父亲最后一次回家的情景，倒是深深地印在我的脑海里。我想，我永远也不会忘记。因为父亲这一次回家，是他工人生涯中最后一次回家。确切地说，从此以后，他不再是工人，不过也不是农民，而是一个什么身份也没有的人了。那正是企业改制、买断工龄的年代，父亲像很多他的同事一样也买断了工龄，背着铺盖卷儿回家来了。

那时候，我参加工作快十年了。那一年，我正在老家的一所小学校里教书。这所小学校离家不是很远，我每天晚上都骑着车子回家。那天晚上放学后，我也像往常一样骑着车子回家，当我到家门口时，看见大门外堆着大大的一堆煤炭。

我知道，这是父亲回来了。因为前几天，几个消息灵通的村里人就传说父亲这几天要回来。对于父亲的这一次回家以及为什么回家，他们似乎比我们家人更操心，说得有鼻子有眼。甚至连父亲这次回家能带多少钱，他们都一清二楚。好像父亲这次买断工龄和卷铺盖回家，他们全程都参与了似的。

很显然，这些煤炭是刚刚从车上卸下来的。进到院子里，我所见的景象简直是一片杂乱。靠近西房那边的大半个院子以及西房檐下，横七竖八地摆放着杂物，大到床头、床板、铁炉子等大家伙，小到火钳子、夹子，甚至鞋子、袜子等小物件都有。这些都是父亲在单位上当工人的这些年用过的东西，现在都搬回来了。父亲是穷日子过惯了的人，因而这一次往回搬的时候，他什么东西都舍不得扔。后来，我还发现，他连一个黍子秆子做的扫床的笤帚也搬回来了。这个笤帚磨得差不多只剩下一个黍子胡胡（用黍子扎成的笤帚，用得只剩最后一点儿了）了，看它那个样子，我感觉它差不多跟父亲的工龄一样长了。

就这，还没有搬完。二姨父开着他的三马子，和二弟还在往回拉。因为父亲这次回来搬运的东西多，所以就雇了一个大卡车。那时候，我们这一截子山路还没有开通，仅有的这条山间车路只有三马子可以通行。大卡车从靖远开来后只能停在仙麻湾。仙麻湾离我家还有足足三里路，而且要翻一座山，过一条河。早在大卡车未到时，二弟就请好了二姨父。二姨父开着他的三马子，两个人翻山过河去转运。我到家里不多时候，就听见二姨父的三马子突突从梁头上响着下来了。

记忆中，多少次父亲回家，我们一家子都像是过年一样，欢欢喜喜、有说有笑地坐在爷爷的上房里，喝茶的喝茶，聊天的聊天。大家你一言我一语，说着里里外外的新鲜事儿。末了，还在爷爷的上房里热热闹闹一起吃一顿晚饭。父亲这一次回家却没有在爷爷的上房里，而是在我们这边的上房里。

以前，父亲回家后，总要请一些亲戚和村里人来喝酒，那是在过年的时候，或者父亲回来好几天之后。但是，这一次，父亲回来的当天就请大家来喝酒了。我到上房的时候，见园子里大爷就在炕上，我爷爷也在一边陪着。过了一会儿，二姑父也来了。又过了一会儿，发河大伯也来了。

父亲以前回家时，总是衣冠整洁。蓝布上衣新新的，帽子新新的，鞋子也是蓝条绒新布鞋。但是，这一次，父亲却不是这样的。我看见父亲的时候，他手里正提着一瓶酒从西房里出来。他到了上房后，一边将这瓶酒往炕桌上放，一边对大家笑着说："喝酒。"

园子里大爷听了，也带笑说："哟，一来就有酒喝。"二姑父、发河大伯也都笑着附和说："就是，我们一来就有酒喝。"父亲一面开酒瓶盖子，一面故作豪迈地说："喝。还有呢。"

站在一边的我也跟着笑了，但是我感到父亲这一次豪迈的言语听起来是多么不自然啊。我甚至觉得，那豪迈里还含着几分凄楚和悲凉。

父亲听了，又一次笑着说话了。不过，我还是感到父亲的笑和父亲这一次说话的口吻是那么勉强、那么不自在。父亲说："大家喝。这一喝，就再也没有了。"他还怕别人不理解，接着又加了一句："我不当工人了，买不起酒了。"

父亲的这句话让当时在场的我心里十分难受。也许是我太达敏感，又或者有些自作多情。但那时我觉得我的难过也是在情理之中的。那时候，我因下海失败心情本来不大爽快，加上二弟那几年打工也不大顺利，三弟还在上高中，而我家又是人多地少的家庭，没有多少土地可种，父亲的工资对这样一个大家庭来说是多么重要啊！但是现在，父亲回来了。

我估计父亲这句话，让在场的许多人听了之后都有和我一样的感觉：凄楚和悲凉。不过，他们谁都没有说出来。还是机智又风趣的园子里大爷打了圆场，他笑着说："哪里的话。还有呢，还有更好的呢。"

园子里大爷的话，我在一边听得清清楚楚、明明白白。他的话听起来那么顺耳，那么温暖。但是从父亲的口气和脸上的表情，我还是能看出来，父亲这一次并没有开玩笑。虽然，他说话的时候，是带着笑容的。父亲出生在人人世代务农的这个大山沟里，他十九岁之前又是在这个大山沟里劳作的，这里的生活怎么样，他有一本清账。当年他去靖远当工人，不仅是他本人的荣耀，也是我们这个家族的荣耀，更是这个大山沟的荣耀。我们这个家族，多少年、多少代都在务农，当年的工人可以说端的就是铁饭碗，跟国家的正式工作人员一样。对于一个祖上世代务农的人来说，没有一条出路比这个更好的了。现在，父亲回来了。这等于丢掉了铁饭碗，丢掉了正式工作。父亲心里的失落是可以想见的，况且那时候他肩上的担子还重着呢。

我忽然发现父亲的头发花白了

那几年，我在老家教书。说是教书，用父亲的话来说，就是胡整。因为我人在教书，心里却想着与教书无关的事儿，后来竟然还辞职下了海，害得父母亲为此担忧了好一阵子。要知道，我是我们祖上有家谱记载以来，几百年、几十代的唯一的大学生。当时不仅父亲说我胡整，母亲也这么说。我周围的每一个人，也都这么说。

不过，也不怪他们如此担忧。像父亲母亲一样的农村人，没人不崇尚也没人不向往铁饭碗。母亲还好，唠叨一下也就完了。但从她那阴沉的脸色可以看出来，她很是为我以后的生路担忧，只不过，她是把更多的忧虑深深地埋藏在心底罢了。在那段时间里，母亲变得很忧郁，很焦躁，说话少了，情绪也变坏了不少。

父亲的变化更大。父亲本来是个胆小的人，自从我这么胡整以后，他见了我像见了仇人似的，话也不说了，即便说，也是夹枪带棒的嘲讽和些没好声气的鄙夷之词。

当然，这也不怪父亲。那几年父亲的压力也很大，我们兄弟仨都不少让他老人家操心费神。我是因为胡整、不上进让他操心；二弟呢，长年出外打工，挣不了几个钱不说，那几年他身体也不好，时不时地还要吃药；三弟身体也不大好，还因为上学的事儿也没少让父亲费神。

我下海失败后，回到老家的小学教书，这让胆小的父亲得到了不小的安慰。但不务正业、喜欢折腾的我，又在谋划着新的胡整了。在老家教了两年书之后，我于世纪之交的2000年夏天取得了到省教育学院进修的资格，并在秋后去了那里进修。不过这一次，当时已经买断工龄、回家务农的父亲倒是没有明显地反对或者嘲讽。但他老人家心里一定在想，这家伙又要瞎折腾了。

而这一次，母亲则表现得很是高兴，积极支持我。

说来也怪，自我这次出来瞎折腾开始，我们兄弟几个的境况竟然都有了好转。二弟学会了电焊技术，挣钱比以前轻松多了，挣的钱也多了。我在教育学院进修一年之后，又考取了师大的研究生。研究生毕业后，在省城一所学院谋到了一个教书的职位。几年之后，三弟也被大学录取了，大学毕业后，在一家大型国有企业找到了工作。

这时候，我们家的经济情况比以前好了许多。我明显感觉到，父母亲的心情也好多了。但是，这时候，他们的年纪大了，身体比不上以前了。家里因为二弟媳妇出外打工，所以种地的条件比不上以前了。我们都劝父母亲不要种地，但是他们并不听。他们不仅种了自己家里所有的土地，还租种了不少别人家的土地。就这样，母亲还嫌不够，还一再“怂恿”父亲多租种些。父亲年轻的时候是工人，在那个时代也还是个不错的工作，像庄稼上这么繁重又琐碎的活儿，父亲干得还是比较少的。父亲回家种地的这几年，重活儿真还没少干。他不仅干我们家里的，爷爷奶奶家的也要干，因为几个叔叔都外出打工去了。

父亲这几年是辛苦些，不过，因老家各方面的情况较前几年好多了，父亲的情绪也好多了。他见了我之后，不再是先前那副与我势不两立、疾恶如仇的面孔，有时还流露出一丝笑容来。不过，我们父子之间似乎还有一层隔膜，一层说不出的隔膜。我知道，那都是我以前的那段经历造成的。转不过弯子的我，这时候见了父亲也还只是礼貌性地问候一声，并没有多余的话。说实话，我在父亲跟前不知道说什么好。在我的心灵深处，父亲此前屡次在我跟前所表露出的那种生硬、嘲讽和鄙夷的神态，一直像幽灵一样晃荡着，使我不由得与他有一种距离感。

这一年的年底，我们一家子像往年一样回家。

这一次回家，我们坐的还是兰州到北城的那趟班车。这趟班车平时坐的人就不少，过年时候就更多了。那几年，大家都使劲儿挣钱，道路安全之类的事儿几乎没人管。载客三十多人的班车，一到过年时节，坐八九十人也是常有的事，有时候还会达到一百人。那一天，那趟车差不多就有九十人。据车上的人说，第二天还不止这个数目。过年了嘛，大家都急着回家。

以前我听说广州那边的公交车上人挤人，把立体的人挤得像是个平面人。

广州我没去过，平面人的体验我也没有。不过，从兰州到北城这趟长途车上的拥挤，我倒是体验到了。车上没处坐，这一点我理解。车上座位本来有限，而人又很多。人多了，就只能站着，这也是合乎常理的。不管怎么说，至少是上了车。

从兰州到定西的那段路比较平，车也好走，车较平稳。班车偶尔的颠簸，车上感到的也只是轻微的倾斜。我们站着的人基本上还可以站得住，胸闷和难闻的气味也还可以忍一忍。当班车过了定西之后，情况就不一样了。过了定西之后，走的不再是平坦好走的国道，而是以前的省道。省道从宁远开始，沿着山路一直蜿蜒向上，通向高峻的华家岭。这一段是崎岖盘山的公路。班车一会儿向左，一会儿向右，一会儿直溜溜向上，一会儿又是急急的下坡路。不管哪一种路，人在车里感觉都不轻松，像一叶小舟在大海上一样，不想随波逐流也办不到。车子往左的时候，你便往右倒；车子往右的时候，你便往左倒；车子上山的时候，你前面的人向你压来；车子下坡的时候，你后面的人又扑到你背上。那个亲热的程度，简直胜过初恋的情人。我不光身体得到他们的亲热，差不多也胃动了一天：胃里恶心。

汽车上了华家岭之后，又是一路的下坡路，此时的路已经不再是省道，而是乡村公路了。乡村公路因为年久失修，好多地方都坑洼不平，弯也很多。那天的司机神情昂扬，一高兴就连班车都跟着他一路狂奔。车上许多人像我一样晕车，一同坐车的表妹彩彩还不如我。她在我跟前站着，简直像没有骨头的人一样，一会儿扑过来，一会儿跌过去。妻子抓她又抓不住。她吐了妻子一身还嫌不够，一个转弯处，车子一摇，她又捂着嘴向我这边发起了进攻。我见了之后赶紧躲避，但哪能来得及，只听她“哗啦”一声又吐了。吐了就吐了，回去洗了就是了。可是，那味道那个难闻呀。本来晕车的我闻到这个气味，简直就是闻到了“闭气丹”。我一手捂着嘴，透过指缝再次对妻子说：“我想下车。”妻子说：“坚持一会儿。这儿离家还远着呢，下车后你是走不回去的。”

我只得再次听从妻子的话，继续硬撑死撑。

撑啊……撑啊……撑啊……

终于，撑到仙麻湾了。班车门子一打开，我像逃避火灾一样，两手捂着嘴，从人堆里挤着往出钻。下车后，顾不得路边地上厚厚的积雪，一屁股坐到雪地上吐了起来。吐了好半天，才感觉胃里好受了些。我道："总算下车了。"想想恶心难受的那会儿，感觉这地方遥远得像在另一个星球上。

到底农村的空气好，加上冬天的山顶上风也大。我吹了一阵风之后，渐渐感觉好了些。表妹彩彩早也坚持不住了，也在路边呕吐不止。还是妻子厉害，她看着我们一个一个呕天呕地的样子，笑说我们娇气，连这点儿苦都受不了。

因为我早在电话里跟母亲说了我们今天要回家，因而母亲从早上一直等我们。但是，因路上难走，班车超载又走得慢，加上我晕车，在仙麻湾下车后在路边又耽搁了好一会儿，因而这一天我们到家比平时哪一次都迟。到家里时，天差不多黑了。

我平时每次回去总是先到爷爷的上房里，见爷爷去。但是，那一天，我没有。因为晕车，胃里还很难受，我便就近钻进了我们那边的院子里。母亲听说我晕车了，忙叫我到父亲平时住的那间小屋子里去，因为那间小屋子暖和，其他的屋子都很冷。母亲还给我端来了她早已准备好要在晚上做饭用的浆水叫我喝。

在这些琐事上，父亲向来是大大咧咧的。但是，那一天，他也关心起我来了。当我在炕上晕晕乎乎睡着的时候，迷迷糊糊听见父亲从外面进来了，还迷迷糊糊听见他口里念叨着说："怎么就晕车了。"

我因为晕车，那时候还很恶心，所以头也没抬仍在被窝里睡着。这期间，我听见奶奶也来过一回，问我吃不吃、喝不喝。爷爷也来过，也问我吃不吃、喝不喝。母亲和妻子都不止一回地进来过，问我好些了没有，问完之后也都出去了。

过了好一会儿，我在迷迷糊糊中听见屋子里有窸窸窣窣的声音。我不知道是谁来了，也不知道是来干什么。但因为进来的人没有说话，所以我也就没有理会，继续睡我的觉。

我因喝了浆水，又好好睡了一会儿，还吃了一碗母亲端来的酸饭，身上渐渐感觉好多了。

终于到睡觉的时候了，我打算到对面那间屋子里去睡，那是母亲老早就收拾好给我们住的。我翻身起来，将已经脱了扔在一边的棉衣拿起来准备穿好去那边屋子里睡觉。这时，母亲进来了，问我穿衣服干什么，我说："去那边睡觉去。”母亲笑着说：“今晚你们几个就睡这儿。”我说：“这儿不是我爸住着吗？”母亲说：“他早将他的枕头和那床被子拿去那边睡去了。他说，那屋子里刚添的炕，炉子生起来的时间也不长，你又很怕冷。他叫你们在这儿睡。”

我听了之后，这才想起来先前有人进屋来，窸窸窣窣找东西。这样看来，就是父亲了。

这间小屋子因为小，门窗严实，土炕又热，还架着一个大火炉，因而很温暖。父亲也很喜欢这里，他宁可放弃那四檩四噙口的松木大客房，也要到这小屋子里住。但是，那一天，父亲特意让出来叫我住，我心里真过意不去。

接下来的两天，父亲一直很忙。因为再过几天，三弟就要办喜事儿了。因小潘娘家非要我们在老家办三弟的喜事，所以自从日子确定之后，父亲和二弟就一直东奔西走买东西。已经买了好多天，到我们回家的时候，母亲说还有许多东西没有齐备。父亲因为忙，我一直很少见到，和父亲说话也说得少。

正月初六，三弟的婚礼按期举行。接亲待客，整整一天。因为众亲戚、乡邻的尽心尽力，所以事儿进行得还算紧凑。到晚上，等把最后一桌客人送走之后，父亲终于觉得轻松了。他这才有时间跟管事的发河伯和大厨二姑父，坐在一起消消停停喝茶说话。当时，我也在场。我们在上房里，围着火炉子一面喝茶，一面你一言我一语谈论着婚礼上的事儿。因为父亲坐在我斜对面的沙发上，所以我便能够清晰地看到父亲的一举一动。父亲端着一杯茶，一面喝一面带笑向大家说着婚礼上的事儿。很显然，父亲是很高兴的。就在那一刻，在电灯明亮的光下，我猛然发现父亲的脸跟以前不大一样了。父亲脸也瘦了，下颌也尖了许多。尤其当父亲笑的时候，我看见他脸上隐隐现出几道皱纹来。再一看父亲的头发，也白了不少。而先前，父亲的脸是微胖的，有点儿圆，头发是黑黑的，像缎子一样。

俗话说，人是衣装，马是料装。同样一个人，穿着打扮很重要。或者，是父亲那天穿着不入时才显得老？父亲那天穿的衣服是他平常穿的那身旧衣服。按理来说，在这么重要的场合，父亲应该穿新衣服，但是他并没有。他哪有时间考虑这些事儿？父亲跟大伯只差了三岁，大伯坐在那儿像年轻人一样，脸上光光的，头发黑黑的；父亲坐在那儿，像是比大伯大了十岁的光景。

我想，还是父亲操劳太多的缘故吧。为了办好这个事儿，别的不说，就只我们回去的那几天我就见父亲没少跑路，没少操心。那几天，天一直下雪，山路上积了很厚的雪。而我们这一回办事儿又有车队，大小五辆车，四十多位尊客（娘家送亲的客人），我们那一带的路又都是崎岖的山路。车从六七十里之外的地方开来，而且还要经过好几个极陡极弯极窄的地段，那可不是闹着玩儿的。那几天，父亲说得最多的一句话就是："这老天爷，叫人怎么过呢。"前一天晚上，父亲还忧心忡忡，念叨不止。

按我们的乡俗，婚礼的第二天跟头一天一样，也还是客来人往，热热闹闹一整天。可是，在外地打工的堂妹小娥的假期到了，她必须得坐第二天的火车回去。而她的火车票又是妻子托人买的，现在放在我们兰州的家里。堂妹去我家里取车票，她一个人去也不方便，再说她一个人也不想去，所以妻子也得跟她一起走。妻子要走的话，儿子也要跟着走。这么一来，单单剩下我一个人留在老家凑热闹。一年三百六十五天，我难得回家。回来了跟家里人好好聚聚也是好事儿。等三弟的事儿办完了，我一个人回去就是了。

可是，那一年下雪很多。腊月下了差不多一个月。进入正月之后，几乎还是天天下。气温也非常低。据气象资料显示，这是我们这地方多年来下雪最多、气温最低的一年。初六这天还好，晴了半天，但傍晚时分又下起来了，看这样子一时还没有晴起来的意思。虽然妻子他们几个明天是可以回兰州的，可是再下的话，过几天山路上积雪就更厚了。我一个人在有厚厚积雪的山路上深一脚浅一脚走几十里的山路去坐车，我可不愿意。再说，万一到坡儿川了，因道路积雪厚，班车不走了，我就不能回兰州了。而我回去后，还有许多事儿要做呢。

不过，这只是其中一个原因，还有一个原因就是那两天不知是天冷还是我吃得不对了，总之，我的肚子总是有些痛。也许，是老家的这屋子里太冷了。生了炉子、添了炕的屋子，总是比不上有暖气的屋子。因为在兰州时我好好的，一回老家就这样，妻子也说："一定是这炭炉子和土炕的屋子不暖和导致的。"我想也是。

想到这里，我便也想跟他们一块儿回去。妻子也这么想。她说："你跟他奶奶说说，明儿我们一块儿走吧。"我想，这也好，反正三弟的婚事主要的这一天已经过去了，我待在家里也是闲待着，还不如跟他们一起走的好。

于是，我便跑去跟母亲说。没想到，我才一开口，就遭到母亲的强烈反对。母亲说："才住了这么几天，就要走?"我说："事情（婚事）已经过了，我待着也没什么事干。再说，天又要下雪了。"当然了，我还说了我肚子疼的原因。

虽然我的理由十分充分，母亲听了还是不同意，母亲说："他们去是不得已，叫他们先去，你再住几天。"

母亲不同意，我当然是走不成的。不过，母亲说的倒也有理。再住几天就住几天。

我虽放弃了回去的打算，心里还是不大愿意。尤其一想到这冷冷的屋子、日后有可能积得厚厚的雪和难走的山路，以及我一个人在山路上咯吱咯吱走半天去坐车的情景，心里更是不爽快。

从母亲那儿过来后，我把母亲这话给妻子念叨了一遍。妻子看我也是想走，便对我说："你明儿跟他奶奶再说一下，你就说你不舒服，我们一起走，说不定去了就好了。"我说："我已经说了一遍了。"妻子说："你再说一下，你就说，今年的天爱下雪，眼看天又要下雪了。地上已经这么厚了，要是再下一场的话，路上就更不好走了。"

第二天天一亮，我又跑去试着跟母亲商量，我特别说到老天爷下雪的事情上。结果，这一回母亲再也没说什么。不过，还是可以看出来，母亲心里是极不愿意的。

说通了母亲，父亲当然不管这些事儿。但是，要走的话，当然还得跟父亲说一说。在厨房里匆匆吃了碗饭后，我便背了包，去寻父亲说去了。我到上房里时，父亲不在。有人说："刚出去，也许到厨房里去了。"我便又到厨房里去找，结果也不在。我转过身打算到别处去寻，但就在我从厨房里出来时，迎面看见父亲双手端着木盘子从帐篷那边过来了。我便径直走了过去。

我走过去正要跟父亲打招呼，一眼看见管事的发河伯也从帐篷那边过来了。我怕大伯听见后又要说"怎么这么早就要走"的话，就赶紧退回来，躲到帐篷这边的屋檐下等父亲。果然，父亲过来了。于是，我便凑到跟前，低声说："大（父亲），我们走了。"

父亲听了，问道："真要走?"

我原以为父亲不知道，看样子，他早知道。我说："真要走。我们几个人一块儿，路上有个伴儿。再说，万一天又下雪了，路上更不好走了。”他说：“也好。”随即，又说：“要走就赶快走，等一会儿人来了。”

我理解父亲的意思，因为今儿还有好多亲戚、客人要来。他们一来，看见了又要问这个问那个的不大好。于是，我便说：“好的。”

这时候，管事的大伯在上房门口催着要献饭，父亲一说完，就忙又端了盘子往那边去了。

我当时虽然说“好的”，但是并没有立即就走，因为那样太没有礼貌了，像跟父亲赌气似的。我没有立即走，倒是父亲因为人家催得急转身就走了。就在他转身走的这当儿，我看见父亲的背影了。

那是怎样的一个背影呢？那是弯弯的一个背影，弯得像弓一样。不仅如此，我还清清楚楚看到父亲的头发。父亲的头发花白了，白了许多，比我昨晚上在灯下看见的还多。我当时心里咯噔一下，闪出一个念头来：天啊，父亲的腰怎么这么弯，白头发怎么这么多呢？这究竟是从什么时候开始的？记得父亲刚买断工龄、从单位上回来的时候，腰还直直的，头发还黑黑的。这才有几年时间？没几年时间，至多也就七年。仅仅七年时间，父亲就这么老了。

就在这时，我的鼻子忽然酸了，眼睛也湿润了，我觉得我的眼泪要出来了。但是，我强忍着没有让它流出来。那时候，院子里人已经很多了，许多帮忙的亲戚和村里人也都来了，万一叫他们看见了也不好。于是，我紧走几步到父亲身后，我想把昨晚上嘱咐给三弟的话，跟父亲再说一遍。昨晚我给三弟嘱咐了，要他在这事儿办完后，领父亲到医院里再看一看。但是，当我叫住父亲时，我早已想好的话又说不出来了。我感觉我的嗓子眼儿被什么卡住了。我努力去说，但是我的嗓子就是那么不争气，话还是说不出来。于是，我使劲儿去咳嗽，借咳嗽的劲儿顺了顺气。然后再次试着去说，这一次能够说出来了。我说：“大（爸爸），等这事情过了，你最好到医院再看看。”

三个月前的一天，父亲套起了骡子，拉着架子车去磨面。半路上，正拽着车子的骡子因受到惊吓忽然飞跑起来了。当时，父亲因在车排中无法脱身，被飞跑着的骡子硬生生拖着跑了好一截子路。从此，一直叫唤着说自己腿疼腰疼。后来，二弟从外地打工回来后，领父亲到县医院里看了一回，也住了几天院。但是，据母亲说，到现在父亲的身体还没有完全好。

而父亲听了，则带笑说：“我好好的，看啥?”

果然，如我所想的那样，父亲不愿意去。我知道，父亲一定是怕花钱才不愿意。于是，我又说：“钱我已经给小山了，我也已经跟他说了，事情完了之后叫他领你去。”

没等父亲回话，这时上房那边又有人催叫道：“献饭，献饭。”父亲听了，急忙转身，一边答应着“来了，来了”，一边回头对我说“好了，我知道了，你走吧”。我还在那儿站着，父亲已经从帐篷拐角那边转过去了。

父亲往那边拐的那一刻，我又一次清晰地看到了他的背影。父亲的背，那么驼。走起路来，两腿也是一瘸一拐的，也没有先前那么灵便了。变化真是太快了。这才几年时间！我想，都怪我们几个不争气的儿子。这么多年，为我们几个，父亲没少操心。这几年，我们家人口激增，而我们家又人多地少，我爷爷奶奶也老了，加上那一年父亲下岗了，他又是弟兄中的老大，这一切，都是压在他肩上的担子。

儿女的心在石板上

说到父母与子女之间的关系时，奶奶常说的一句话是："父母的心在儿女上，儿女的心在石板上。"

这话听了真让人有些心寒。但是听听周围的事，看看身边的人，此话说得未必没有道理。孩子打了个喷嚏，父母听见便着慌了，一面伸手摸额头问是不是感冒了，一面手忙脚乱地到处找药。已经是半大后生了，出门时，爱唠叨的母亲总还要唠叨一句："出门要小心啊。"可子女往往会很不耐烦地扔来一句："知道了。"

有关我小时候成长的故事，母亲常常爱讲那件我三岁时候生病的事儿。母亲说，那一次我病得很厉害。家里请来了阴阳先生，又是诵经又是还愿，但是不见效果。之后，又请来了赤脚医生，又是吃药又是打针，也不见效。当然，还用了不少民间验方、偏方来治疗，但我还是昏昏沉沉的。我的病不仅没有减轻，反而越来越重了。到第三天傍晚时分，我的嘴、脸都青了。

母亲说，那时候我的外祖太爷还健在。就像我奶奶一样，他也是一个心地很善良的老人。因为外祖太爷老两口只有我奶奶一个女儿，外祖太爷是很喜欢小孩子的。一听说我生病了，当时年事已经很高的他老人家，专程从十里外的庄子村赶来看我来。那两天，他差不多一刻也不离地在上房里陪爷爷奶奶、父母亲看着我。第三天，当他看到这情况后，便提了旱烟袋，从上房炕上溜下去，跨出门槛走了。母亲说："我清清楚楚地听见，你外祖太爷出去后，在外面的屋檐下对你爷爷、奶奶和你爸说的话。他说：'我今晚上要回去。'那时候，天也快黑了。你爷爷、奶奶和你爸当然都不同意，都说'天这么黑了，你回去干啥？'可是，他还是坚持着要回去，他说：'你们的孩子都成这样子了，我坐在这儿干什么。'"

母亲说："当我听到他这句话的时候，心里也就明白大半了。"

实际上，母亲说这话的时候，我心里也明白大半了。善良的外祖太爷，一定是不想亲眼看到那随时可能发生的一幕：扔掉我。那时候，这样的事儿是再正常不过的，尤其是在我们那个缺医少药的偏远山沟里。

母亲还说，不仅外祖太爷，就是其他人进来一看这样子，也都一声不吭地出去了。但是，母亲仍然坐在上房炕上，怀里紧紧抱着我。

母亲从其他人的言谈举止中，已经知道是怎么回事了，但是她还是不愿意放弃。她静静地等待着，等待着一个她不愿意见到，但是其他人差不多已经确信无疑的结果：死了扔掉。阴阳先生没有办法，赤脚医生也没有办法的事儿，她能有什么办法呢？她当时唯一能做的，就是每过一会儿低下头来，看看我的脸色，用她的额头抵抵我的额头，用她的鼻尖触触我的面颊。再就是，把她的耳朵贴到我的鼻子眼儿听一听。多少次看、抵、触、听之后，母亲发现，我还有些细微的呼吸。尽管那呼吸是那么微弱，微弱得差不多都感觉不到了。但是，有跟没有还是不一样。母亲每过一会儿便将我从她的这一个臂弯换到另一个臂弯里，继续抱着。

其他人好长时间都不进这个屋子了。后来，连父亲好半天也不进来了。这让母亲很是疑惑。母亲说："先前我从窗子里明明看见，你爸两只胳膊抱着头，在院子的那个角落里蹲着。怎么这好半天不见了？"母亲还说："我以为他因为你病重，一时想不通，出去寻短见去了。于是，我赶紧问你三姑姑，我说'夏河，你哥到哪儿去了？'你三姑姑说'我不知道'，我很急迫地说'你出去看看去'。你三姑姑听了之后，便跑出去看去了。随后，她又跑进来说'我看见他从峡畔那儿下去了，但我不知道他干什么去了'。"

原来，父亲又去请先生去了。

事后，父亲说，那天就在他两手抱着胳膊蹲在角落里发呆的时候，忽然听见老羊倌儿伯伯在山对面唱山歌。他知道，他又在那儿放羊了。于是，他便产生了替他放羊，让他去请何先生的想法。那时何先生是我们那一带最有名的医生，只是这位先生一般人家是请不来的。而老羊倌儿伯伯跟何先生有亲戚关系，说不定，他能请来呢。

傍晚时分，何先生来了。何先生扫了一眼在母亲怀里的我，连炕上也都不去，药匣子也不开，就说要走。爷爷和父亲心里明白何先生这一举动是什么意思，便说："你既然来了，就治一治。治好治坏，你不用管。"

何先生当然也理解这话的含义，但是他还是不想插手。他可是方圆十里有名的先生啊，没把握的事情他是不做的。他不想坏他的名声。他说："你们耽搁得太厉害了。你看，娃娃的嘴、脸都青了。"

何先生说着，一只脚已经往门槛外面开始跨了。爷爷和父亲从两面将他拦住，又好说歹说地劝说。其他人也都纷纷上来劝说。何先生这才又转身进来，打开了药匣子，拿出了针管和药瓶。

何先生虽是方圆十里有名的赤脚医生，但是我的病他到底还是没有治好。不过，那晚上，他打下的那几针倒还是有些效果的。至少，因为这几针，我的病情再没有加重。而真正治好我的病的，是贾先生。贾先生是进过医药学校、受过正规训练的医生。

贾先生来了之后，二话没说就兑药打针。母亲说，他是过一会儿打一针，过一会儿打一针。短短半夜工夫，他在我的屁股蛋子上连打了十四针。母亲说，尽管她知道，病是要拿药来治的，但是贾先生那十几针打下去后，我还是像先前一样迷迷糊糊的，没醒来。因而，打完第十四针后，她用手按住我的屁股，不让打了。

母亲抱着我，还是像先前一样，每过一会儿低下头来看我怎么样了。结果，到天快亮的时候，奇迹出现了。因为当她再次低头看我的时候，发现我的眼皮在微微地动。她也感觉到，我的呼吸比以前有劲儿了。

时隔这多少年，每每说到这儿时，母亲还是抑制不住内心的激动，极为高兴地说："这时候，我知道你有希望了。"母亲脸上的笑容，是那么幸福、那么灿烂。

三天三夜的等待，滋味怎样，没有真切体验过的我当然不甚明了。但我认为，为人父母，抚养子女是天经地义的事，没什么可说的。而且，随着时间的流逝，母亲这个等待了三天三夜的故事，像她讲过的无数个故事一样，在我的脑海里渐渐地淡去了。相反地，在这期间，与这个故事不大和谐的一些语言和行为，我倒是常常在父母亲跟前表露出来。向来自以为是的我，要是觉得父亲母亲在哪儿不顺我的心，或者我看着不顺眼，我就毫不犹豫地向他们发起脾气来，有时甚至公然顶撞。而我的父亲母亲，渐渐地似乎也习惯了我这种态度，不仅不责怪我，有时还有意让着我。终于，有一天，我也做了父亲，我从我儿子那里慢慢体会到为人父亲的不容易。其中一次揪心的等待，让我至今难忘。

那年暑假，我带着儿子回老家探亲。在老家待了几天后，我因有事要提前回来。儿子因距离开学还早，想和侄女、侄子几个在老家再玩玩，所以我便将他留在了老家，自己一个人回来了。

开学的前一天早上，母亲打来电话。母亲说，小亮要来兰州，她要把孩子托他带来，要我到时候到车站去接。我说这也好。反正小亮也是我们一个村里的，并且是我的远房弟弟，他带来我也放心。

那天，我本来要去接他，那时候正在做家教的妻子恰巧在车站附近的一家人家上课，她说她上完课后顺便就接上了，要我不用去。我说，这更好。

妻子为了接孩子，那天早上早早地就出门了。她说，她早一点儿去了，早点儿上课，上完了就去接孩子。而我在家里也是一面干自己手头的活儿，一面准备着中午的饭，这样他们母子一回来，就有饭吃了。

平时从老家到兰州的班车，不到十二点有时甚至十一点一过就到了。再迟一些的话，十二点也可以到。因而，快到十二点时，有关午饭的所有准备我都做好了，只等他们母子回来便下锅。

可是，到中午十二点的时候，他们娘儿俩并没有回来。我想，儿子今儿坐车一定坐迟了。也许，十点之前的那几趟班车，他一趟都没有坐上。而十点以后的车，到兰州时都到下午一点以后了。

我心下这么想着，也便坐在家里往一点钟等。但是，到了一点钟时，还不见他们娘儿俩回来。做什么都缺乏耐心的我，开始埋怨起老家的班车来，说这地方的这破班车一点儿时间观念都没有，说耽搁几个小时就耽搁几个小时。我口里这么埋怨着，但心里还是想过一会儿儿子就会回来的。我这样一想，便又耐心地等起来。

我耐心地等呀等呀，一直等到三点钟，还不见他们母子回来。这是怎么回事呢？难不成妻子没有找着？或者，儿子坐的车没有进平常进的那个车站，以至于母子俩刚好岔开了，相互之间没找到？但是，我随即又想，这不可能。儿子还小，找不到是有的，可是小亮是大孩子了。他一个经常出门打工的人，不至于连个车站也找不到吧。那么，又是什么原因呢？

于是，我便给妻子打电话，问她是怎么回事。妻子说，她也不知道。她说她从不到十二点就跑到车站等着，一直等到这时候，就是不见儿子来。我问通渭的班车来了没有。她说，来过好多趟了，但是每一趟上都没有儿子。我又问她说，是不是儿子坐的车没有进这个车站到别的车站去了。妻子说，附近这两个车站她都看了，都没有。她说她还打问过许多人，他们都说通渭来的班车别处都不去，就去这两个车站。

我听了之后，心里急了。当然，妻子心里也是很着急的。

这一天，从这时候起，一直到晚上十点多，我们俩一个在家里，一个在车站，电话打个不停。过一会儿，我打过去问儿子来了没，她说没有来。过一会儿，她又打过来问我儿子来了没，我说没有来。我还说："这点儿路，要是回来的话早都回来了，这一截子路他又不是不知道。"她听了之后，也说是。这时，我俩都认为儿子一定还没有到兰州。因而，我们还是一面等一面不住地打电话问询。

那时候，虽说还是夏天，但是到了晚上八点天也很黑了。从中午等儿子等到这时候，不用说我那颗已经咚咚咚跳着的心差不多快要跳出胸膛了。这时候，我心里想的已经不再是儿子几点回来的事情，而是能不能回来的事情了！这么大半天了！平时不过是两小时的车程。难道，儿子是遇到什么意外的事儿了？我听说，从老家到兰州的这一段国道自通车以来，才半年时间就已经出了好多事儿了。新修的国道，又宽又直又平，大车小车行走在上面速度快得跟飞的一样。难不成儿子今儿坐的车，速度也很快？想到这儿，我不敢再往下想了。我的眼前只觉得一片模糊、一片黑暗。但是，我转念又想，这不大可能。现在通信这么发达，我的手机一直开着。况且，国道上满路都是监控探头，路警也是时而可见。路上真要是有什么事儿的话，肯定会有人给我打电话的。

或者，是碰上坏人了？毕竟，小亮也是孩子，初中才毕业。从老家去坡儿川的那截山路上，有的地段一天半日见不到几个行人，我也曾听过有不三不四的坏人在半路上抢钱、抢东西的事。但是，我又认为这也不可能。那是什么年代的事，现在又是什么年代了。

或许，他们压根儿就没坐上车。他们虽然早上出门了，但是根本就没去坐车。小亮是孩子，说不定半路上碰着同学或者熟人留他一块儿玩去了，像我三弟一样。我三弟经常这样，半路上碰见同学就什么事儿也不做，跟他们玩去了。有时候，一去三天五天不回来。不过，我随即又想，这也不大可能。因为小亮是大孩子，而且听说这孩子人很实在。他是要来兰州打工挣钱的，不是来玩的。毕竟像我三弟一样任性的人也少，况且那时候他还很小。

我正这么胡思乱想时，妻子又打来电话，再一次问我儿子来了没。这一回，我清楚地听见，在电话里她的声音颤抖得很厉害，而且是带着哭腔的。听到她这样的声音后，我本来已经跳得很厉害的心，跳得更加厉害了，随着那一声声“咚咚咚”的跳动，我还感到恶心，一阵一阵剧烈的恶心。我像蚂蚁在热锅上一样，来来回回在屋子里乱转。我的满头满身热热的，汗星子不住地往外渗。我用毛巾擦干了，可是很快地它又渗出来了。我不住地擦，它不住地渗。好像那会儿，我的皮肤下面忽然出现了好多眼水泉，那汗星子就从水泉里源源不断地往外渗。

九点钟，在刀割般的煎熬中，一分一秒地过去了，十点钟也快到了，但是儿子还是毫无消息。这时候，妻子也回来了。她从早上出门，到这时候恰好一整天了。她一进门，一句话不说，便去了沙发那儿。我向她脸上看了一眼。她的脸死灰一般，毫无表情。看她一步一摇走路的样子，我感觉到她整个人这时候一点儿力气都没有了。我看见她到沙发跟前后，并没有坐到沙发上，而是整个身子瘫倒在沙发上，像散了架似的。看那样子，她整个人根本就没有骨头，而是一堆肉。与其说她瘫倒在沙发上，倒不如说是一堆肉堆到那儿了。

我的心本来十分焦躁、害怕，浑身不住地往外渗汗。而妻子的空手回来使我的焦躁、害怕一下子变成了惊惧、恐慌。浑身的汗也渗得比先前更厉害了。何止渗，那简直叫冒。额头上、手上、背脊上，一个劲儿往出来冒。不仅冒汗，我感觉这些地方还发烫，像是得了重感冒一样的发烫。随着这些地方的发烫，我感觉我的胸口也像被什么堵住了一般，憋闷难受，呼吸随之也变得困难起来。我忙用手捂着胸口，张大了嘴，啊——啊——啊地努力去呼吸。

我大口大口地呼吸，心里也没有闲着，还是想着那个问题：儿子怎么还不回来？同时，我的嘴也没有闲着，还是像刚才一样，不停地念叨着说：“应当来了。这孩子，哪里去了？”

我不住地念叨着这句话。我是过一会儿念一遍，过一会儿又念一遍。因为念叨的口气、念叨的内容都一样，因而显得十分机械、僵硬。我想，我当时的样子，恐怕只有疯人院里的疯子才会有。难不成我疯了？

我口里不住地疯癫般重复念叨着那句话，两眼不住地轮换着紧盯两个地方的两个东西。一个是门上的门铃，一个是餐桌上的手机。我想，不管有什么消息，它都要从这两个地方中的任何一处传来。我的两个耳朵，像正待捕捉老鼠的猫的耳朵一样高高支着，准备随时捕捉从这两个地方传来的任何一点声息。但是，不管我耳朵支得多高，注意力多集中，这两处地方还是一点儿声响都没有。门铃静悄悄的，手机也是静悄悄的。只有嗡嗡的汽车声，从窗外隐隐传来。

我心急之下，又一次来到阳台上，向六号楼下面定神去看。那地方，我今天看了不知多少遍了。那要是可以望穿的话，我相信，它早已经被我望穿了。我站在那儿，定神往下看，好长时间不见一个人影子过来。过了好一会儿，终于闪过来一个人。但是，很快地，他从树荫下大摇大摆地走过去了。在路灯的光下，我分明看得出来，那不是儿子。之后，又好长时间，不见一个人影儿过来。

我感觉到等儿子回来没希望了，就又回到餐桌边，再一次拨通了老家的电话。那天下午，为这事儿，家里的电话我已经打了多少遍了。接电话的仍然是母亲。此前，母亲接通后，每一次说“还没有消息”时，我心里当然也很失望，不过，我还是心存一线希望的，因为那时时间还早。而这一次，当我听到母亲又说老家那边仍然没有消息时，我的手臂就像抽去了筋一样，变得没一丝气力了。我的两条腿也好像被抽去了筋似的，变得软软的。我站不住了。

我站不住，就只得坐下来。但是坐下来后，又坐不住。因为我发现，我坐下来时也并不好受，屁股像被无数钢针扎着一样，感觉生疼生疼的。我于是又站起来。我站了起来，可又站不稳。我扶着桌子去站，还是站不稳。腿弯处一软，差点儿跌倒。我这才发现，我自己本身的力量已经支持不住我这副骨头架子了。

我想，到卧室里躺一躺，也许会好一些。于是，我挣扎着往卧室里走。可是，当我迈步走的时候，怎么也挪不动步子。我一只手扶着墙壁，一步一步硬是往卧室里挪。那架势，简直就像肩上扛着几百斤的麻袋上山一样。

我终于挪进卧室了。一挪到里面，我来不及往床上爬，就已经顺着床沿倒在床沿边上了。我人倒在了床沿边，但心里还是清楚的，也怕自己掉下来摔着，于是，又挣扎着从床沿边往床里面挪了挪。挪到床里面后，便仰面睡下了。我睡下了，可还是感到胸口烦闷，出气也很吃力。我想，也许这是仰面睡着的缘故吧，要是趴下的话，可能会好些。于是，我翻过身，又趴在了床上。我四肢叉开，像青蛙一样趴着。可是，趴着的时候，胸口感觉比刚才还闷，出气更吃力。看样子趴也不行，我又翻身坐起来。但是，坐着也不舒服，一样还是感到吃力。我便下了床，走出卧室，重又来到餐桌跟前，扶着桌子坐下了。

我扶着桌子坐着，两只眼睛不由得又落到门铃那儿。门铃静悄悄的。我冥冥之中感觉到，今晚儿子按门铃的可能性不大了。于是，眼睛又落到随手拿着的手机上。那时已经是十点钟了。时间在一秒一秒地过着。我手机屏上的时间字幕，也在不断地变换着数字：01，02，03，04，05，06，07。到08的时候，我的手机突然响了。虽然，我不知道它这一声响到底会给我带来什么，但是那响声还是像一道灿烂的彩虹一样，突然之间划过我那布满死气的天空。我的眼前因之也突然一亮，我冥冥之中觉得有什么好消息了。但我转念又想，这一定不是儿子打来的电话。他一天没打电话了，怎么这会儿会打呢？也许是母亲的。母亲因为老家那边有了消息，要告诉我。或者，是一个打错了的电话，一个根本与儿子没有关系的电话。我一看来电显示，不是老家的，而是一个陌生号码。这更让我觉得，我刚才的猜想是正确的。再或者，是交警的。要是交警的话，那又会是什么消息呢？是好消息，还是坏消息？难道是坏消息？

在那一刹那，一个又一个可能的结果，像闪电划过天空一样，在我的脑海里不断闪现。陌生号码就陌生号码，总之，电话是要接的。我急急地抓起手机，急急地去按键。电话“啵”的一声通了。一通，我还是忍不住迫不及待地先说了一声：“喂——”

我敢说，在那一刻，从电话里传来的那个声音，是我生命的前三十多年里听过的最好听、最让我激动的声音。因其好听，让我激动。因为激动，又让我颇感怀疑。因为怀疑，我不敢相信我听这电话的耳朵就是我自己的耳朵，因为那声音就是我儿子的声音。

这可能吗？我儿子会给我打电话？而且，竟然会这么快地给我打电话？这太快了。而且，就在这个时候，就在我感觉自己将要步入天堂的这个时候！但那大声粗气、实实在在的声音，确实是儿子的声音！只听他说了声："爸爸。"

这个声音，我在这十二年里一直听，我是听惯了的，这确实是儿子的声音。但是，不知为啥，我还是不相信。我心里再次怀疑：这真是儿子的声音？我苦苦等了这么长时间的儿子，这时候会给我打电话吗？而且，会打得这么快？

"不可能，"我对自己说，"一定是我听错了。儿子不可能这么快、又这么容易地打电话。"

可是，另一个我又说："不错，这声音是儿子的声音。打电话的这人，就是儿子。"

于是，我嘴对着手机，又问了一次："你是丑娃吗？"

"是我，爸爸。"

还是那么大声粗气，那么实实在在，那么熟悉。

"这分明是儿子的声音。"我对自己说。

在确信这电话是儿子的电话之后，我终于抑制不住自己的感情，便大声地喊叫起来，我喊道："我的娃！"

这一声"我的娃"，虽是平平常常的一句话，但在那时我这么喊叫出来，连我自己也感觉到我的声音怪怪的。随着我的一声"我的娃"，一种从未有过的兴奋，一种近乎发疯的兴奋，沿着我的每一根血管、每一根神经，像电波一样向全身蔓延、传播。我仿佛听见，我心中高高悬着的那块石头砰然落地的声音。这从天而降的喜讯，使我高兴得差点儿跳了起来。我又喊叫了一声"我的娃"。我这一声，还是情不自禁地使出浑身力气喊出来的。我相信，我在那一刻喊出来的这声音，是我这多少年来喊出来的最高最高的声音。

我本来要问他"我的娃，你在哪里，你怎么人不来，还不打电话，把我和你妈快急死了"，但是，当我说到"哪"字时，后面的字全部卡在嗓子眼儿里了，一个字都说不出来了。

我不知道什么时候妻子来到了我旁边，我也不知道我手中的电话怎么就到了她手里。但电话里儿子的声音，站在妻子旁边的我，倒是听得清清楚楚。

他说："妈妈，我们今天坐的车坏在了半路上，一直在修，所以才这么晚了。"最后，他还说："妈妈，今晚已经十点过了，我爸要休息，我就不过来了。我跟小亮到拴红那里去，明天再过来。"

"怎么，不回来?"

在一边一直听电话的我，一听到这个，将嘴伸过去，对着妻子手上的手机疯了似的喊起来。我不等妻子把她正说的一句话说完，便对着电话喊："丑娃，你赶紧来，现在就来。我们接你，你赶紧来。"

我口里喊着，一面抬脚就往门口走。妻子也在一边说："就是，赶紧回来。十点就十点。"只听儿子还在电话里说："我爸十点就要睡觉，我怕影响他睡觉。"我听了之后，笑着说："我的这孩子，真让人好笑。今晚你不打这个电话，不要说十点，就是二十点，三十点，我也不会睡觉的。我能睡得着吗！我要睡的话，就只有去天堂里睡去了。"

养 花

许多人都说，我是一个一点儿情趣都没有的人。除了吃饭之外，基本没什么爱好。比如说，就连大家都喜欢的花花草草，我也没多大兴趣。

这一点，我也承认。那些绿叶红花之类的东西，远没有母亲包的瘦肉饺子让我感兴趣。不过，要说我对它们没一点儿兴趣，我倒是不太认可。实际，我在爱吃爱喝之余，对于这些东西多少也还是有点儿兴趣的。我曾经想，等我将来有钱了，一定要造一座很大很大的花园，花园里要种好多好多花草。我不仅种花草，也种树，还要开一个很大很大的水池子，池子里养很多各种各样的鱼儿。池子边上，也要建造许多亭子，亭子里面安放很多凳子。而且，凳子一律要用实木做，用很宽很结实的实木。而且，要做得很笨重，但是一定不上油漆，等等。但是可惜的是，我这个愿望至今没实现。原因嘛，说来也不复杂，就是：没钱。

在养花种花方面，我没一点儿成效，倒是妻子曾做了不少事情，这让我们一家子赏心悦目了好一段时间。

那时候，我还在老家的一所小学校里当老师。妻子这点儿养花种草的业绩，要从我们那个小院子说起。这个小院子建成之前，我们兄弟几个还没有分家。但是那时，我们家人口已经很多了。因而，那一年年底，我们便分家了。我们兄弟仨分成了三家子。我和妻子儿子我们三口是一家子，二弟一家五口是一家子，当时还没有成家的三弟和父母亲是一家子。因为那时候三弟还在上学，所以二弟一家子、三弟和父母亲一家子仍住在我们的老宅院里，而我们一家三口便住进了新盖起来的那个房子里。当时，那房子是靠着老宅院西面的那座房子盖起来的。因为时间匆忙，当时只盖了房子，没有打筑院墙。白天，房门一开，前面是空旷的一片，颇感荒芜。晚上，钻进房子里，房门一关，也便睡下了。睡在这样的房子里，胆小些的人是有些害怕的。但是，因为我们是受够了大家庭人多嘈杂、事情繁多烦恼的人，所以对此我们两口子都很满意。四岁刚过的儿子，也很高兴。他坐在窗子用报纸糊了的黑乎乎的房子里，玩得很开心。

我们有了自己的房子后，妻子兴高采烈地打扮了它好一阵子。爱花爱草的她，看见房子前面有那么大的一块空地方，便谋划起种植花草的事儿来。种什么花草，在哪儿种，怎么种，她都有自己的想法。时间还在正月半，土还是冻土，草还是枯草的时候，她就动手给未来的花园筑起篱笆来。三叔早先削下来的、堆在牛圈跟前、准备喝茶当柴烧的树枝，家里用得差不多已经老掉牙、被丢弃在院子旮旯里的扫帚，都是她围篱笆的好材料。我也抽空儿帮她挖渠栽枝干。儿子、侄女、侄子几个也钻在当中，递竹子的递竹子，栽杆子的栽杆子，像模像样地帮着干。

这年开春耕种的时候，妻子便在里面种了不少花草。虽然，那都是一些极其平常的花草，但都是我们喜欢的，也是我们所要求的。我们的愿望，就是只要有花有草就行。因而，大丽花、牡丹也种，柏树、梨树、杏树、苹果树、桑葚树也栽种，甚至沙葱、花椒、洋葱、韭菜也种。我们不仅认认真真种了，还认认真真给浇水。妻子一有时间就从河里挑水往里浇，我有空闲了也去河里挑了水，一处一处浇。天快下雨的时候，我拿了铁锨，跑去将羊粪杏树下面的那个土豁口抄了土堵上，不让院子里的雨水白白流掉。雨水积聚到那儿，等雨停了，我又挑了水桶一担一担浇到这些花草树木下面去。

这块贫瘠、荒芜的空闲地，还算争气。经过我们的悉心整治和用心侍弄，不久便变得有了生气。到夏天时，这儿简直就是一座花园了。红的花，绿的草，长得那么艳丽、青葱。另外，还有韭菜、沙葱等，郁郁葱葱。满院的芬芳，随微风一阵一阵飘来。时而可以看见一只两只蝴蝶，在花草间翩翩飞舞，也可以听见蜂儿嘤嘤的叫声。

这园子不仅给了我们视觉上的愉悦，还给了我们味觉上的爽快。我们家所在的那个山沟沟离县城很远，离乡镇也很远。就是离最近的农村集市——营来，也有六七里的路程。何况，那时候的营来集市上，也没有多少卖菜的商贩。但是，自从我们有了这个花园兼菜园的园子后，吃菜问题在夏秋两季便不再成为问题了。

吃酸饭，有的是炒咸菜的韭菜。我们这韭菜，秆子细细的，完全不像集市上卖的。集市上卖的，都是从塑料棚里用化肥农药催成的。它的秆子是粗粗的，像根木棍儿一样，而且还宽宽的。说实话，挑剔的三叔用的赶牛的鞭子都比它细许多。我们园子里种下的这韭菜，味道不用说，那是天底下最好的韭菜。这里先不要说吃，你就是刚从园子里割了攥在手里也能闻见一股沁人心脾的味道。那是用农家肥种下的，真正纯正的农家的味道。

我们不仅有如此纯正地道的韭菜炒咸菜，还有一样纯正地道的芫荽做饭顶。白面条捞到碗里后，在飘着油花的饭里，撒一撮洗得净净的、嫩生生的、飘着缕缕清香的芫荽，只看一看就是一种享受，更不要说吃了。

吃甜饭（我们那地方，把不用浆水做的饭都叫甜饭，实际上饭里只有清油或者猪油，并没有糖）时，也有的是好菜。洋葱是园子里种下的洋葱，西红柿是园子里里种下的西红柿。这随便哪一样，都是纯天然、无污染的食品。要我用一句不骗人的话来说，就是这样的食品吃得放心，吃得称心。那一年的夏秋，我们过足了天然蔬菜的瘾。像洋葱等吃不完的，还挖了储藏在洋芋窖里，又吃了大半个冬天。过年的时候，妻子做饭用的菜，有些还是自家园子里产的。

第二年，我到省城去进修，从此告别了那个园子。那时，我们这个园子里是满园的花草和蔬菜。前来给我饯行的我的同事们见了，个个啧啧称赞。妻子招呼他们的菜也是自家园子里种的，他们吃了都说好。一年之后，妻子带着儿子也来到了省城。我忙着读学位，儿子上幼儿园，妻子忙着打工。我们一家子都很忙。但是，相较于我们父子俩，妻子早出晚归则更忙。她虽然也很忙，但是她爱好花花草草的老毛病还是不改。时不时，从外面进来时，手里拿着一束花或者一株草什么的，在屋子里侍弄起来。我说："你事情不要这么多，好不好?"但她事情就是这么多。她一面侍弄，一面还问我："咋了?"她知道我问她的话是什么意思，便说："这不是很好嘛。"

那天，她从外面回来时，手里又拿着两株叶子宽宽的草。我问她："这是什么?"她说："君子兰。"我以为她又是买来的，正要变了脸训她。她说："吓死你了。我又没花钱，是苏鹏妈妈给的。"

她以为她没有花钱，我就不训她了。但我还是没好气地说："我们人都没地方住，像游民一样。你要它干啥?"她说："好吗。你不知道，君子兰长起来是多么好看。”我冷冷地说：“破烦死了，你真没事儿干。”但她不怕破烦，早找了个旧花盆，一面往里面栽，一面说：“你什么都嫌破烦。这又不要你喂饭，不要你给馍馍。不就费点儿工夫嘛，长起来了你看，有多好。”

那几年，我们租房子住经常搬家。租住的房子，本来就不大，大大小小一二十盆花盆一摆放就更狭窄了。平时放着就放着，地方也没有被它们压塌，但到搬家的时候就费劲了。我们平常用的那些家什，本来用个脚踏三马子一两趟就可以搞定，但因为有了它们，又得多跑好几趟。有好几回，我都气得直骂她：“你能不能给我少添点儿麻烦。”但她还是那个德行，不愠不怒，口里还带笑说：“你放着我搬。”

妻子是这样。而母亲在这方面，比妻子还贪心。我们在区党校租住朱奶奶的院子的时候，母亲也来小住了一段时间。母亲出去买东西回来时，常常把别人扔掉的花儿草儿，连盆子都搬回来。我说：“妈，你搬这个干吗，人家嫌不好扔了，你又捡着搬来了。”母亲说：“这个挺好的，你看，叶子绿绿的，杆子嫩嫩的，撂掉多可惜。”我说：“这样的花草，我们这屋子里已经很多了，你再不要往回来捡了。”

母亲口里应承着说：“对。”可是，实际上，她还是没听我的，出去了照样见了捡，捡了往回搬。有一天，母亲竟然一下子搬回来三盆。不久，几个窗台上、几张桌子上、衣柜上、地上的角角落落，摆得满是。那屋子本来不小，而且是套间，有俩卧室一个厅，但花盆太多了也摆不下。好在这是个小四合院。于是，母亲便在屋子外面的窗台上，在院子的那个荒芜了的菜园边上，也摆了好多盆。从外面一开院子大门，一眼看去整个院子像是一个大花园。

我们自己有了房子后，也便真正有了养花的条件了。别的不说，再不因搬家而受花草之累。这时候，向来爱“拈花惹草”的妻子便变本加厉起来。一出门逛市场，必要逛花鸟市场。一逛花鸟市场，一定不空手回来。对她的这种恶习，起初我还是没有好声气。但是，后来不知咋了，我也染上了她这种恶习。我想，我一定是中邪了。我竟然也有了养花养草的兴趣。从此，我不仅不阻拦她买花买草，自己还亲自去花市，买花买盆买肥料。在家里时，也常常爱到花草跟前看看，给它们浇浇水，施施肥。侍弄侍弄叶子，修剪修剪杆子。

花草这东西，跟人一样。你跟它相处时间长了，也便有感情了。平常在家里的时候，我给它按时浇水。到了一定的时间，还给它施肥。看哪个的枝丫长得斜了，不好看了，还给它修剪。这么侍弄惯了，一到那个时间我便不由自主地提了水壶，给它浇水去了。该到施肥的时候，也便从电视柜的抽屉里取出那包预先准备好的肥料，给它上肥料。我觉得，它们不再是花花草草了，而是我家的固有成员了。我对待它们，有点儿像对待我家里的成员一样了。

它们确实也给了我不少乐趣。上课之余，浇浇花，施施肥，剪剪枝，是很享受的一件事情。但是，啥事儿有利必有弊。它在给我享受的同时，也给我添了不少麻烦。尤其是到出远门的时候，我不得不考虑这些花草们了。每次出门，我总要为它们操心，为它们忙碌好半天。我怕它们缺水，缺阳光，怕它们因无人照看而感到寂寞。

我们的新房子大，阳台也很大。阳台大，进来的太阳光自然也就多。加之又是顶楼，顶楼上的房子又比其他楼层的高些，如此射进来的阳光比其他楼层的房子更多。这样的房子，冬天还好。窗帘一天从早到晚都拉开着，我那东西通透的房子，除了中午之外，其他时间都有阳光照进来。整个上午是阳光，下午也是阳光，一直到傍晚也还有太阳光斜斜地洒进来，因而房子里很暖和。我这些放在阳台上的花草们，天天都有太阳光的照射，因而长得都很旺盛。我们出远门，唯一怕的就是它们缺水分。因而，临出门的时候，总要彻彻底底浇一次水。冬天气温低，消耗少。我们回老家时，耽搁的时间虽多，但也不过一个多礼拜。所以，当我们从老家回来的时候，给花草们浇水也不迟。

但是，夏天就不一样了。暑假的时候，我那阳台上要是不拉上窗帘的话，红红的太阳照到下午三四点的时候，温度差不多可以烤羊肉串了。我们回家的时候，要是还像寒假一样，把那些花草们摆放在阳台上，一个多礼拜回来，我估摸着就只有收拾干叶子、干柴棍儿的份儿了。

但是，说什么老家还是要回的。于是，回家之前，我在屋子里到处找地方，心里琢磨着该怎么安顿这些宝贝们。我的基本原则是，让它们不能缺水、缺阳光。还有，就是不能寂寞。因为它们已经是我家的成员了。阳台上显然是不能放的，那么强的光。卧室里，帘子拉上了，又有些暗，那样我的花草们又太寂寞了。我忽然想到，摆到客厅里：一是太阳不能直射到这儿，这样花草们消耗水分少；二是这儿光线也好，上午有从厨房那边射进来的光线，下午有阳台那边过来的光线。可儿子说："今年天这么热，太阳这么毒，万一我们回来迟了，花草不就干坏了吗?"

我想了想，忽然又想到楼下的邻居徐老师来。他是本地人，肯定不回老家。要是他愿意的话，把钥匙给他，到时候给我们浇浇水也好。

我去敲门了。徐老师人倒是在，不过他是个干什么都很小心的人。他说："浇花可以，但钥匙我不拿。"我说："你不拿钥匙，那你怎么浇花?"他说："你把花挪出来，挪到门口，我到时候浇水就行了。"我听了之后，心里想，我们家门口地方那么小，能放得下这么多的花盆？再说，这儿根本见不上太阳光。把它们放在这么狭窄又见不上光的地方，对它们来说，不就是虐待吗。但是，转念一想，不挪出来，万一我们来迟了，花真干死了，那还了得。于是，只得勉强同意。

回家的那天早上，我和儿子便开始行动了。我搬大的，他搬小的。像节节高、芦荟、对角红这些盆子小些的，搬动起来也还容易。就是那棵快顶上房顶的橡皮树，我也不怕。橡皮树虽已经很高了，但是，就那么几根枝干。儿子扶着枝干在前面走，我抱着花盆在后面跟着走。我们还是没太费劲儿，就把它给搬出去了。最不好搬动的，就是那棵金钱树。那么大的一个花盆，花盆里面，又长着那么大一棵树。它平时放在那儿，占着少半个客厅。我家的客厅虽说不大，但四十多平方米的面积，也不算太小。我们要去阳台，到它跟前，得从沙发那儿绕着走。现在叫我们把它搬出去，谈何容易。

金钱树的树身太大。我们到它跟前去搬时，简直如狼吃天爷，没处下爪。从树上抓，树身太大不好抓。从盆沿上抓，盆重，又抓不起来。我们父子俩只有一点儿一点儿往出去挪了。我抓着盆沿，在前面吃力地拖；儿子扶着盆沿，在后面费劲地推。我们费了好大劲儿，花了好一阵子，连拖带推才把它弄到门口。可是，从门口到门外就更不容易了，因为中间还有一个门槛。

不好弄，也得弄。何况，这时候别的花草都出去了，就剩它了。把它留在家里不挪出去，那简直如后娘一样，对它不公平。我和儿子也做了一次努力。我两手揪着盆沿，往上提。儿子也学着我的样子，手揪着盆沿往上揪。可是，我的手搭上去，刚一用劲儿就呲溜一下从盆沿上滑出去了。儿子呢?

那么小的两只手能干个啥？只不过给我壮个胆儿罢了。

这可咋办？不过，我心里始终有一个原则，就是无论如何这盆花一定要搬出去。那时候，因为要回家，我把新衣服都穿上了。于是，我便转身进去，两把脱了身上的新衣服，重又穿上那件搞卫生时候穿的旧夹克，挽起袖子，戴上那顶搞卫生时戴的旧白帽，走到花盆跟前，对儿子说："丑子，我从下面抱，你从上边扶，我们再试一次。"

这次我是下了狠劲儿了。我一到花盆跟前，就拿出在老家的山路上挑担拉车的架势去对付这只花盆。儿子看我来势非同一般，也便在一边使出了很大的力气。没想到，这死猪一样沉甸甸的花盆也经不起我们父子如此揎拳捋袖的吓唬。我使劲儿一抱，儿子一样使劲儿一扶，那么庞然一个大家伙竟然被我们父子给弄出去了。

如此，所有的花盆都弄出去了。我在给徐老师交代前，给它们又浇了一次水。就这，我心里还是不踏实。因而，当我们锁上门往楼下走的时候，在楼梯口又回过头看了一次这些花草们。它们在九楼的台子上，一盆一盆挤挤挨挨的，看着看着让人有些舍不得离开了。我把它们从自己家干干净净的地板上搬到这落满尘土的台子上，真有把自己的孩子遗弃了一样的感觉。

有一年暑假，在咸阳深造的妻子因假期里做实验不能回来，我和儿子要去陪读。我们粗粗算了一下，这次陪读差不多得一个假期。一个假期，三十多天快四十天的时间，我们一家人能到一起，当然是再好也没有的事情了。但有一点，就是我家这些花们、草们，要受罪了。鉴于上一次出门将花草们委托给徐老师，我们父子搬动时吃力费劲的不方便，这一次我便将它们委托给同事小达。小达也是本地人，而且我也问过了，他假期一直在这儿，不出远门。尽管热心的小达一口答应了我的委托，我也知道他这人只要答应的事儿总是很认真的。可是，不知怎么，我心里还是不大踏实。所以，临走那天，给他给钥匙的时候，我又一次嘱咐他，要他多操点儿心。而且，在出发的时候，我们父子又将阳台上的那儿盆花，一盆一盆端着挪到客厅里。因为那时候正是夏天，是兰州一年里最热的时节。客厅里虽然有光，但是到底比阳台那儿弱些。这样，花盆里的水分蒸发少。我想，万一小达一时有事顾不上浇水，它们在这儿也可以多坚持几天。

我们在咸阳待了一个假期。这期间，我和儿子都不时想起我们家那些花草来。我也想在电话里提醒提醒小达，让他不要忘了给我们的花草浇水。但是，因为临走时我已经婆婆妈妈地交代过了，也就不好再说了。否则人家还以为我不放心他。

假期终于结束了。那一天，我们父子俩回来了，一进门，顾不上长途火车一路的劳累直奔客厅里的那些花盆而去。我弯下腰一看，这些盆里都湿湿的，这才心里踏实了。我笑着对儿子说："你小达叔叔干什么就是认真，你看，这些花盆里面都刚浇过水。"

我看花盆里都湿湿的，以为万事大吉了，也便去洗手，烧水，找吃的找喝的，吃喝着歇息去了。我端了杯水，坐在沙发上喝水，偶然之间发现前面的一个花盆下有淡淡的黄色。我到跟前一看，是浇花时溢出来的水的痕迹。再一看另外几盆，盆下多多少少都有。我想，小达一定是怕花草们缺水，每次浇水的时候浇得多，而我们这些花盆下面的盘子又都很浅，因而慢慢也都溢出水来了。不过，这些花草倒都是绿绿的，长得很旺盛。因而，我心里还是比较满意。

花草这种东西，也有自己的特性。有的喜阴，有的喜阳，有的不能太干，有的不能太湿。自己养惯了，自己知道。我这些花草，平时我自己操心，它们也都好好的。别人一经手，往往就会出问题。上一回托付给徐老师，虽然他也很操心，但我回来的时候发现有一盆花的叶子还是干了。这一回我托付给小达，看这样子他也是很操心的，但也还是出问题了。就在我发现花盆下面有溢出的水渍时，我不由得又向花盆里看了一下。这一看，又发现问题了。那盆芦荟的根烂掉了，君子兰的叶子，上半部也干了。我想，小达也许是不了解它们的习性。我跟他说的时候，只一味地强调浇水，但是芦荟、君子兰这类植物，水是不能太多的。一多，势必就不行了。

我进门之后，只顾看客厅里的那些，而忘记了大卧室里还有。而大卧室里的那些，是我到那儿拉窗帘的时候猛然才发现的。我这一发现，几乎让我当场晕倒了。天啊，还有一盆金达莱在这儿。但那时，它的叶子和枝干已经全干了。这盆金达莱冬天开花，是小小的粉红色花朵，很好看。我们房子里，冬天就只有它开花，它也给我们增添了不少美丽、不少情调。这下子死了，干叶子落了一桌子。我用手一摸，老天爷，花盆里干干的，土硬邦邦的。看这样子，这些日子，它根本就没有见过水。我再到小卧室一看，同样，花盆里的土也是干的。幸运的是，这是仙人球。所以，它还绿着。

难道他忘了浇水？我记得，我临出发时，还给他交代过，卧室里也有花。但是，我转念一想，这还是我的失误。当时为啥没有把它们搬到客厅里呢？搬到一处，人家也好浇水。

看着干干的金达莱，我心里很不好受，但是又舍不得扔掉，赶紧又给浇水。我想看看，它到底有没有活的希望。过了几天，我用手掐它的皮时，发现根茎那儿有点儿绿了。它没有死。又过了几天，我发现绿的地方多了，干叶子褪去的地方，还有小小的嫩芽苞探头探脑地挤出来，似乎怯怯的有些怕羞。我这才稍稍舒了一口气。

侄子来到了我家里

一

侄子瑞瑞来到我家的那天下午，我就给他制订了一个比较详细的补习计划：上午，做三至五道数学题；下午是语文和英语。对于下午这两门功课，我也是有侧重的。语文，注重课文的背诵和词语的掌握；英语，则侧重单词和句子的学习。那时候，距离开学差不多还有一个月。我想，我这么给他补习补习，插班考试是没什么问题的。

我是个急性子，干什么说干就干。因而，第二天吃过早点后，我就叫他拿出课本、笔和本子来，开始实施我的补习计划。虽然，我从父母亲口里早知道，侄子在老家时学习很是一般，成绩不大好。但他到底学得怎么样，我还是不了解。所以，我想先摸摸底，然后根据摸底的情况，具体实施我那较为详细的计划。

他在垢甲渍得明油油的书包里掏腾了一会儿，掏出两本书递给我。一本是数学，一本是语文。我看了那书皮后，觉得很好笑，它真像是刚从垃圾堆里捡出来的。语文课本的封皮上，里三层外三层粘着透明胶布。看那样子，比我母亲糊的鞋底还扎实。而且，裱糊得也很花哨。有的地方，糊着黄色胶带；有的地方，糊着白色胶带；还有的地方，是黄色胶带套着白色胶带。我翻开封皮一看，不见目录页，直接就是第一课。而且，整个页面上也很脏。分别用蓝色、红色、浅蓝色、黑色、棕色等几种颜色的笔，正着写了几个自己的名字，又斜着写了几个，还倒着写了几个。我一数，有十二个之多。而用棕色笔写的那一处最显眼，字迹更大、更潦草。我看了之后，不禁哈哈哈笑起来。

在一边忙着做他们的事儿的妻子和儿子听见后，都好奇地问我咋了。我把手里的书拿起来，对他们说："你们看看他这书。"他们俩听了后，也都好奇地过来看。这一看，他们也被这花哨的书和一样花哨的签名惹得哈哈大笑。在一边坐着的侄子，看见我们一家子一个个捧腹大笑，也不好意思起来，脸有些红了。

看完了书本，我便开始考他了。我顺手翻开了语文书，随便读了几个字，叫他听写并注音。我一边读，他一边拿着笔伏在茶几上写着。他下笔倒不算慢。我读完之后，他也很快写完了。我看他写完了，便拿过来看。我原以为，语文这东西，尤其小学二年级的语文，一般学生学起来是没什么大问题的，也就是几个字，几个词，课文也是短短的课文。但是，当我看了侄子所写的之后，心里还是有些吃惊。因为我读的那几个词语，实在是简简单单的词语。但是，就从这几个词语里面，我还是看出了许多问题。首先，我对他写的字不满意，潦潦草草看不大清楚。潦草不好看不说，而且错的很多。不是缺胳膊，就是少腿。比如"口""贝"不分，还比如不该加点的地方加点了。

字写错了，不知拼音怎么样。于是，我又去看他的拼音。结果，拼音好多也错了。一个是，前后鼻音不分。该写前鼻音的，他错写成后鼻音了。再一个，不分声调，尤其二声、三声不分，该标二声的，他标成了三声。这样一检查，他的语文情况我也基本掌握了。

检查完语文，我又开始检查数学。我随便在课后的练习里，挑了四道题目叫他做。我布置完，怕影响他思考，便假装在一边看书等他演算。只见他手拿着铅笔，眼盯着稿纸，在一边演算。好几次，我偷瞟他时，看见他坐在那儿一动不动。看他那样子，是在那儿很认真地思考。我也就很耐心地等着。他盯着书本，思考了好半天，但一直没动笔演算。我等了好一会儿，他也没动，于是我便站起身走到阳台上侍弄花草去了。

我表面上在那儿侍弄花草，实际是在等他演算，等他演算完了检查。又等了好一会儿，还是不见他完成。我心下想，这么平平常常的几道题，就能花这么多的时间？又等了一会儿，我实在等不及了，便催起他来。我问："好了没有？"他说："还没有。"过了一会儿，我又问："好了没有？"他还是说："没有。"如此催了几遍后，他才交了卷。

我一看，两道算式题，一道错了。这是一道加法和乘法的混合运算。而且，他交上来的只有得数，没有运算过程。两道文字题，也是没有运算过程，最后没有作答，只有得数。其中一道的得数也是错的。我有些惊奇地问："你是怎么做的?"他答非所问地说："我是自己做的。"我看他那有些得意的样子，心想，他一定以为他做对了，我要表扬他了。我便沉着脸问："你怎么连基本的运算都不会?"听了我这话之后，他便低下了头。我又说："这还是期中考试以前的内容，原原本本书上的题。"他站在一边，仍是低着头，一句话也不说。

以前，我老听母亲说，侄子学习很差。当时，我以为母亲只是随便说说。通过这回测验，我发现他差的程度，大大出乎我的意料。但是，很快地，我又恢复了信心。我想，这结果也是有客观原因的，因为我们老家的教育本来就落后。在这里，我认真教教他，对症下药地辅导辅导，应该会很快赶上的。毕竟，他才小学二年级。

按照既定的方案，我布置了当天的数学作业，然后就忙自己的事儿去了。过了不多时间，他就拿着本子，找我来了，说："大大（大伯），我做完了。"我说："做完了就好。你先放那儿，我现在很忙。我忙完了手上的活儿再检查。"他说："你就检查吧。"我说："你急啥。你先放着，我马上忙完了。忙完了，就来检查。"

过了一会儿，我忙完了手头的活儿，便叫他把作业拿来给我看。我接过作业，才扫了一眼，就发现了问题。于是，我便有些生气了："怎么还这么潦草?"我没好气地问他："这是你的作业?"他又以为他的作业做得好，我要表扬他了，便很自信地点点头。我说："你就这么不认真，写的字还那么潦草，歪歪扭扭的。"于是，他低下了头。我又问他："你以前写字那么潦草，我指出来了，怎么还不改?"

批评完之后，我便看他做的作业。结果发现，四道题错了三道。这下，我真生气了，指着作业说："你怎么做的，四道题目就错了三道?"他低下头，不说话。我把作业本往他手里一塞，叫他马上去改正。他拿了本子，走到桌子那儿改去了。过了不大一会儿，他又拿来了。我一看，有一道还是错的。我以为他是马虎了。因为看他写字潦潦草草的样子，我想，他一定是很粗心的。于是，我便叫他当面给我演算。结果，他还是算错了。我这才发现，他弄不清"还剩多少"到底是加还是减。

下午是语文，我叫他背诵并默写贺知章的《咏柳》。我照例布置完任务，又到一边忙自己的去了。过了一会儿我去检查，叫他背诵给我听。他站在我面前，摇头晃脑，像倒核桃似的，一口气儿背了下来。我心里暗想，他对于这首诗记得倒还是相当熟练的。可惜，背诵的时候说的是家乡话，而且前后鼻音不分，四声不分。虽然我的普通话也不算标准，但是我能听出来他说得怎么样。我想要教他，但转念一想，我这半生不熟的普通话会影响他的发音，于是，我便把儿子叫过来，让儿子给他一一纠正。因儿子从幼儿园开始就在城里上学，儿子的普通话标准多了。

儿子一一教过之后，我又叫侄子默写。他拿着笔，唰唰唰几下子便写完了。我是当场看他写的，见他写得很利索。他写完后递给我看，这一次字虽歪歪扭扭的，但并不潦草。我又随便考了他两个词，他也都能写正确，我心里便也高兴了。

此后三天，他的字写得端正了，做的数学题错误也少了。有时四道里面错一道，有时我布置的他都能做对。我心里很高兴，便指着作业本带笑说："原来你也能做对，就是不认真，是不是?"他听了后，点着头，脸上露出得意的神色来。

第四天上午，仍然是四道数学题。我布置完之后，他把题拿到桌子跟前去做了，我也去忙自己的事儿了。过了没几分钟，他就拿着本子过来了，站在我跟前，说："大大，我做好了。"我说："做好了就好。我这会儿很忙，顾不上检查，过一会儿我再检查。"我还说："你再仔细检查一下，看看有没有做错的。"他很自信地说："没错的。"我说："你要细心，不能马虎，再检查一遍。"他说："我已经检查了。"我问有没有错误，他点着头，很肯定地说："没错误。"我说："没错就好。你先放那儿，过一会儿我去看。"

过了一会儿，我干完了手头的活儿，便去检查他的作业。我拿起本子，一眼看去，第一题就错了，再一看，后面两道也错了。我便生气地问："你说检查了没错。你看，这是啥？总共才几道题，就错了三道?"他听了后，低下头不说话了。我便叫他赶紧去改。改了一次后，才算勉强过关。

下午仍然复习语文。那天，我给他布置的是读课文。他拿了书本，到小卧室里去读。他才开口读了几个字，我就听见在那边大卧室里的儿子笑起来。我知道，他又在笑话侄子的普通话了。我起身正要去阻拦他不要笑时，他已经跑到我跟前，将嘴贴到我的耳朵边，悄声说："爸爸，你听，这是什么话?"我赶紧伸出手，示意他不要笑话侄子，以免影响侄子朗读。

我示意儿子不要笑，但是我自己还是撑不住笑出声来了。我们的老家话，本来是很亲切、很自然的。我们平时拿它聊天，也觉得很好听，但是拿它读课文，听起来实在有些滑稽。而且他读得既没有停顿，也没有缓急轻重，因而听起来更是别扭。也许，是听普通话听惯了的缘故吧。

侄子仍在那边读。他读了几遍，就跑出来跟我说他会读了，叫我盯着他读。他站在我面前，摇头晃脑地读起来。话虽不是普通话，但读得倒流利。他读完之后，我又读了几个词语叫他听写，并要求注音。他唰唰唰几下子就写出来了。我一看，两个拼音错了，两个字形也错了。我有些纳闷儿了，因为这是这本书的开头一课里的内容。一般情况下，开头几课里的内容，学生是比较熟悉的。我于是问他："你是怎么学的？老师教了没有？"他说："没教。"我更奇怪了，便问他："你们老师一年下来，连这些东西都没教，他教啥？怕是你自己不会写，就说老师没教。"他听了以后脸红了，在那里站着啥话都不说了。

他的英语更糟糕。这几天，我给他布置的作业，他完成得很不好，甚至可以说也是错误百出。既不会读，也不会写。当然，不会读也是情有可原的。语文、数学这些课程，本是我们那里的乡下学校教学的重点，就是重点结果也还是那样。而英语，在乡下学校里连老师都没有，学生当然也就谈不上学得好坏了。不过，检测的时候，我发现他能认识几个单词，而且会用不标准的读音读几个简单的句子。我觉得，相较于语文、数学来，这已经是相当不错了。所以，我还是很有信心地去教他。

每一次，我领读完后，便叫他自己学着读。他读了不到两分钟，就说："大大，我会了。"我让他读，我在一边听。他也是摇头晃脑地读起来，读得很起劲。但是，他那发音，仍然都走了样儿。于是，我便教他一个单词一个单词地认。认完了单词，再一个句子一个句子地教他读。单词句子都教了，便叫他自己读、自己写。

照例他学习了不多时间，就说自己会了。但是，我考的时候，他还是错误不断。叫他写单词，他总是写不对，而且有些错误改了又犯，犯了又改。他常常把 L 写成 T。并且，有一个错误老改不过来，那就是写下的单词挤得太紧了。明明是几个单词，但是看起来像是一个单词。于是，我再教他读，再教他写。这样反反复复多少遍之后，他能读出来，也能写出来了。

我初学英语的体会是，学起来不容易，忘起来倒是非常快。当然，侄子也不例外。经常，我前一天教了他，他会读也会写了，第二天就又忘得一干二净了。那速度，似乎比我教会他还快。但他就是不承认这一点，死不承认。有一回，我说“教过了”之后，他硬说“没教过”，我实在赖不过他，就叫他把他的抄稿本拿来。我翻开本子，找出他以前写下的问他：“这是什么?”在铁证面前，他这才低头不语了。

二

侄子刚来的时候，有些不好的习惯。比如，进门不换鞋，从外面回来后不洗手，把我家那擦得明明净净的客厅当操场来回奔跑，等等。他在外面走路时也不好好走，专拣有土有水的地方走，因而他每次从外面回来时，鞋帮上的泥巴总是往下掉。这倒罢了，在农村的山路上跑惯了的孩子本来就这样，但是到屋里后就不该再这样了。可他进门后，就是记不起换拖鞋，仍然穿着他那双掉泥巴的鞋子在客厅、卧室里啪嗒啪嗒走。于是，脚印子就在擦得明亮的地板上一个一个明晃晃地印了一串儿。他出去时手爱抓泥土，回来时两只手上也是黑乎乎的，满是泥土泥巴，每次还记不起洗手，在沙发、桌子、椅子、茶几，甚至被子上，想坐就坐，想抓就抓。为此，我说过他好多次，要他进门了要怎么样怎么样。他虽然口里也应承着说可以，可是到时候还是什么也不管。

那一天，我正在家里忙我手头的活儿时，侄子从外面进来了。他一进来，没换鞋子就径直往客厅里走。这一天，因外面下雨，他的鞋子比平时更湿也更脏。那鞋帮子上，还往下滴着泥水。他一步一个脚印，很清晰地印在地板上。那地板是我早上才拖得干干净净的地板，他就这么不珍惜。这一次，我实在忍不住了，就板起脸，指着地板上那一串子泥巴印子，厉声对他说：“瑞，以后你还这样，我可要揍你了。”

老家有句俗话：好话不如三鞭杆。我天天说好话，他不听，没想到我这么一吓唬，他倒是听了。此后，他进门不换鞋的恶习，总算改过来了。但往往是一个不好的习惯好不容易改了，紧接着另一个又出现了。有一天中午他放学回来，当时我正在厨房里做饭，他看见我的饭还没做好，就一个人到大卧室里玩去了。过了一会儿，儿子也放学回来了。儿子刚走进大卧室，我就听见他大声叫嚷起来。听他那声音，似乎有一件非常非常大的事儿发生了，因为以前他很少这样大声叫嚷过。我忙丢下手中的勺子，跑去问他怎么啦。儿子手指着他的漫画书，气愤地对我说："我的《圣斗士星矢》的最后一页不见了。昨天还好好的。"

我一听，知道一定又是侄子干的，因为屋子里就我们三个人。何况，我家里又没有来过别的小孩子。我便问侄子道："你撕了没有？"他一口咬定说："没撕。"我说："你哥哥没撕，我没撕，你也没撕，那这一页书是自己掉下来的？"这时，我看见侄子的脸唰地一下红了，还低下了头。我看他这样子，便趁机问："是你撕的？"他点点头承认了。我手指着儿子的书柜，带着教训的口吻说："以后再不许撕了。你看，人家的书都摆得整整齐齐的，连棱角都没折，你看了一下就给撕下来了，你不觉得可惜吗？"他在一边仍是一动不动，默不作声。

训完之后，我便转身做饭去了。不久，饭好了。我一边向他们俩喊"吃饭了"，一边把我们几个人的饭往桌子上端。儿子听见后，答应着过来吃了。我将饭端过去之后，便也坐到椅子上吃去了。我们已经开始吃了，还不见侄子过来。我以为他玩着没有听见，又喊了一声说："瑞，你到哪里去了？快来吃饭。"儿子在一边跟我说："他在阳台上。"

于是，我又朝阳台喊他。我喊了两遍，他都没有来。我思忖道，这家伙在忙什么，连饭都顾不上吃？便想走过去看看，果然他在阳台的拐角那儿。我怪他道："你明明看见饭好了，不来吃，还等人请。快来吃。"我说完之后，就又回去吃饭了。我满以为，我这么一叫，他会过来吃的。可是，他并没有来。我这才知道，他刚才并不是没有听见，而是在跟我们发脾气。我又叫了一次，他还是没来。儿子见他仍没来，便搁下筷子，过去劝他道："你撕了就撕了，以后别撕就行了，快来吃饭。"我也在这边附和着说："就是，以后别撕就行了。"任凭我和儿子怎么劝怎么哄，他就是不来，一直躲在阳台右侧的角落里，低着头，两手抓着自己的脚丫子坐着。

那一天，我和儿子算是合伙儿把他教训了一顿。而他呢，也拿发脾气、不吃饭把我们父子俩狠狠地回敬了一顿。他把脾气发了，把脸色给我们父子俩看了，但他不好的习惯并没有改。此后，他不仅撕书，连儿子的玩具也不放过。儿子的玩具不算多，但也不算少。小车、坦克、枪、刀、小泥人、奥特曼模型、机器人，等等，衣柜下面的那两个大抽屉里、大床下面的那个大抽屉里，还有写字台上面的两个抽屉里、下面的两个门箱里，差不多都装满了。另外，书柜里也摆了不少。侄子呢，是见了就玩，玩了就拆，毫不客气。打了枪，把枪的扳手卸掉了；推了车子后，将车上的轮子扎破了；玩了泥人，不是折了胳臂，就是卸了腿子。儿子的学习用具，他也照拆不误。他什么时候把儿子自动铅笔的笔芯抽出来折成了几截子，我一点儿都没发现。

为这些事，我不知批过他多少回。常常是，批一顿乖两天，第三天就又不乖了，又开始制造新的麻烦。“铅笔事件”结束才两天，他又把红墨水泼到阳台的地砖上了。墨水这东西，滴到地砖上，时间稍微一长就渗进去了。我用水洗也洗不净，用毛巾擦也擦不掉。他在家里，撕书拆玩具，闹得家里不得安宁。在学校里，侄子的两只手也没闲着。把学校的跳绳给弄断了，班主任老师坚决要求家长赔。我听了之后，真是哭笑不得。那么粗的绳子，他一个小孩子竟然给弄断了。唉，我真是拿他没办法。用儿子的话说，就是只要他碰过的东西，就再也没有完好的了。

三

有天下午，我正在书桌前忙我的活儿，侄子便跑来对我说：“大大，我算数学想用计算器。”我一听就知道，他想用我们给儿子新买的卡西欧计算器，便小声说：“计算器在餐桌上放着，你哥哥在那边大卧室里做作业，你不要声张，悄悄拿来用，用完了悄悄放还原处就行了。”

他刚走过去，把手伸到桌子上去取时，儿子从大卧室里出来了。只听儿子厉声喝道：“我的东西，你别动!”侄子听了之后，把已经伸出去的手又讪讪地缩了回去。

当时，侄子伸手去取计算器时的兴奋样子，我看得清清楚楚，儿子从卧室里走出来板着脸、厉声呵斥的声音，我也听得真真切切。说心里话，此情此景，在我心里留下的阴影到现在都还棱角分明。那一刻，我的心里很不是滋味，甚至可以说是很沉重、很沉重的。我心里明白，侄子这是在别人家里，不是在他自己家里。要是在他自己家，他能这样吗？我知道，在老家，在他父母跟前，在他爷爷、奶奶跟前，他从来都是小皇帝。他说一，别人从来不敢说二。他说的话，对于他们来说，是命令，是指示，是丝毫容不得更改的，而且他们得马上执行。他们姐弟仨，他最小，在家里，俩姐姐怎么都是错的，他怎么都是对的。去年夏天我回老家，亲眼看见他对他妈妈发脾气的样子。

那是中午时分，他放学回来了。他进门之后的第一句话便是："饭怎么还没熟，知道我饿了吗?"他口里说着，就呜呜咽咽哭起来。他妈妈去哄他，他又是甩胳膊又是抛袖子，不让哄。正在这时候，我母亲从大门外进来了。我母亲看见后，赶着用手摸他的小脑袋，一面向厨房里问："我的瑞咋了?"他妈说："他要吃饭。"我母亲听了，赶着催说："赶紧把饭端上来，孩子早上吃的，现在都中午了，肯定饿了。"

可是，现在是在别人家里。虽然我是他大伯，我平时对他不算好，但也不算太坏。吃什么用什么，儿子有的，他肯定也有。除非那东西，是他用不到的。因而，他刚来的那段时间里，在这儿也是很自然、很随便的。我看他那随心所欲的样子，明显感到他一点儿没有觉得他是在别人家里。只是后来，情况便成这样子了。不过，我转念又想，谁叫他不长进，老拆坏人家的东西呢？记得他刚来的时候，儿子对他也是很大方的。有好几次，我亲眼看见儿子当着他的面，对他说："我的东西，你想用啥想玩啥都可以，自己去拿。"

现在想起来，侄子神色、举止的变化始于我们父子俩合伙儿教训他的那一次。自那以后，我渐渐发现，侄子在我家变得不自然了。他常常沉默不语，显得很拘束，而且常常在距离我们很远的地方坐着。有一次，我和儿子在客厅里又说又笑，气氛热烈地讨论一个问题。我偶尔一转脸，发现侄子一个人在自己的小床上低着头玩。我便问："瑞，你一个人在那里干啥?"他低声说："我在玩。"还问我："咋了?"我说："你过来，我们一起说话。你一个人在那儿有啥玩头儿?"

他过来了，不过，他过来之后，坐在我旁边的沙发上不说话，只是静静地听我们父子俩说话。记得刚来的时候，他那么爱说话，我们大人说话时，他总是插嘴。结果是，我们的一句谈话常常因他的插嘴而不得不被打断。有几次，我还背地里提醒过他，我说："大人说话的时候，不要老插嘴，你这样子不大礼貌。别人看见了，要笑话的。"但是，现在他不插嘴了。

有时候我和儿子说话，见他什么也不说，我便将一句话说到半拉子就止住了，并有意将眼神对着他，意思要他接着我的话茬儿继续说。他看见我在鼓励他，有几回也想插话，但是刚要张口很快就又止住了。我想，他也许是因为自己做过一些错事，被我们批评过指责过，因而在我们面前没有底气，总是不敢展示自己。想到这儿，我心里便不免忧虑起来。我想，如果一直这样下去，他的心理健康就有问题了。他刚来时，是那么一个活泼、好说、好动的孩子啊。这还了得！

每每想到这些，我便后悔起来。当时是自己昏了头，把他从老家接了来。记得那时，当我把要接他到兰州来读书的想法告诉母亲的时候，母亲不同意。母亲当下还劝我说："你不要接。孩子的事儿，比不得其他事情。"我知道，母亲也是好意。孩子的事情，确实跟其他任何事情不一样。那责任之大，是其他任何事情都不能比的。但我还是没有听母亲的劝告，跟二弟商量了一下，就一意孤行将他接来了。如今，成了这样子，但是这时候自己再后悔也没有办法了。

因为当时接的时候，妻子也同意了。我没处抱怨，便又抱怨起妻子来。那天，当妻子又在电话里问起侄子最近的表现时，我便埋怨她说："当时我接的时候，你怎么不阻拦一下我？"妻子说："你不是一直在说，有机会了要帮帮老二吗？"

是的，在这之前，我确实说过这话，而且不止一次地说过这话。那时候，二弟过早地辍学回家，很大程度上也还是因为我们那个家庭的原因。家里八垧半的责任田就母亲一个人务弄。八垧半地虽说不多，但是一个人尤其是一个身单体弱的女人务弄起来说什么也不轻松。二弟回到家里后，播种的时候帮母亲播种，犁地的时候帮母亲犁地。其他如拉车运粪、挑担刨挖，他也都帮了母亲不少。母亲说，自从二弟辍学回到家里后，她明显感到轻松了许多。就为此，我一直耿耿于怀。我想，等将来自己有力量了，一定要帮帮二弟。实际上，我一个教书匠，给他也帮不了什么忙，唯一能帮的就是把他唯一的儿子接到我这儿，给他补习补习，要他在城里上学，希望他以后在学业上比他父亲有些提高。谁知，这孩子竟是这样！

没等我说什么，妻子说："是你说，当时老二为了全家早早地辍了学，什么书也没有读。你要让他的孩子好好读书。你接来了又后悔了，还说我的不是。"我被她这一句怼得没话可说了，便在电话这边傻站着。只听妻子又说：

“再说，这也不是我们的错。他们出去打工赚钱，把孩子留在家里指靠着他爷爷他奶奶看管。他爷爷他奶奶一味地宠他，把他惯坏了。实在不行就送回去，这没什么难的。”

我说：“话是这么说，但是现在真要是送回去，我们也拉不下脸。再说，是我们主动把他接来的。当时接他是为了什么，现在又送回去，我们没脸回老家不说，就是村里人看着也不好。老二两口子又会怎么想呢?”

四

放寒假前的一天晚上，二弟给我打来电话。我接上后，刚跟他说了没几句，一转身见侄子过来了。我知道，他一定是听出了这是他爸打来的电话，所以就凑过来听听。听二弟也没有什么重要的事，因而我又随便说了两句就顺手把电话递给了侄子，叫他和他爸爸聊。我便到厨房里继续做饭去了。

我在厨房里听见他们父子俩在电话里，一问一答，聊得很开心。我被他们父子融融的对话所感发，转过脸向那边看。我发现，那时候侄子脸上的表情是多么的高兴、多么的幸福，而且他那样的高兴是这多少天来所少有的。我这才意识到，到底亲的亲远的远。尽管我自以为平时待他也不错，甚至常常跟照顾儿子一样照顾着他，但是到底还是不一样。

二弟在南方打工，自从过完年走了之后到这时候又是一年。在这一年里，他们父子俩一直没有见过面。侄子一年时间没见他爸爸了，看那样子他还是很想念父亲的。这一点，我从他跟他爸爸聊电话时那扭扭捏捏的姿势和说话时娇娇滴滴的声音里可以明显感觉到。当时，我也被他们父子的亲热所感染。是的，父子之情，哪怕千山万水都是无法阻隔的。然而，就在我为他们父子的亲热而高兴、为侄子的愉快而欣慰的时候，我忽然听见侄子说话的口气变了，而且变得十分严厉又十分恳切。只听他追问道：“爸爸，你就说一句话。”

我想，一个啥话这么要紧。这时，电话那边说了什么我没听清，只听见侄子在这边将这句话又连着问了两次：“爸爸，你就说一句话。”

我静静地站在灶台前，侧着耳朵仔细去听。我想听听，他到底要他爸爸说一句什么话。很显然，这时的侄子已经有些冲动了。也许，他因心里冲动，也没有发现我正在一边密切注意着他，因而还在那儿跟他爸爸继续说。二弟说了什么，我听得不大清楚，但是通过他们父子接下来的几句对话，我还是听出了，侄子又在问他爸爸明年来不来这里的事。

这时候，我觉得好笑起来。这孩子就这么一个话，连着问了那么多次。我看当时那架势，就如一位严厉的法官在审判一个罪犯似的。但很快地，我心里又难受起来，一种少有的、来自内心深处的难受。不过，当时我什么也没有说。就在这时候，在那边大卧室里做作业的儿子笑着跑进厨房，儿子以为我一心做饭没听见侄子对他爸爸说的话，就把嘴贴到我的耳朵边小声对我说："爸爸，你听见康瑞刚才说什么了吗？"

我怕影响他们父子俩说话，赶忙将嘴凑到儿子的耳朵边，小声说："听见了。"我一面说，一面看了看侄子，示意儿子不要说了。儿子看见我这样子也会意，便悄悄退到他自己的房里去了。

我何止是听见呢，我是听得清清楚楚，也听得真真切切的。我深知，这是一个农村孩子对常年在外打工的爸爸起码的，也是发自内心的要求：就是希望能和他爸爸在一起生活。按理来说，这不是一个过分的要求，一点儿不过分。但我知道，这对二弟来说并不是一件容易办到的事情。二弟一家子，现在人也不少。他们两口子，加上两女一男三个孩子共五口人，光靠家里不到三垧地的收入，在我们那个十年九旱的山村里生活显然是不够的。因而，他必须得出去打工。但是，兰州这边工价低，一个月下来挣不了几个钱；江浙等经济发达的地方，一个月下来挣的要比这儿多许多。因而，他每年过完年便背起行李，坐火车去那儿打工了。

挣钱养家是很重要，但是孩子的教育毕竟不是小事。当时，我把侄子领到这儿，原本是出于二弟因打工、顾不上照顾孩子的考虑。但是，我发现这样做效果并不好。所以，不论在电话里，还是回家后当着二弟的面，我曾不止一次地对他说过这样的话。我说："孩子现在正是成长的关键时候，你应该多关心他。你最好到兰州来，一面打工，一面照顾他。"我还说："孩子跟别的什么都不一样，必须得自己关心，自己照顾，自己教育。这样，他在思想、心理及学业等方面才能健康成长，不断进步。"我还警告他说："你现在不管不抓，等过了这几年，你想管想抓都迟了。"

每一次，我说了这话后，二弟都同意我的看法。但是，每一次，他都说："今年就算了，明年再来。"他口里说"今年就算了，明年再来"，但是当"明年"真正来了时，他还是在过完年之后像往常一样背起行李，坐火车去江浙那边打工了。他一去，又是整整一年，到年底时才回来。这一年时间，也就这么过去了。而当下一个“明年”又来了时，他过完年后又还是背了行李踏上了东去的列车，去那边挣钱去了。他说的“明年”，在侄子瑞瑞的心里永远是个到不了的日子。在这个“今年”马上结束，“明年”又要来临的时候，侄子在电话里连着几次像审问罪犯似的审问他爸爸，要他“说一句话”，真也难为这孩子！

那一晚上，我不知道二弟给侄子说了“明年来”的话了没有。要是还说了，真不知道他这一回说的“明年”，到底是不是真的明年。

庄稼人

包产到户分地的那一年，我家分到的土地比较少。因为那时候父亲在外地工作分不到地。三弟是超生的孩子，按政策，超生的孩子没有资格分地。家里就只有母亲、我和二弟我们娘儿仨可以分到地。虽说是三个人有资格分到地，但实际上我家分到的地跟村里其他三个人的家庭分到的土地也不一样。因为当时我家只有母亲一个是劳动力，而我们兄弟俩是“软食口”。所谓“软食口”，就是只会吃饭不会劳动的人。所以，我家只分到了七垧半地。

我家分得的地，还有一个跟村里大多数人家不一样的地方，那就是不是陡就是远，再就是老阳坡。这主要还是因为父亲是工人。他们认为，工人家庭嘛，没有土地也是可以过活的。再就是分地的时候，你得面红耳赤地去争。有时不仅要争，还得跟人拼老命。我们三个毛孩子，只知道吃饭，不知道争和拼。掌柜的在外面，家里一个身单力弱的妇道人家怎么能争得过人家、拼得过人家呢？而我母亲又不是那种能争能拼的人。何况，当时的队长、会计等人对我们这种人家并没有多少好感。

谁都知道，陡地是薄地，是只花费劳动、种子、化肥而不打粮食的地。远地呢，务弄起来非常吃力，大家当然都不想要。俗话说，贤妻近地是家中宝。近处的地当然比远处的要好许多。老阳坡地，也就是阳山旮旯里的地，是太阳从早能晒到晚的地，当然也不是好地。要是老天爷肯恩赐，雨水多的一年地里还有点儿收成；要是他老人家不赏脸，春天撒下的种子，到秋后收割的时候满地都是田禾秆子，拔了连根子装了也装不满几背篼，更不要说打多少粮食了。而我家所在的那个有名的陇中山区，恰好是一个十年九旱的地方。在这样的自然环境里，一家人要靠这几垧薄土旱地吃饭，并不是一件容易的事。

我们兄弟仨又是清一色的半大小子，干活儿不咋的，可吃起饭来一个比一个能吃。眼看我们兄弟仨的个子一天比一天高，吃饭也一天比一天吃得多了，母亲心里很是着急。我说："妈，你怕啥，还有我爸挣的工资呢。"母亲听了，白了我一眼，苦笑着说："你爸的工资？一个月就那么十几块钱。再说，还要补贴你爷爷奶奶一家子呢，够个啥。我们家里也得想想办法，不能只等着你爸。"

母亲那时也是想了不少办法。帮人缝衣服、挖药材、攒杏子等，都是母亲曾经想过的办法。母亲做衣服做得不怎么好，但她在我们那一带方圆十里的地方是有名的裁缝。母亲因之也还在大队兴办的裁缝部里做过裁缝。当母亲说要缝衣服补贴家用的时候，父亲也很支持。父亲从他微薄的薪水里像挤奶水一样月月挤出几块钱，如此挤了三年时间买了台飞天牌缝纫机，叫母亲做衣服赚钱。

但是，那时候的庄稼人有几个能穿得起新衣服呢？许多人一套衣服穿多少年，穿好几代。家里孩子的衣服，老大穿了老二穿，老二穿了老三穿。更多人的衣服，是新穿三年旧穿三年，缝缝补补又穿三年的。而我家又是在一个极为偏僻的山村里，村子里就那么十几户人家。因山大沟深，外村的人也很少来。因而，母亲用这种办法并没有赚到几个钱。

当时，村里人挖药材卖钱，也有赚了点儿小钱的。但是，母亲在挖药材上却没有赚到什么钱。那时候，我和二弟都在上学，三弟又小，家里的七垧半地全靠母亲一个人务弄。虽然母亲那时候基本上天未亮就起来干活儿，黑汗白汗干一天，有时候天黑黑的时候才进家门，但是还是有许多活儿落在了别人后面。因而，当别人拿了铲子去山里挖药材的时候，母亲还不得不去自家的地里干活儿。母亲挖药材，只是在上地干活儿、收工回家的路上顺手挖几棵。如此积攒一年也积攒不了多少，更不要说卖钱的多少了。

那时候，对母亲而言，攒杏子是她干起来最便捷，而且见效也最快的办法了。因为攒杏子不需要花更多的时间，这一点适合母亲。另外，我家杏树很多。这一点看来简单，但是也很重要。因为村里许多人家杏树很少，有的人家甚至一棵杏树都没有。没杏树的人家，杏子熟了吃吃人家的还可以，一天从早到晚在人家的杏树下拾杏子、攒杏子，一般人还是不好意思那么干。

再说，许多有杏树的人家也都知道杏皮、杏仁、杏核是可以卖钱的。

因为捡拾的方便和时间上的许可，母亲很重视这一赚钱办法。母亲不仅叫我们几个抓紧时间捡拾，她自己也一有空就去捡拾。因而，那时候，杏子一成熟，母亲便格外忙。母亲从田里一回来，便先要到杏树下面转一转，看看有没有掉下来的杏子。有的杏子一成熟就掉下来了，要是有的话，母亲便会弯下腰捡拾起来装进衣袋里；要是多的话，母亲还会把我们也喊去帮她捡拾。

如果树下面没有掉下来的，母亲便会抬起头看树上有没有熟了但又没有掉下来的。因为有的杏子即使熟了，也是不会掉下来的。要是有的话，母亲便双手用劲儿摇动树干，将那些杏子摇下来，然后去捡拾。有的杏子则很顽固，虽然已经熟了，它也不掉，用手摇也摇不下来。这时候母亲便会把我们喊去，叫我们爬到树上去敲打。母亲在树下面将推耙子递上来，我们接了站在树杈间，盯住有熟杏子的树干，“克托克托”敲起来。这么一敲打，那些长在树枝上的又圆又大的杏子便会哗啦哗啦落下来。母亲便在树下面忙着捡拾起来。

杏子这种水果，从开始吃到把这一年的杏子全部吃完，要经历好长时间。在这段时间里，基本上天天有熟的，天天有吃的。往往一夜之间，树上就会成熟许多。一棵树上的杏子，越到后来不仅越少，也越不好吃了。而且，人吃到后来也都吃腻了。所以，这时候即使树上有熟了的杏子，也没人注意了。许多熟了的杏子往往在没人注意的时候掉下来，掉到树下面的草丛里了。这时候，你发现它的皮是烂烂的，裸露出来的核也是紫黑色的。当然，这样的杏子，吃是不可以的。另外，还有一些杏子，干瘪难看，再爱吃杏子的人，见了这种怪样子也不想吃了。但是，这哪一种杏子母亲都不嫌弃，都一股脑儿捡起来，装进衣袋里拿回家。能取核的取核，能褪皮的褪皮。杏核、杏皮，哪一种拿到集市上卖都有人要。

于是，我家的院子便成了一个大晒场。厨房屋檐下，草窑洞顶上，那个长满杂草的土台子上，甚至大门外，黄锃锃的杏皮、麻乎乎的杏核晒得到处都是。一个夏天过后，这样日积月累攒下的杏皮、杏核也可以装满好几个尿素袋子。然后，拣一个逢集的日子，我们母子几个肩挑背扛，将它拿到集市上去卖。就是价钱一般般的年份，也赚不少，价钱好的年份，可以赚好几十块钱呢。

当然了，这办法赚点儿油盐酱醋零花钱是可以的，要拿它去补贴一家人的生活则还是杯水之于车薪了。渐渐地，母亲也意识到了这一点。最后，母亲把眼睛盯在山头坡尾的荒滩荒地上了。

那几年，村里开荒挖地的人不少，而母亲尤其热心。平时农活儿忙的时候，母亲就赶三赶四地干田里的活儿。等到下雨天，田地里的活儿不能干了，母亲便开荒挖地去了。庄稼人，一年三百六十五日，就没个休息天。按理来说，下雨下雪天是老天爷赐给他们的休息天，这时候他们完全可以好好休息了。村里一般妇女真是如此，她们耳听着外面叮叮当当的滴檐水，消消停停坐在自家的热炕上，心安理得地拿过针线笸箩缝缝补补做针线。有些想串门子的，东家进西家出，聊天说闲过时间。还有一些不想做针线，也不想串门子聊天说闲的，便拿过枕头钻进被窝里，呼哧呼哧睡大觉。没日没夜地劳累，她们是多么需要歇歇啊。在这样的天气里，睡个一天半日也未为不可。可母亲没这么大的福分，她不仅不休息，反而比平时更忙了。母亲戴上草帽，穿上雨衣，扛上那把被荒坡上的土疙瘩磨得明晃晃的镢头上山了。常常是雨下多长时间，母亲在荒坡上开挖多长时间。有时候，一直到夜色下来的时候，母亲才拖着沉重的脚步扛着镢头回来了。

母亲开挖荒坡的时间，平时选在下雨天。但快到下籽耕种的时候，母亲为了赶时间，连星期天也不放过，因为星期天我们兄弟俩都不上学了。一大早，母亲便叫醒了我们，匆匆吃点儿馍馍之后，母亲便带领我们上山了。我们一到荒坡头，便镢头、耙子、刨子一应家当都上了。母亲在前边一镢头一镢头挖，我在后面把母亲挖起来的牛头一样大的草土疙瘩，一刨子一刨子往碎里打。二弟又在我后面，用耙子在我打碎的土里，一耙子一耙子把柴草耙出来。连刚学会拿耙子的三弟，也混在我们当中搅和起来。他跟在二弟后面，一会儿耙草，一会儿拾柴。快到中午的时候，毒毒的太阳晒得他的脸红得像个关公。母亲叫他回家去，但他就是不回去。他在旁边的草坪上躺一会儿后，就又拿起耙子在碎土疙瘩草丛里搅和起来了。一直到我们回家的时候，他才跟着我们往回走。

当然，我们兄弟仨仅仅是偶尔帮母亲挖挖，主要的荒地还是母亲一个人用镢头、刨子、耙子和一滴一滴的汗水开挖出来的。几年时间下来，村里所有能开挖的荒滩荒坡都挖开了，也都撒籽播种了。而母亲开挖的，又都是沙多土少、村里那些田广地多的人家连看都不屑看一眼的陡坡荒地。有的实在太陡了，陡得连骡子、驴、牛都爬不住。所以，撒籽播种的活儿，母亲专等星期日我们俩不上学的时候干。这一天，母亲带领我们兄弟几个去手刨手种。母亲前边用铁锄一锄头一锄头刨，我们几个在后面移种的移种、撒肥的撒肥。我脖子上衔一个大粪斗，一碗一碗撒肥料。二弟和三弟提着筐子，一粒一粒撒种子。母亲前面刨一点，我们在后面撒一点。这些荒地就这样被一块一块种上了。

母亲开挖的这种荒地，远近不一。最近的，就在窗石洼坡上，离家不过几十步。最远的，在石月亮峡的半山坡上，离家有一大截子路。而且，这截子路也不好走，去时是一个陡直的下坡；来时，是一个陡直的上坡。走下坡的时候，噔噔噔一直下，蹾得人小腿肚子关节疼；走上坡的时候，得像爬梯子一样往上爬，爬得人膝盖眼儿嗓子疼。空手走一个来回也得花一个多小时，何况我们来回时手上肩上还不能空着。每当春运粪土秋搬庄稼的时候，我们兄弟几个总会怨声载道，有时当着母亲的面抱怨说“太吃力”“太不方便”“太划不来了”。

我们常常是走一路，怨言说一路。一担田禾两捆子少说也有五六十斤，从位于峡谷底的地头上挑起来，沿着弯弯的羊肠山路一步一步往上走，真不轻松。那是有着S形急弯的路，一会儿转过来往南走，一会儿又转过去往北走，十几个弯子转下来，就算是空着手也都气喘吁吁、大汗淋漓了，何况肩上还有两大捆长枝烂秆的田禾捆子呢。快到山畔上时，我晕头转向，两腿打战，几乎坚持不住了。当最后一脚踏上山畔的那一块平地时，我便“哎哟”一声整个身子往一边一倾斜，将肩上的担子扔下来，一屁股坐到地埂子上喘起来。而紧跟在我后面的母亲，肩上那捆子小山一样的田禾，似乎并没有压垮她。因为她爬上这个山畔时，好像并不怎么吃力。她虽然也将田禾捆子搭到地埂子上歇息去了，但只是稍微歇一下就又出发了。临走的时候，还向我说一句：“你再歇一会儿，我往前面走了。”

这些荒地，大小也不一样。大的差不多有百步见方，小的则十步都不到。十步不到的一小块地，就是丰收年景也收获不了多少，不过是洋芋几筐子，或者胡麻十几捆子，或者莜麦十几束子。当然了，不一定都是这样，有的年景就没有这些，还有个别年份连籽种都收不回来。但是母亲还要耕种，她既不嫌远也不嫌陡。种的时候，担了化肥、背了种子去种；收的时候，拿了镰刀、夹了护膝去收。

母亲开挖的荒地一点儿一点儿扩大了，母亲的病也一天一天出来了。在那段时间里，母亲常常叫唤腰疼腿疼胳膊疼。有一天夜里，我听到母亲“哎哟”“哎哟”呻吟的声音。我问：“妈，你咋了?”母亲说：“胳膊疼，把我疼醒了。”母亲一边说，一边还“哎哟哎哟”地呻吟。我说：“妈，都是你挖荒挖出来的。”母亲说：“我的娃，你们兄弟仨一天一天长大了，吃饭一天比一天多了，我们就那么几垧地，不开挖点儿地，多种点儿庄稼补贴补贴，能行吗?”

那一年，我考上了县里的中学。国庆放假的时候，我从学校回来了。爬上大生地梁头，老远看见母亲在窗石洼坡的荒地里挖洋芋。我便直接去了母亲干活儿的地头儿。在离地头儿还有好大一截子的地方，我看见母亲躬着腰，双手举着锄头一下一下地挖。不大的一块田里，洋芋铺了一层。白花花的洋芋，在秋天的阳光下显得格外耀眼，像是铺了一地银子。母亲看见我来了，便放下锄头，指着满地的洋芋，笑着说：“你说种它划不来，你看，这不是长得很好吗。”我说：“是呀。是很好。”我随即又说：“但这能有多少?”母亲笑着说：“你不要小看，这些少说也有十几筐子呢。有了它，今年的年猪就可以喂到腊月了。”我说：“妈，你流的汗，不知要比这十几筐子洋芋多多少呢。”母亲一边擦汗，一边说：“庄稼人，不算那个账。一算账，啥都没了。”

我高中毕业考上了大学。大学毕业后，参加了工作。二弟那年辍学后在家里帮母亲干了几年的农活儿，之后便去外面打工了。因为二弟干活儿认真，又学了门技术，不久还进了公司的管理层，一个月下来收入也不错。三弟高中毕业后也上了大学，大学毕业后顺利地在一家大型国企上班了。买断工龄的父亲，不久也开始领工资了。渐渐地，我家的经济情况好多了。家里平时也只有父亲母亲两个人吃饭。他们也吃不了多少，家里花销也不大，但是母亲还是耕种着这些土地。本来，种惯庄稼的人，种庄稼是天经地义的事情，但是这时候母亲身体也大不如以前了，而且母亲还查出来患有多种疾病。父亲身上也有病。我们都劝父母亲不要再种地了，可是母亲不同意。母亲还是像以前一样，早出晚归，春种夏收。不仅把家里原有的那几垧责任田全种了，还把我们母子几个开挖出来的那几绺儿陡得连牛驴骡子都爬不住、打粮食也打不了多少的荒地，一绺儿都没有舍得扔地种上了。就这还嫌少，还一再怂恿父亲租种些村里其他人丢弃不种的土地。

那年春节回家，我们兄弟仨又凑到母亲跟前劝说起母亲来。我们说："妈，现在我们家的生活也可以了，您和我爸也吃不了多少，您就不要再种地了。你们都这把年纪了，再说你们身体都不好。"我们还说："村里那些身强力壮有能力种地的人，现在也有许多不种了。"可是，母亲又给我们兄弟仨扔过来她那句永远也没有改变的话，她说："庄稼人，不种地，干啥去。"

李老师

那时候，我已经长得很大了，大得一个人敢赶着一圈羊放去了。当然，是爷爷支使我去放的，而母亲是不大愿意让我一个人去的。母亲说：“你还那么小，怎么能放那么一圈羊呢。”

我白天放羊，当一个大孩子使，晚上回来后就又变成小孩子了，还缠着母亲要奶吃。每每这个时候，母亲就会拿“老师”来吓唬我。母亲说：“今儿吃了再不许吃了，听见了没有？你再要吃，我就把你送到学校去，叫老师去教育。你到学校里了还这样不听话，老师可要拿板子打你了。”

母亲一面说，一面还绘声绘色地给我讲老师打人时的凶样子。母亲说，老师手里总拿着板子，谁不听话就打板子。母亲还说，老师最爱打学生的手掌心，有时候也打屁股蛋子。他手一伸打一板子，手一伸打一板子，看你听话不听话。

听了母亲的这些话之后，我怕上学，也怕老师。我心里想：“以后叫我干什么都行，就是不去学校里上学。”

我心里这么想着，也暗自下了不去学校上学的决心。但是，八岁那年，母亲还是把我硬生生送进了学校。

第一天去学校，我是扯着我的远房姑奶奶艳萍的衣服襟子，跟在她后面进去的。母亲怕我胆子小不敢去，特意把我交给了这位远房姑奶奶，她那时候已经是五年级的学生了。到了校园里，看见一张张陌生的面孔，我心里当然很紧张，因而我像她的尾巴一样，紧跟在她后面。她走哪儿，我跟哪儿，一步也不敢离开。但是，上课铃响了之后，她还是一把将我推进了那个据说是给我们上课的大教室里。好在这个教室里还有好些我们村里的孩子，我便跟他们一起，吊着腿，坐在了那个长条木板搭起来的凳子上，等着老师。

我们等着等着，等了好久，还是不见老师来，教室里便渐渐有了说话的声音了。到后来，整个教室里乱哄哄的。那些胆大些的学生大声吵嚷着，还有的胆子更大，索性离开自己的座位，在桌子与桌子之间的窄道里跑来跑去追赶打闹。看见他们又是说笑又是打闹，我也坐不住了。我从自己的长条木板凳子上下来，站在地上，伸长了脖子往窗子外面看。我一看，这才发现，原来那几位老师就在前面的园子里，带着一群高年级的大哥哥大姐姐在一铁锨一铁锨开挖园子地。那还是学工学农的年代，所以老师带领学生挖地种田比上课更重要。

我看见老师还在那儿开挖园子地，心里也便放松了许多。心想，至少这会儿，老师不会因为我不听话而打我的手掌心。不过，我还是不敢离开自己的座位，仍然在那儿站着。教室里其他的同学仍然还在你追我、我追你地打闹，吵嚷的仍然在吵嚷。

不知什么时候，老师进来了。等我发现的时候，他已经站在黑板前面了。这位老师个子很高，披着件蓝色上衣，两只袖子挽得高高的。只听他喊道："吵什么!"

教室里学生多，吵闹声又大，老师的喊叫声并没有引起大家的注意。他们还在那儿追赶打闹，吵嚷叫骂。于是，这位老师又大喊了一声，还使劲儿敲了敲桌子。这一回，大家听见了。于是，一个一个像老鼠见了猫一样，贼眉鼠眼，抱头鼠窜往座位上跑。那老师看见大家都回到了座位上便没有再责骂，而是转过身在黑板上用粉笔一笔一画去写字。他一下子写了好几个字，写完之后，便一遍一遍领我们读。领着读了几遍后，他便说："现在开始练习写字，过一会儿我来考。"说完后，老师就又转身出去了。我从窗子里看见，他又到园子里挖地去了。

这位大个子老师就是李老师，这堂课是我的第一堂课。那一天，他又进来了没有我忘了，他到底考了我们没有我也忘了，但是在此后几年的师生交往中，他给我留下的印象倒是很深刻。

那时候，我们那个小学校总共有三位老师、五个年级。我在这个小学校里一共上了五年学，这三位老师轮换着教五个年级。所以，同一位老师这一学期给我们教语文，等到了下一学期时又给我们教算术。这么换来换去，到头来每位老师都教过我们，李老师当然也不例外。他有一年教我们语文，又有一年教算术。不知是李老师教得好还是教得时间长，总之，到现在我对他的印象最为深刻。

李老师给我们教语文教过好几个学期，教算术也教过好几个学期。李老师教语文，最注重朗读。我们大清早一来，他就把我们从教室里喊出来，让我们站在西面那堵山墙的墙根下面晨读。清晨的太阳红红的，照在校园里，也照在我们的脸上。李老师在他们三个人共用的那间办公室里，不时透过窗玻璃朝我们这边望过来，他在监视我们。有时候，他还走出办公室，背着手走到校园里，在摇头晃脑地朗读着的我们这些学生中间踱步。不过，这样的时候，他是不说话的。也许，他是怕影响我们晨读。直到快上课的时候，李老师才在我们面前站住了，大声问："读熟了没有？"我们便止住了朗读，异口同声地说："读熟了。"李老师说："熟了好，熟了就读一遍，我听。"

随着李老师喊一声"一二，开始"，我们大家便朗读起来了。

课文朗读的遍数多了，即使不想背诵也能很熟练地背诵下来。李老师当时只要求我们朗读，结果常常是我们谁人都能够背下来了。实际这一点，李老师早就知道。李老师见我们朗读得如此熟练，很高兴，一面点头，一面微笑地看我们朗读。李老师这么一鼓励，我们便干脆将书本合上了，眼睛向着远处，摇头晃脑地背起来。我们那姿势，显然也是要在李老师跟前，显摆显摆我们真用不着课本了，我们已经很熟练了。李老师仍在一边满意地带笑看我们背诵。我们背诵完了，李老师照例带笑说："我看这一篇课文，大家都很熟了。"末了，还要有针对性地加以点评，说某某某的声音洪亮，某某某对哪一篇更加熟练，等等。我当然也是受表扬的一个，得到李老师的表扬后，我们大家都很高兴。那时候，上课铃虽然早响了，但因为我们整个班级在一起背诵，阵势大，声音响，引得其他班里的同学站在周围观看不进教室上课。那情景，到今天也依然历历在目，算来快四十年了。当时背下的那些课文，也还能很熟练地背诵出来。

李老师给我们教算术，前前后后也教过好几个学期。在算术专业方面，像李老师这样程度的老师，我敢肯定地说，我见过的不少。但是，像他这样有耐心的老师，我也敢肯定地说，我见过的并不多。李老师给我们讲过的算术问题不少，我的脑海里印象深刻的，要数二年级的进位数问题。进位数问题，不算太难，但是初学的同学都说不好理解。我当然也不例外。不仅我，我们班除了贾明山之外的其他同学都说难理解。连算术学得当当响的曹伟峰，刚开始的时候也有些糊里糊涂的，搞不大清楚。对于这个问题，我记不清李老师到底给我们讲了多少遍。但是，有两点我记得很清楚，这就是：第一，他讲了好多遍好多遍；第二，他对我们没有发过脾气，一点儿脾气都没发过。

把一个单纯的算术问题讲好多遍，在我们那时候的算术课上，我要是没记错的话，不是没有，但是不厌其烦地讲解，讲解的遍数跟李老师一样多的老师，我记不起第二个了。把一个算术问题讲了好多遍后，同学们还不会熟练地演算时，授课老师还不发脾气的，我没记错的话，不是很多。不要说整个小学，就是整个初中、高中阶段也少见。可李老师就这么反反复复、不厌其烦地讲解，而且始终带笑讲解。我就不理解，他哪那么多的耐心和微笑。记得那几天上课，他进教室的第一句话就是："这个问题现在懂了没有？"

开头几次，我们异口同声地说："没有。"

他一听说"没有"，就又拿起了粉笔，在黑板上又是举例又是分析地讲解起来。尽管李老师举例不少，讲解得也不少，可是我们还是不大懂。后来几次，当他再次问到这个问题的时候，我们便不敢大声说不懂的话了。我们觉得不好意思说。于是，我们便压低了声音，十分不好意思地说："没有。"可李老师听了之后，还是什么也没说，就又拿起粉笔在黑板上写了例题，然后又一道一道地讲起来。讲完后，又出一道题，把我们一个一个叫到黑板前，盯着我们一步一步往下演算。直到全班每一个同学都会熟练演算了，李老师这才作罢。

我上了那么多年的学，课也没少听，不理解的问题也没少遇到过。当然了，"真是猪"或者"笨死了"之类的话，也没少听。我本人当了老师后，这些年也没少给学生上课，"真是猪"或者"笨死了"之类的话，我对我的学生们也没少说。好在我教过的这些学生，都很有涵养。要不……

夏天日长，中午的时间似乎更长。大家回家吃完午饭回到学校时，离上课还有好长一段时间。这时，大家便在校园里追赶打闹，也有的去操场上打排球。学生从一年级到五年级，虽说只差了五个年级，年龄差得倒不小。就一年级来说，有的只有七八岁，有的却已经十七八岁了，还有的都快二十了。罗家庄的罗世世，听我妈说，他跟李老师同岁，但还是一年级。当然，这是特例了。不过，那时候的同学，不论男女，有一部分的年龄真还不小。有些年龄大些的男同学人高马大力气壮，还特爱打排球。他们一到操场上，一个个粗门大嗓子，动不动捋袖子伸胳膊，样子特凶。我们这些低年级的小子蛋们一见了就害怕。但是，那时候我们这些小子蛋们也好事，自己本事不行，还爱混到这些凶神恶煞般的学长们中间装装蒜。我们跑进球场里，望着从半空里高高飞来的、将要落下来的排球，也伸出了胳膊准备接。他们一看见，就大声嚷嚷起来："出去出去，小娃娃捣什么乱！"

他们人高马大的一大群，在操场上围着一个球"嗷嗷"喊叫着，一会儿跑过来，一会儿又跑过去地抢。他们一来就是一群，三四个或者四五个。我们那操场是土操场，本来灰土不少，他们这么一来更是团团风尘滚滚而来。我们这些小子蛋们见了只有抱头鼠窜、仓皇逃跑的份儿了。看着那只白色的球滚来过去，我们的心里干着急却不敢近前去，只有远远地站在球场边上伸长脖子看。同时，对他们的横冲直撞、飞扬跋扈感到十分不满。那时候，我们多么希望李老师快点儿到来啊，因为李老师一来，我们这些小子蛋们就也敢进场子里面过过球瘾了。

李老师终于来了。

李老师一来就把外衣脱了，顺手架到篮板后面的那个木衬子上，然后往场地上走。他一面往里走，一面转身对站在场子外边的我们这些小子蛋们说："都进来。"

我们听了很高兴，拍着手蹦着跳着跑进场里去了。高年级同学虽然是人高马大力气壮，冲着我们直嚷嚷，但是李老师来了，他们也变得乖乖的了。他们的球艺比起李老师来，也还是差了很多。

李老师一拿到球，总要朝我们这些胆小如鼠的小子蛋们发过来。他一面发球，一面还远远地朝我们喊："接住！"我们这些小子蛋们也学他的样子，合拢两手，一面两眼紧盯从半空里飞来的排球，一面飞跑着去接。每当看见我们稳稳当当接住一个球时，李老师便在场子里大声道："好球——"

李老师的办公室，也就是他们三位老师共用的那间办公室，就在我们上课的那座大教室的隔壁。从教室门出去，往右一拐，再上一个低低的石头台阶便到了。但是，李老师下课后常常不回办公室，而是仍在教室里随便拣一个空座位坐下来，然后跟我们说话。那时候的我们，大多不过是七八岁、八九岁的小子蛋，就是年龄大些的大哥哥大姐姐，不过也还是小学生。这种年龄的小子蛋们懂个啥？一个大人，跟这些连屁也不懂的小学生有什么聊头儿？但是，李老师就常常跟我们这些连屁也不懂的小子蛋们聊天。我们团团围着他，想说什么说什么，想问什么问什么，一点儿没有课堂上的那种拘束。李老师也是说说笑笑，丝毫没有课堂上的威严。他跟我们说话，就像他跟大人说话时一样，一点儿不拿我们当小孩子对待。他问什么，我们说什么；我们问什么，他回答什么。李老师跟我们聊天，不厌其烦地回答我们提出来的这样那样的问题。

有一次，四年级的许小名问："老师，我听人说，读书考大学跟自家的祖坟有关，是不是真是这样？"李老师听后，顿了顿，然后带笑说："这个问题，你今晚回去问问你大大（大伯）。"我们听了都哈哈哈地笑起来。他大伯家的堂哥许勇民就是大学生，是我们村里有史以来的第一位大学生，当时也是唯一的大学生。这个母亲早已经跟我说过，我是知道的。

我的初中，是在离家六七里之外的六里营学校上的。这是个戴帽子中学，也就是既有小学又有初中的那种学校。我早上从家里出发，步行去上学。晚上放学后，从学校步行回家。我这么一早一晚上学、回家，必须要经过我们的小学校。有很多人说，自己念过的学校，毕业之后就再也不想进去了。我此后也有这种心理，但不知为啥那时候倒没有。我们的小学校我还是想进去的，不仅想而且很喜欢进去，也常常进去。晚上放学，步行回家经过这儿时，我经常会透过前面土墙中间的那个土豁口向里张望，要是发现老师办公室的门还开着，也会顺脚走进去。

通常情况下，总是李老师在里面。他有时候伏在办公桌前批作业，有时候在那儿练习毛笔字，还有的时候拉二胡。那一次，我们一同去了几个。刚上初中的学生，虽然比小学生大了点儿，但实际还是狗屁也不懂的学生。可是，李老师则把我们当成已经很大很大的学生了。他见我们来了，指着一边的椅子叫我们坐下，又像往常一样询问我们最近的学习情况，也问询中学那边老师们的教育教学情况。末了，李老师还要像往常一样，鼓励我们几句。

有好几回，我放学回家时，还没走到那个土豁口老远地就能听到里面咿咿呀呀拉二胡的声音。我也是一个二胡爱好者，虽然拉得不好，或者说连入门级都不算，但是当我进去后，李老师便把他正在拉着的二胡递过来，非叫我也拉一拉。因为他知道，我是可以拉一拉我们的社火小曲的。那二胡已经递过来了，我不能不接住，不能不硬着头皮在李老师跟前献丑了。等我拉完一曲，李老师便要点评一番，还要说说他拉二胡的体会。

大约在我去县城上中学的第二年，李老师便从我们这个小学校调到六里营学校去了。六里营学校不是一个大学校，但在我们那一带也不算一个小学校。全乡总共两所戴帽子中学，它就是其中的一所。李老师刚到那儿时只代课，他代的还是小学的课。语文也代，数学也代。不久，便做了那个学校的校长。后来，我因为忙，好几年没有去过六里营学校了，当然也就没见过李老师了。

我大学毕业后的第二年，从另一所学校调到六里营学校教书。这时候，李老师还是这儿的校长。我的启蒙老师此时既是我的同事，又是我的领导。

据我所知，当时许多学校里的校长都很少代课，有的甚至一节课都不代。当然了，这也是可以理解的。当上领导了，责任重大，少代课或者不代课可以抽出身来更好地去处理繁杂的公务。可是，李老师当校长，不仅自己代课，而且比别的老师代的还多。这一点，我有些想不通。

那时候，我们这所学校学生多，老师少。记得当时全校学生将近四百名，但只有十三位老师。而且这十三位老师中，只有四位是受过正规师范训练的，其他的都是民办老师。李老师本人也是民办老师。他们这些民办老师大多是“文革”时期的高中毕业生，有几位还是初中毕业生，那时候是上山下乡锻炼的时候，因而他们在学业上实际水平并不高。当时老师的工资本来不高，而民办老师的更低。因而，许多人的情绪都很大，教书缺乏积极性，排课的时候不免有这样那样的怨言。当然，这也是可以理解的。

大家不爱多代课，尤其不爱代主课，因为主课责任大。评比、检查的，也总是主课。听说，这学校排课的时候，气氛一度很紧张。不过，那一天排课的时候，我感觉气氛倒还不错。排课一开始，李老师首先就给自己安排了两门主课、三门副课。谁都知道，他这一安排，不论课程总数还是主课数量都不算少。一般的老师都是两门主课、两门副课，只有少数年纪大的，像头发花白的张老师，才是一门主课、两门副课。给自己安排完课程之后，李老师才给其他老师排。

李老师不仅在代课上的做法我想不通，在其他许多事儿上我也想不通。比如，教师节的时候，我们周边的学校都给老师们发诸如床单、被套等节日礼物，他一牙糖果都不给大家发。老师们出差的时候，别的学校多多少少给点儿补助，他一分钱都不给。不给就不给，还说什么“国家给你发了工资，就是要你工作的”。上面来人检查了，别的学校校长亲自陪同，亲自招待。他却只叫住校的那几位老师，在他们那烟熏火燎的土灶上给人家做几顿饭吃。那几年，像他这样的校长，我没有听说过第二个。

我工作这么多年了，走过的地方不少，遇过的领导也不少，但是李老师给我当领导的那三年，我很是怀念。但这并不是说，李老师没有批评过我。实际上，李老师不仅批评我，还在教师会议上当着大家的面批评过我呢。不过，他在会议上批评的，是我工作上的失误，而会议后又像当年他给我当小学老师的时候一样，说说笑笑，好像压根儿他就没有批评过我。

与李老师共事的那几年，正时兴留职停薪、下海经商的风潮。发了神经的我，也随波逐流起来。结果呢，一个子儿没捞到，还弄了个浑身泥水。再差那么一点点儿，就溺死于茫茫商潮中了。我回来后，连亲人差不多都不认我了，以前的许多好友、同事、同学见了我像是见了传染病毒一样，躲都躲不及。但是，那天当我去六里营学校见李老师时，他不仅没有像躲瘟疫一样躲着我，反而还详详细细问询起了我这次下海的经过。

几年以后，我到了省城，在一所学院里谋到了一个老师的职位。有一天，我正在家里看电视，忽然接到一个电话。一看来电显示，是老家那边打来的。我以为又是母亲在营来赶集的时候，顺便给我打的。等接通后，才知道是小李打来的。小李是当年我在六里营学校教过的学生，跟我三弟是同班同学。他俩的关系也不错。听说这时候他已经是这所学校的主任了。我以为他要打问三弟的什么事儿，但是并没有，他在电话里简单地寒暄了两句后，就问起我的收信地址来，还说这是李老师的意思。我当时听了莫名其妙，虽然跟他说了我的地址，但终究不知道他要这个干什么。

几天之后，我收到了一封来信，是六里营学校寄来的。我想，这一定与上一次小李的电话有关，因为六里营学校其他人都不知道我的收信地址。打开来一看，果然是。这是一封打印好的书信，看那标题是写给六里营学校校友的。看样子，这样的信，他发出了不少。再一看详细内容才知道学校是为了编写校志，在征集各个校友的资料。我心里想，我们这么朴实的学校，现在也做起这种时髦事儿来了。可是，当我读了信中“发扬楷模”“鼓励后学”

等语句后，发现李老师不是在赶时髦。对于一个曾经在这儿读过书，后来又在这儿工作过的人来说，我当然希望我们这儿的孩子们勤奋努力，学业有成，我也希望我的母校越办越好。但是，很快我又踌躇起来了。因为其中有“杰出校友”的字样，我就是个杰出校友？这样的资料，我敢写？但我转念一想，这是李老师的意思。因为信的末尾，签的就是李老师的大名，那时他还是这儿的校长。况且，鼓励后学也不是什么坏事儿。于是，我便硬着头皮，怀着忐忐忑忑的心情，按信上的要求写了些，寄出去了。

那年假期回家，我像往常一样，又去李老师家看望他。闲聊中，李老师又说到这事儿，他带笑说：“我们六里营学校以前的学生，学习大多都很刻苦、认真。我们这么多年也培养出了不少人才，可是现在的学生不知怎么了，一点儿也不爱学习。我们想了各种办法，但是见效都不大，最后我才想出了这一招儿。我想，把你们这些从我们这儿走出去的学生的事迹写出来，叫他们看一看，也许会有一些效果。”

喝酒

关于喝酒，有句俗话说得好：烟是学式酒是量。意思是烟这东西可以学着抽，可是酒这玩意儿，却没法学着喝，那可是肚子里装老虎的事儿，没能力装不能硬装，硬装是装不住的。

我家几代人都能喝酒。爷爷爱喝酒，酒量也不小。要问他老人家酒量到底有多大，我真还说不上。但我可以肯定地说，爷爷喝了这么多年的酒，喝醉的，我只见过一回，就是那年全大队在我家的上房里欢送驻队干部的那一次。那时我还是小学一年级的小学生。关于那次欢送干部，有一些细节我还能记得。其中记忆最深的，便是爷爷喝醉酒的情景。我记得喝到下半天的时候，爷爷说话更多了，走路也不稳当了。但那几个干部还不放过爷爷，还拿着我家的那只陶瓷小碗不住地给爷爷敬酒。

父亲能划拳能喝酒。父亲当了差不多三十年的工人，听父亲说那时候他们厂里来人时，他常常被叫去陪领导喝酒。刚开放那几年，农村人生活好了，家里办喜事儿也讲究排场了，有的人家一摆酒席就是一二十桌。像张家寺的姑太太娶孙子媳妇的时候，就摆了这么多。在一二十桌的婚宴上做执客，并不是一件轻松的事儿。你得席席划拳，席席喝酒。一席按十个人计算，总共下来人也不少。虽然父亲划拳划得好，酒量也不错，但从下午一点开席一直到天黑散席，拳再好也总是要喝一些酒的。这么大的酒场上，不要说执客了，就是许多被招待的客人，有些也招架不住一轮又一轮执客的轮番轰炸。有的人到了散席的时候，人还没离开桌子，吃下去喝下去的就已经呕呕哇哇地当场兑现了。而父亲呢，醉也没醉，吐也没吐，一个人翻过山利利索索回家来了。

三个叔叔，虽算不上什么酒家，但都是见了酒就喜欢得顾不上放羊拉车割麦子，非要喝个天昏地暗不罢休的那种人。尤其是二叔，酒量比我父亲的还大，拳划得比我父亲还好。可是，我们兄弟仨既不能划拳也不能喝酒，没一个有出息的。

那年秋天，我和同事小郑带学生去临夏实习，晚上，热情的甄校长为我们接风。甄校长看起来四十多快五十岁的人了，可是喝起酒来，痛快得胜如年轻人，脖子一仰一杯，脖子一仰一杯。一碟子六杯酒，甄校长端在手上，就那么简简单单的六下子，杯子底儿一只一只朝天了。甄校长喝完后，便双手端着碟子，顺桌子一路敬来。轮到谁，他便直挺挺站到谁跟前，直等客人喝干后，才点头称谢离去。看见这情景，我的两腿不禁打战。要是平时，我早都借故溜走了，但是那一天，我没敢这么做。初到贵地，也不好意思这么老早地就逃之夭夭，更何况甄校长这是专门为我们远方来的客人设下的宴席。他如此盛情，怎好意思一溜了之？眼睁睁看着他一路敬来，我心里只有干着急。

终于轮到我了。他照例站在我面前，双手端着满满一碟子六杯酒，口里仍然是念念有词：“初次见面，给个面子。感情浅，舔一舔；感情深，一口闷。”显然，在这儿，喝酒的多少直接代表着感情的深浅。这简直是把人往火上架着烤嘛。我一声一个“不胜酒力”“请原谅”，但他还是两眼直勾勾盯着我，好像压根儿就没听见我说了些什么话。我左右为难，不知该怎么办才好。喝了吧，我一定又会头晕脸烧胃里疼，这个晚上再也别想睡觉了。头晕就头晕一下，胃疼就胃疼一下，喝酒嘛，总是要付出点儿什么代价的，可是弄不好还得当夜送到医院里，麻烦那些急诊科的医生们，这就不合算了。不喝吧，盛情难却。那场面，怎一个尴尬了得。

每每遇有红白喜事，少不了给人家打礼；打了礼，也少不了被人家请去吃席。一吃席，又少不了要喝酒。要是跟不熟识的人坐在一个桌子上，不喝白不喝，反正都不熟。该到干杯的时候，我也站起来举起杯子，将杯沿假假地在嘴边碰碰装装样子，意思意思完事了。虽然，看见别人的杯子都空了，就我的还满满的，心里也有些不好意思，但欣慰的是没人监督我，也没人注意我这一点。

不过，看见我那左邻右舍们都那么能喝，我心里还是很羡慕。如果旁边也坐着一位像我一样不喝酒的男士，我嫉妒别人能喝酒的心理多少还能得到一些安慰：原来，男人也有不喝酒的！欣慰之余，便抡起筷子使劲儿吃。吃完了，嘴一抹，大模大样走出酒店，像能喝酒的人一样。

要是旁边坐着位女士，尤其是能喝酒的女士，那情形就不一样了。看着她端了酒杯，站起来，口里还彬彬有礼地说："同喜同喜，先干为敬。"然后脖子一仰，连一点儿声响都没有，一杯酒就喝干了，我心里很是惭愧。再要是看见她将杯子底子倒过来，在大家面前晃一晃，那潇洒、干脆让我妒忌得饭也不想吃就想离开这儿了。

我常常为自己的不喝酒而苦恼，有时甚至认为不喝酒的男人就不配做男人。那年回老家，特意去看望几个以前的同事。分别好长时间了，大家见了面自然很高兴。才说了几句，习军就将一瓶"世徽"从柜子里拿出来了，说："来来来，喝几杯。"我口里说不喝，一边还伸手去拦他，叫他不要把酒打开来。习军哪里肯听，一边开盖子，一边说："怎么，还不喝？"又说，"不喝酒，那你在省城怎么混？"我说："真不喝，一喝就头晕胃疼。"习军说："人人都有头有胃。没关系，只几杯。"说着，将已经斟好的一杯递过来给我。这时候，其他几位同事也趁火打劫来劝我："这么长时间不见了，不喝，那怎么行？来，一起举杯。"

在他们的言行逼供之下，我不得不就范。才喝下去半杯，就感到头晕目眩，心跳加快。后半杯我不仅没咽下去，反而快要将前面喝下去的吐出来了。他们几个看我喝酒像喝药的样子，终于也无可奈何了。

不喝酒事小，得罪人事大。那年夏天，去旅店里看望一个朋友，意外地碰上了一位高中同学。同窗三年，关系不错。毕业后各奔东西，算来好多年不见了。这次见了面，自然格外亲热。我们坐下来说了没几句话，他就出去了。因为那家店的厕所在楼下，我以为他下去方便了也就没在意。

过了不大一会儿，老远听见他哼哧哼哧上楼来了。我思忖道，这人咋了，气儿这么喘。难不成这会子上大街跑了步了？我便站起身来往外看，只见他左右两手上各提着一提啤酒，正躬着腰，吃力费劲地往楼上爬。我心里想：坏了，这下又要喝酒了。他还没有到门口，就"老同学""老同学"地喊起来。进了门，将两提啤酒往地上一掼，便说："老同学，今天不醉不罢休。"说着，"噌"一下撕破了塑料包装，抽出两瓶来。我忙伸手拦他不要开瓶子，但是他已经瓶对瓶打开了盖子。他手拿着一瓶，将另一瓶硬是塞给我。我手里拿着啤酒，心里想的却是怎样才能将它放下来。而他口里说着“干杯”，便将他手里拿的那一瓶与我手中的这一瓶“嘭”一声碰了一下，然后扬起脖子“咕咚咕咚”喝起来。

我还在一边磨蹭时，他已经把一瓶啤酒灌进肚里了，可我怎么也喝不下去。他看见我还没有喝，便过来劝。他说：“我们老同学见了，很高兴，就多喝。”他一面说，一面还指着地下那两提啤酒叫我看。我当然还是说“不胜酒力”“喝不下去”之类的话。他好像认为所有的同学都跟他酒量一样大，我不喝简直不对。于是，他便又劝起我来。

他再三再四地劝，我再三再四地推。我俩推来让去，我还是没喝。这时，只见他的脸“唰”地一下红了，厉声道：“一杯，就一杯，出了啥事，我负责。”尽管我赔笑说“真不胜酒力”“请原谅”，但他还是不相信。他不仅不信，而且还生起气来，变了脸，愤愤地说：“看不起我这个乡下来的。知道你在城里，别怕，以后不来打搅你了。”

老天爷，我哪有这意思。

这位当年的好同学，从此真与我绝交了。打电话，他不接；此后我回老家时，好几次专程绕道登门造访他，他也不见。

年前，单位上聚会。席间，大家又喝起酒来，我还是没喝。老杨笑着说：“中文系的老师，不喝酒怎么写诗?”大家听了，都笑了。我也笑了。那天，我酒到底没有喝，不过，收获倒是不小。我不会写诗，我一直不知道啥原因。我甚至怀疑，是我写诗的能力不成。这个困扰我多年的问题，这一回，总算弄清楚了。

我找了个老婆，对我这里不满意，那里不满意，但说起我的烟酒不沾时，她常常还露出一丝微笑来。尤其当说到某某人因喝醉了酒打老婆、骂孩子，闹得一家子家翻宅乱、鸡犬不宁的时候，她便欣欣然有得意之色。末了，还转过眼，不忘来一句：“你千万别染上这个。”

每当这时候，我心里也暗自高兴。显然，那一刻，在她的眼里，我的无能不再是我的缺点了。当然，我也知道，她对此深恶痛绝，并不是因为我的无能就是我的优点，而是因为她娘家有两个比较喜欢喝酒、喝醉了酒又比较喜欢做点儿诸如打老婆、骂孩子之类的事情的一兄一弟。为此，她娘家嫂子和弟媳妇没少向她告状。